水脈

Anthology

同人誌作家作品選 II

三沢充男

田原玲子

江平完司

山岸とみこ

根場　至

春木静哉

水澤世都子

Odaka Shuya

尾高修也 監修

1st1

水脈

同人誌作家作品選Ⅱ

もくじ

水脈

同人誌作家作品選Ⅱ

二台引き

三沢充男

（一）

その朝、いつものとおり自転車店に出勤してからも左千夫はまだ頭の芯が熱かった。オールオーバーの作業着のポケットからハンケチを出しておでこを拭いてみたが、汗はかいてはいない。原因は分かっている。あのことが頭から離れないのだ。

雑念を払おうと頭を二三度振ってから店のシャッターを開け、暗闇に沈んでいた修理済みの自転車を三台ばかり表通りに出した。明るい光が店の奥まで射し込んでくると、毛並の良い黒猫が奥から飛び出してきて通りを斜めに突っ切り、向かいの路地へ走り込んで行く。タイミングを心得ている主人の奥さんの飼い猫が毎朝演じる光景だ。

申し合わせたかのように狭い道路の向かい側の食堂からは仕込みの出汁の臭いが漂い始め、仕舞屋を一軒挟んでその右隣の質屋では丸の中に「質」と白地で染め抜いた藍染の暖簾を出す。食堂の左側の衣料品屋では主人の爺さんがこの頃流行り始めた女性のシームレス・ストッキングを何足も店先にぶら下げる。やがていつもの「この世の花」が聞こえてきた。爺さんのお気に入りで、最近流行っている島倉千代子のレコードを繰り返しかけている。

ようやく平常心がもどってきたが、ここまで落ち着くのにどれだけ時間がかかったことだろう。朝起きて布団を上げる時に身体全体が火照っていることに気がついたが、それは井戸端に行って手押しポンプの水で顔を洗った後も冷めなかった。後からやってきた千津のためにポンプを押して水を出してやった。

「ありがとう」

いつもはこのくらいのことは当たり前だというような態度を取るのに、今朝は何故か礼をいった。勢いよく流れ出る水に両手を差し伸べて千津は顔を洗った。おかっぱの濡れ髪がいく筋か頬にまとわりついている。その横顔が可愛らしく見えた。同い年なのに生まれ月が少し早いというだけで、彼女は何かというと姉さん面をする。ちょっと指に怪我でもしようものなら「あたしが一緒に行ってあげるから」といって保護者のようなそぶりを見せて医者に引っ張っていく。左千夫はそれが気に食わない。月が遅いだけでなく居候だという引け目が常に自分にまとわりついていた。でも今朝は自分のそういう卑屈な気持が吹き飛んだような気になっている。それもみな昨夜のあのことの所為だ。

叔父夫婦たちと一緒に丸いちゃぶ台を囲んで食事をするとき、今朝は隣に座っている千津がいつもと違った生き物に思えた。夕べのことは気がついていないだろうとは思ったけれど、若しや何か言い出すのではないかと気掛かりでもあった。

「サッちゃん、顔が少し赤いみたいだけれど、熱でもあるんじゃないの」

真向かいの叔母が心配顔でいう。

「別に何ともないけれど」

努めて冷静を装って返事をしたが、自分の心の内が顔に出たのかと思うと穏やかではなかった。すかさず隣の千津がこっちに向き直って左千夫の額に手を当ててきた。こういうところが姉さん気取りなのだ。彼は慌ててその手を振り払った。

「何ともないったら……」

火照っているのはそっちの所為ではないかと喉元まで出掛った。

食事が済むと千津は弁当を持って近くの工場へ出勤するが、左千夫は店で昼を食べさせて貰うので手ぶらで出掛ける。出勤経路の商店街の中にパチンコ屋が一軒ある。いつもは素通りするのだが、その日は開店前なのに店の戸が少し開いていた。昨夜からの心のわだかまりを抑えかねていた左千夫は真っ直ぐ店に行く気がせず、立ち止まって中を覗いて見た。釘師がパチンコ台の釘の幅を調整しているのが見える。男はものすごい速さで玉を打っている。当時はまだダイヤル操作で打つ機械はなかったから、玉を入れるのも弾くのも両手の指を使ってやるのだが、打った玉は全部最上段の中央に落ちる。そこから玉がばらけてどれだけの確率で穴に入るのか調べている。釘幅や傾きを直す時は細い鉄棒の先にパチンコ玉の付いたゲージを左手に持って測りながら右手の小さな金鎚で調整をする。そしてまた素早く玉を打って確かめる。流石にプロの腕前は大したものだと感心しながら見ていると、一区切りついたらしい男が隣の台へ移りしなに不図こちらを振り向いた。如何にもこの道のプロといった風貌の、目が細くて表情の乏しい顔だった。

「子供はこんなもんに興味を持っちゃダメだよ。向こうへ行きなさい」

意外にやさしい声だった。小さな目が丸くなって近所のお兄さんのような顔になった。坊主刈りで童顔だったから、十五歳の左千夫はどこへ行ってもまだ中学生だと思われていたのである。


勤め先の糸川自転車店は国鉄横浜線の「原町田駅」と小田急線の「新原町田駅」を結ぶ裏通りの中ほどにあった。二つの駅は一キロちょっと離れているのでこの通りが連絡道路になっていて、朝夕のラッシュ時には狭い通りが乗換え客で溢れかえる。雨の日などはお互いの傘がぶつかる程混んでいる中を、勤め人たちは軍隊の行軍のように黙々と進む。駅前再開発を機に二つの駅はそれぞれ「町田駅」となってすぐ近くで乗換えができるようになったけれど、当時は客足が減るのを心配した裏通りの商店街が反対していて実現できなかった。

勤め始めて最初に教わったのはパンク貼りだ。自転車の修理の中で一番多いのだが、新米の小僧にとってはこれがなかなか大変な仕事だった。金属の車輪（リム）の外側に嵌め込まれている固いタイヤの中に四本の指を突っ込んでしごき、中のチューブを取り出すのが一苦労で、そのときできた左手の人指し指から小指までの第二関節に出来たタコとは一生付き合うことになった。

糸川自転車店は主人と雇人の新藤さんの二人でやっていたが、主人は結核を患ったことがあり、背が高くて見た目はしっかりした身体つきをしているのに無理はできないらしく、経営以外のことは実質新藤さんが取り仕切っていた。新藤さんは三年前に新潟から出てきた二十代後半の人で、とてもやさしくて新米の左千夫に丁寧に指導してくれた。研究熱心で、最近頼まれることが多くなったバイクの修理も、エンジンをバラバラに分解して部品交換をし、再度組み立てることができるような腕になった。

「サッちゃん、ちょっとこの子のお守りしててくれない」

主人の奥さんはまだ三十を出たばかりだが、子供が二人になって忙しいので、何かと左千夫に下の子の子守を言いつけることが多かった。彼は負い紐で赤子を負ぶって子守をしながら新車の埃を払ったり、修理した客の自転車に油をくれたり掃除したりしなければならなかった。その代わりという訳ではないが、昼飯は店で食べさせて貰う約束になっていた。夜学へ通う都合上夕方は四時半に上らせてもらうのだが、それにしても日当九〇円という給金は夕飯を一度外食すれば消えてしまう程のもので、世間相場よりもかなり安かった。

子守をすること自体は特別に嫌というわけではなかったが、ちょっと恥かしい気持があった。それというのも、糸川自転車店の同じ側の二軒右手に焼鳥屋があり、そこの娘の春田八重子が夜学の同級生なのだ。それほどの美人という訳でもないが、上背があるうえにスタイルが抜群だった。左千夫の方は中学生のように見えるのに彼女の方は早熟でクラスには既に付き合っている男子がいる。吉田という身体付が頑丈で少し不良っぽい生徒で、クラスでは取り巻きも何人かいてそれなりに勢力を持っていた。

夜学だから家庭の事情で昼間働かなければならない生徒が多く、中には准看護師として病院に勤めていて看護師の資格を取るために高校に来ている年かさの女性もいた。彼女たちのような何人かの例外を除けばほとんど中学卒業後すぐに進学してきた生徒たちで、吉田も昼間は自動車の修理工場に働いていたが年は同じだった。学校が終って帰るときは夜の九時過ぎになるのだが、所どころに街灯がともる暗い道を吉田と八重子はいつも手を繋いで一緒に帰る。吉田は真面目な生徒からは恐れられていて、まかり間違えば気の弱い左千夫などはいじめにあってもおかしくないのだが、どういうわけか彼には親切だった。泳ぎがうまくならないというと、足のスナップの利かせ方などを手振りを交えながら教えてくれたりした。そんなことも絡んでいて八重子とも教室の中では雑談を交わす間柄にもなっていたので、彼女に子守の姿を見られるのは恥かしかったのである。

「左千夫君、きょうは子守なの」などと直接聞かれればまだいいのだが、チラとこちらを見てから目を逸らされるのが、如何にも気を使われているみたいでやりきれない。彼女だって夕方学校に行く前は店に出て焼鳥を焼く手伝いをしているのだから、割り切って堂々とこちらから話しかければ良いようなものだが、なかなかその勇気が出ない。相手が大人びているのにこっちが子供っぽいので、学校という共通の枠組みがないところでは話をしづらかったのである。

（二）

左千夫は母親が亡くなると、以前から面倒を見てくれていた叔父の家に引き取られた。中学二年だった。叔父は既に六〇を越えていたが叔母とは一回り以上も歳が離れていたので、叔母はまだ四〇代だった。子がなくて従姉の千津は養女だったので、叔父は自分と血の繋がった左千夫を引取っていずれは一緒にさせようと考えていたらしい。

叔父は小田急線を越えた向こう側の横浜線沿いにある自転車工場で守衛をしていたが、退職後は、それまで夜勤明けの日などに内職でやっていた自転車の車体を作る仕事を本業として始めた。

材料となる鉄のパイプやそれを繋ぎ合わせる部品を便利屋に頼んで神田の卸商から調達する。その鉄パイプを金切鋸で所定の長さに切り詰めて接続部品に嵌め込み、自転車の車体の形状にして、目釘を打ってから繋ぎ目へ真鍮を流し込んで溶接するのである。煉瓦で固めた炉の中で松炭を熾し、鞴《ふいご》で風を送って高温にする。そこへ組み立てた車体の溶接部分を入れて真っ赤に熱し、真鍮を融かして繋ぎ目に沁み込ませる。

左千夫は学校から帰ってくると叔父の仕事を手伝った。溶接したところをヤスリできれいに擦って真鍮の凸凹がないようにするのである。叔父はそうしてでき上がった車体を勤めていた工場へ納品する。塗装は工場側がする。場合によっては工場ではなく、近くの自転車店へ卸すこともあった。左千夫が就職することになった自転車店はそんなお得意さんの一つでもあった。

この当時の左千夫は自分がどういう人間なのか、将来どういう人間になりたいのかということについて、人並みの夢とか展望といったものを持ってはいなかった。叔父一家には貧しい中を引取って育てて貰っているという義理があるから、中学を卒業して働けるようになったら仕事に出て稼ぐことが人間として当然の務めだと思っていた。進学したいという気持は頭の片隅にはあっても、己の中で抹殺していた。しかし理解のある叔父は自分の娘が中卒で就職することになっても、勉強好きな彼には夜間高校へ通わせてくれたのである。

母が亡くなった当初は学校から帰ってきては窓辺に寄り掛かって、ぼんやりと夕空を眺めていることが多かった。居候の身分というのはやはり居心地のいいものではなかった。叔父夫婦や従姉に絶えず気を使っていなければならなかった。従姉は自分と同い年なのに何かといえばいつも上から目線の態度を取った。面白くないとは思っていても、自分は食わしてもらっているのだという負い目がいつも付いて回っていた。

でも母と二人の生活に比べれば食べる苦労をしなくてよいことが何よりも救いだった。病身の母との二人暮らしの時は、親戚の家々に頭を下げて米麦やサツマイモなどを分けてもらいに歩いたが、その日その日の食べ物にも事欠くことが多く、雨の日が続くと昼飯を抜いたり、晩飯も我慢して薄い煎餅布団にくるまってひもじい夜を過ごすこともあった。叔父一家の生活も貧乏で、ときどき叔父と叔母が米びつの底を覗きながらどうしようかと相談している姿を見ることはあったけれど、左千夫自身が心配をすることは無くなった。

中学を卒業して自転車屋に勤め始めても九〇円の日当で、しかも夜学に通わせてもらう身の上では、自分の生活費を賄うには遠く及ばなかったけれど、それでも何がしかの足しになることができるということは、少しは気持の上で楽になった。だからこの上は早く一人前の人間にならなければならないと必死に考えていた。どういう方面が一番自分に合っているのかということまで深く考える余裕はなかったといって良い。

毎日の暮らしは決して明るいものではなかったけれど、自分の人生に失望していたわけでもなかった。必ずいつかは真っ当に暮せる日が来ると思っていた。彼のいう真っ当とはちゃんと人並みの給料がもらえて独り立ちできる生活のことだった。だから彼は将来何になりたいかと聞かれると「勤め人になりたい」といった。今から考えれば夢も希望もないような話だが、毎日決った仕事があって、夕方家に帰れば家族がいて、日曜日には休みが貰えて皆でどこかへ出かけるといった、全く小市民的な生活を夢見ていたのであった。

叔父の家はバスなどの通る広い表通りと舗装されていない裏通りの間にあり、家の脇の細い路地が二つの通りを結ぶ近道になっていた。夕方になると駅の方から帰って来る勤め人が弁当箱の入ったカバンを提げてその路地から裏通りに抜けて行くのを毎日見ていたので、そういう姿に憧れていたのかも知れない。

働いて給料を貰えば、社会の一員になる。給料が安いとか未成年者だということとは関係なしに社会の歯車に巻き込まれていく。叔父の家の中にいるのとは訳が違う。自転車屋の主人や先輩の言いつけを聞きながら少しずつ技術を身に着けていく一方で、お客さんや問屋さんなどと話をするときは店の看板を背負って立たなければならなかった。世の中の空気に触れることによって徐々に社会人として成長していくことになるわけだが、この頃の左千夫は男子としての精神的な面でも大きな変化を遂げる時期であった。

「精通」という言葉は、「何々に精通する」というような使い方をして、物事に詳しいことを表現するものだと思っていた。事実広辞苑にもそういう意味のことが出ているが、この言葉には広辞苑にも載っていない別の意味があることを知ったのは大分大人になってからだが、その意味を知らなくても少年らは否応なしにその現象に直面することになる。

左千夫が何やら怪しげな風情を漂わせるこのことを経験したのは、自転車店に勤め始めてしばらく経った頃だ。十五の夏だから遅い方だったのではないかと思うけれど、他の男子のことを聞いたことがないから比較のしようがない。ある晩寝ていると突如股間のあたりがピクピク動いて、経験したことのないとても良い気持になった。何かが噴出した感じなのでパンツの中に手を入れて見るとねっとりしたものが下着にくっ付いていた。意味がよく分からなかったけれど、とにかく気持が良かった。おしっこでもない、薄っすらと白く混濁していて少し粘り気があり、不思議な快感をもたらすこの液体は一体何なのか。

次の晩、昨夜のことを思い出して、その部分を手で触っているとそのうちにまた良い気持になってきて、やがて例のやつが噴出してきた。それ以来彼はいままで単に小便をするためだけにぶら下がっていると思っていた突起がとても愛しいものに思えてきた。

それからしばらくしたある日、再び驚くことになった。押入に首を突っ込んで探し物をしていると傍らに積み重ねてあった本の一番上に従姉が読んでいた婦人雑誌が乗っていた。何気なく手に取ってパラパラとページを捲って見ると、人間の生殖活動について、詳細なイラストと共に事細かく説明した記事が載っていた。左千夫は食い入るようにそれを読んだ。

母親が生きている時に子供はどこから生まれるのかと聞いたことがあったが、母は「お腹のすじのところがポコッと割れて子供が出てくるのだよ」というような曖昧な説明しかしてくれなかった。割れても血が出ないのかとか、痛くはないのかと突き詰めて聞いたことはなかった。ましてどうすればお腹に子が宿るのかなどということまでは疑問さえも浮かばなかった。だから具体的な性の仕組みなどは誰からも教えてもらったことはないから、それを読んだ時は、眠っていた頭をガーンと打たれたような気分になった。

――そういうことだったのか――

そして次第に愛おしさが増してきていたあの突起物がそれはそれは重要な働きをするものなのだということが同時に分かったのだった。

そんな知識が備わってくると、左千夫は夜並んで寝ている従姉の千津のことが気になり始めた。

夏になると八畳の間に蚊帳を吊って、叔父、叔母、千津、左千夫の順番で寝ていたが、夜中にふと目を覚ますと、隣の千津は寝苦しいのでいつの間にか胸をはだけて寝ている。丸いふくらみがパジャマからはみ出ていて真ん中にやや赤みを帯びた突起が可愛らしく出ていた。半身を千津の方へ傾けてしばらく眺めていたが彼女がすっかり寝入っている様子なので、指先でチョンと触ってみた。

何やら怪しい気持がしてきて何度か触っているうちに突起が次第に大きくなってきた。そうなると左千夫は我慢ができなくなって、千津の鼻息をうかがいながら顔を胸に近付け、舌を出して突起に触れてみた。少し汗臭いような気がして、思ったよりも固い感じがしたが、舌先を通して伝わってくる怪しげな興奮が胸を高鳴らせた。千津の顔が動いたような気がしたので慌てて放したが、そのうちにまた寝息が聞こえてきたので今度は唇を当てて、口に含んでみた。口に吸いつくような感じがして次第に柔らかくなり、舌先を当ててみるとそこはかとない甘やかな味がしてきたように思われた。でもそれは実際の味覚ではなくて自分の脳がそのように意識しただけだったかも知れない。二三度吸ったり離したりしてみたけれど、彼女は相変らず他愛なく寝入っている。普段は何かと小生意気な彼女を己が唇で制することができたような気がしてきた。でもそれは逆に眠っている千津の小さな乳首に自分の心が絡め取られてしまったのかも知れなかった。朝の出勤後も顔の火照りが冷めなかったという冒頭の記述は、その翌朝のことである。

その後も夏の暑い夜は、左千夫はおっかなびっくりながらも何度か同じことを繰り返したが、よく考えてみればそれで気付かれないというのもおかしな話である。もしかすると千津はわざと気が付かないふりをしていたのかも知れなかった。

千津は風呂から上がった後、バスタオルを身体に巻きつけることもなく、素っ裸のままで座敷に上ってくる。これ見よがしに湯気の出ている身体を晒して左千夫の脇を通り抜けていく。まだ母親が丈夫な頃は近くに住んでいたので、ときどき遊びに来ては二人で一緒に風呂に入り、楕円形の狭い木製の風呂桶の中へ抱き合うようにして入っていた。だから千津にとってはあまり抵抗がなかったともいえるのだが、男女の性の原理を知って見ると、左千夫の方では彼女の身体がひどく眩しいものに見え、同時に近くて遠い存在になったような気がした。

そのうちに、千津が裸を見せびらかすのは例のことに気付いていて仕返しの積りで挑発しているのではないかと考えるようになると、恥かしさと困惑で思わず目を背けてしまうようになった。そんなとき彼女は「してやったり」と勝ち誇った気分になっていたのではないだろうか。そのあと隣り合って夕食の膳につく時などは最前の肢体が目の前にチラついて落ち着かなくなり、そこはかとない敗北感に似た気分に襲われるのだった。

もう一つ、左千夫を劣等感に陥れたのは、彼女の下腹部には黒いものがちゃんと生えているのに、自分にはまだ一本も生えていないことだった。その内に生えてくるものなのか、それとも自分は異常でこのまま永久に何にも出てこないものなのか心配になっていた。そしてその心配が解消するまでに、彼はさらに二年近くも待たなければならなかったのである。

（二）

自転車を購入した代金を日賦払いにして欲しいという客が少なからずあり、店の方も売り上げを増やすために積極的に応じていた。「日掛け」と呼ばれていたこの日賦払い方式は、八百屋だとか魚屋だとか日銭稼ぎでコツコツと商売をしている商店にとって都合が良かった。自転車でその日掛けの集金に行くのが左千夫の仕事だった。店の仕事の手が空いた時、大抵は午前中に行くことが多かったが、そんな客の中に「川向う」とか「田んぼ」といわれる所で商売をしている料理屋があった。左千夫の住まいや働いている店は東京都のはずれで、川の向こう側は神奈川県である。

　境川というその川は、昔は武蔵国と相模国の境界になっていたのだが、古い川で川筋がうねうねと蛇行していたので大雨が降るとよく氾濫した。そこで大掛かりな改修が行われて、川筋が真っ直ぐになった。橋も掛かって土地も整備されたため、いままで田圃だった川向うへ建物が建ちはじめた。横浜線の線路の土手を上って踏切に出ると境川の向こうに軒を並べているそれらの建物が一望のもとに見渡せた。高架の鉄橋を渡る小田急電車の音が大きく響いてくる。中学生の時には曲がりくねった川に架かる欄干のない幅一間ほどの板張りの橋をおっかなびっくり渡って、母の存命中通っていた相模原の学校へ越境通学をしていたのと比べると大分様変りしていた。

　左千夫は毎日この踏切とその先の橋を渡って「井筒」というその料理屋へ集金に行った。実はこの料理屋というのは仮の姿だったのだが、左千夫は最初のうちはそこがどういうところか知らなかった。同じような店が何軒も軒を連ねていたが、どの店の前もいつも水が打ってあって、檜の香りがする玄関の格子戸の前には左右に盛り塩がしてあった。料理屋としての格調を表しているように見えたが、天気の良い日には決って通路の前の物干し竿に女の襦袢や赤い腰巻が干してあるのが、店の構えと対照的に何か乱れた雰囲気を醸していて気になっていた。

「お早うございます」

　陽気が良くなったので玄関は開けてあることが多かった。左千夫が玄関の前に立つと着物姿の愛想の良い女が出迎えてくれる。

「毎日ご苦労さま」

そういって板垣退助の百円札を出してくれる。左千夫はお札を受け取ると、一緒に出された判取帳にオールオーバーの胸ポケットからハンコを取り出して押す。

「あんたのその作業着、なかなか似合っているね」

「子供っぽくて、あんまり好きじゃないんですけれど」

毎日通って気心が知れてくると、そんな会話もするようになった。いつも話す人は佐和子さんという名前だったが、そのお店には佐和子さんの他に女の人が二人ほど住んでいるようだった。一人は佐和子さんより若い人でまだ二十代半ばくらい、もう一人は下働きらしい年配の人で、佐和子さんがいない時は若い方の人がお金を出してくれた。

若い方は、友子さんといって茶目っ気の多い人だった。

「坊や、ちょっと上がっていかない」

玄関の上り框の先に茶の間らしい部屋があり、開けた襖の向こうから友子さんが手招きをしている。横座りになった着物の裾が割れて片方の白い脛が見えていた。

「いえ、まだ他へも集金に行かなければならないので……」

「いいじゃないのよ、少しぐらい遅れたって……。いま冷たい麦茶入れるからさ。何ならお酒もあるわよ」

佐和子さんが二階から降りてきた。

「あんた、こんなかわいい子を苛めちゃだめよ」

「あの、今日のお金を……」

「はいはい、お待たせしました。たまにはもっとゆっくりできる時間に来てお茶でも飲んで行きなさいね」

一日に集金するところは十数軒だったけれど、住所があちこちに分散しているから、道筋を考えて効率的に回らなければならなかった。佐和子さんのいる井筒は川向うなので、そこへ行くのは最後の方だった。

集金に回っている途中で雨に降られることが何度かあり、その日も途中で降ってきたが、空を見上げると雨雲の切れ間から青空がのぞいていた。にわか雨のようだし、もう少しだから終いまでやってしまおうと考えたのが軽率だった。横浜線の踏切に出たあたりで雨が酷くなった。店に戻るのは大変なので、そのまま一気に井筒まで走った。

「まあ、随分濡れちゃったじゃないの。さあ、乾かしてあげるからこっちへ上って来なさいよ」

「いえ、寒くありませんから」

「そんなことといって、いま風邪引いたら長引くよ」

友子さんも出てきて佐和子さんと二人で無理やり座敷へ上げようとしたが、「部屋が濡れますから」といって、固辞した。職人は絶対にお客さんの家に上り込んではならない。誰から教えられたわけではないが、そんな気持があった。

「しばらく雨宿りさせてください」

日掛けのお金を受け取った後しばらく玄関の中の三和土に立っていたが、なかなか止まないどころか、大きな雨音がしてきて雨脚は酷くなるようだった。軒下から見上げると空一面に黒い雨雲が覆っていた。

「あんたも強情張りね。いい加減にこっちへ上ったらいいのに……」

「大丈夫です」

そうはいったが、濡れた作業着を着ているのは気持ち悪かった。気温が下がってきたらしく段々と身体の芯が冷えてきた。佐和子さんが二階から着替えの衣類を持って下りてきた。

「そこのお風呂場の前に脱衣所があるから着替えていらっしゃい」

カーキ色の作業用の上着とズボンだった。女ばかりのお店にこんな衣類があるのが不思議だったが、これ以上我慢するのが辛くなったのでいわれるままに廊下の少し先の脱衣所へ行って着替えた。小柄の佐千夫には少しだぶついていたが、袖や裾を折り返したら、少しはさまになった。

「大分さっぱりしました。お借りして行きます」

茶の間に誘われたが遠慮して、上り框のところに腰かけて雨が止むのを待った。

「未成年者にはお酒勧める訳にはいかないから、これでも飲んで」

佐和子さんが冷蔵庫からオレンジ・ジュースを出してきて勧めてくれた。

「あんた、夜間高校へ行ってるって言ってたわよね。偉いね。眠くならない?」

「眠くなる時もあります」

「勉強、面白い？」

「別に面白いとかという訳ではないけれど……」

　そんな取り留めのない話をしていたけれど、何か心が落ち着く感じがしていた。こんなに親しく他人と話すのは初めてだった。浴衣の膝を崩して横座りになった佐和子さんの顔をよく見ると、思っていたよりやや年をとっているように見えた。でも眼には人を惹きつける不思議な魅力が感じられ、形の良い唇は少し腫れぼったいように思えた。

「あの、こんな男物の上着やズボンがどうしてあるのですか」

「お客さんが忘れて行ったのよ。なかなか取りに来ないから返すのはいつでもいいわよ」

　上着やズボンを忘れるお客さんなんているのだろうか。その人たちは何を着て帰るのだろう。

「お客さんの中には仕事帰りに寄って行く人が結構いるのよ。あらかじめ着替えを持ってきて、ここで仕事着を脱いでさっぱりしてから寛ぐ……。それでたまに脱いだ物を忘れて行ってしまう人がいてね。だから洗っておいて次に来たときに返すってわけ」

「あの、ここはどういうお店なんですか。お酒飲むところ？」

　かねがね疑問に思っていたことを口に出してみた。料理屋にしてはそれらしき厨房が見当たらず、そういった雰囲気もない。時間帯によるのかも知れないが、左千夫が来る時は佐和子さんや友子さんはいつも暇そうにしている。

「あんた知らなかったんだ。……そう、男の人が来てお酒飲むところよ」

「女のお客さんは来ないんですか」

台所の流し台のところで洗い物をしていた友子さんがむこうを向いたままクスクス笑い出した。

「あんた、いいところあるわね。今度学校の帰りに夜来てみたら」

何か弄ばれているような気もしたが、居心地は悪くはなかった。


そんな初心だった左千夫もしばらくすると様子が分かってきた。遅れ馳せながら男としての身体の成長に伴って異性に関心を持つようになってきた頃だった。例の精通を経験し、千津の婦人雑誌を盗み読みし、彼女の乳首に触れたりした一連の出来事が彼をその方面に目覚めさせて行ったと言えるだろう。そうなると街中を歩いていても若い女性が気になるようになり、いままで意識しなかった女性の顔や胸に目が行くようになった。前の店の爺さんが売っているシームレス・ストッキングさえもが怪しげな物に思えたりもした。

同時に女というものの見方が変ってきた。時々家にやってくる客と叔父たちの雑談が理解できるようになり、「川向う」の一帯がどういうところなのかも分ってきた。当時はまだ売春防止法の施行前だったので、そういう生業がまかり通っていたのである。

実態を知って見ると今まで見ていたものがまるで違って見えるようになった。そこで働く女性が何やら汚らわしいもののように思えてきた。佐和子さんや友子さんはそういう仕事をしているのかと思うと情けなくなってきた。そういうところだと分かっていれば、雨に降られたときも衣服を借りたりしなかっただろうと思う。あの上着やズボンはそういう所へ通う男が身に着けていたものだった。

　その一方で面と向かって話してみると彼女たちは特別に嫌らしい人ではなく、むしろ人当たりが良くて話しやすく、顔かたちの綺麗なお姉さんたちだった。心の中で抱く価値観と目の前の人が醸し出す人間性みたいなものの平仄が合わないことに戸惑いを感じていた。一流企業でなくても商店や工場や食堂や喫茶店など、女性の働く職場はいろいろある。それなのに佐和子さんたちは選りによってどうしてこういう生業を選んだのだろう。

　考えてみれば彼女たちだって好き好んでこういう仕事をしているわけではないのだろう。世の中には誰しも思うようにいかないことがたくさんある。それは自分が身を以て日ごろ感じていることではないか。あの人たちもいろいろ苦労してきた挙句、やむを得ずここに辿り着いたのではなかろうか。


「ねえ、川向うって知っている?」

　叔父と叔母が用事で出かけて夜遅くなり、千津と二人だけの夕食を済ませた後、早々と床に就いたときに聞いてみたことがある。学校があればそんなに早く寝るわけにはいかないが、その日は日曜日だった。

「いやらしい。何でそんなこと聞くのよ」

「知っていたんだ……。どんなとこだか」

「サッちゃんは行ったことあるの」

「毎日行っている」

「何それ……。どういうわけ」

千津は身を起こし、真剣な眼差しで左千夫の顔を覗き込んできた。

「日掛けの集金」

「ならいいけど……。そうじゃなきゃ、行ったら絶対に許さないからね」

行く積りはないけれど、その言い草がしゃくに障った。

「そんなこと余計なお世話じゃないか。こっちがどうしようと千津ちゃんとは関係ないだろう」

「何いってるのよ。あたしたち、いずれは結婚するんでしょ？　大いに関係あるじゃない」

――何だって？　千津ちゃんとボクが結婚？――

考えたこともない。従姉とはいえ血が繋がっている訳ではないから、結婚できないわけもないが、何でそんなことを突然言い出すのか。佐和子さんや友子さんたちについて、同性の立場からどう思うか聞いてみようと思っていたけれど、それどころではない。

「冗談じゃない。そんな話知らないよ」

「聞いてなかったんだ……。でも嘘じゃないよ。サッちゃん、あたしのこと嫌いなの？」

「好きとか、嫌いとかじゃなくて、全然考えたことなかったから……。千津ちゃんはそれでいいわけ？」

千津が覆いかぶさるように顔を近づけてきた。

「あたしはサッちゃん嫌いじゃないし……。別にいいと思うけれど」

人が遠慮していればいい気になっていつもこっちを見くだすような態度を取っているのに、本気でそう思っているのだろうか。

「だからさ、触ってもいいよ」

千津は片手を左千夫の向かい側につき、空いている方の手で自分のパジャマのボタンを外し始めた。

「いいよ、余計なことするなよ」

彼女の身体を押しのけて布団に倒した。自分と接するときの態度は気に入らなかったが、彼女そのものが嫌いというわけではなかった。だが何と言っても結婚ということについての心の準備ができていなかった。藪から棒にそんな秘密を明かされたって戸惑うしかない。それに……相手が眠っていると思えばできたものも、あからさまに「触っていい」といわれたらできるわけがない。

「そう……。じゃあ、また寝たふりをしようか」

千津はチラと左千夫を見てから、わざとらしく目を閉じた。これではもう二度とあんなマネはできないなと、彼は思った。

（四）

一年もすると左千夫も自転車の仕事を大分覚えて、新藤さんの指導を受けなくてもどんな修理もできるようになり、メーカーから送られてくる新車を一人で組み立てることもできるようになった。組み立てで一番難しいのは前後の車輪を組み上げることだった。中心になるハブ（車軸）の穴へスポークという固い針金のような細い棒を四〇本近く入れて、それを金属の車輪の穴へ通し、一つ一つ小さなネジで止めて行く。全部止め終ったら糸車のような台にそれを設置して、回転させながらそのネジを締めて行くのだが、車輪が前後左右にぶれないよう、ゲージを当てて〇・一ミリ単位で正確に締め上げなければならない。それができたら外側にタイヤとチューブを嵌め込んで車輪が完成する。車体に車輪を嵌め込み、さらにハンドルやサドル、チエーンやブレーキなどを取り付けて完成する。でき上がった自転車は試乗してみて、手放しである程度の距離を走れるくらいでなければ車体のバランスがどこか狂っているはずだから、細かな調整をする。

左千夫は自転車の分解掃除も得意だった。自転車を完全に分解してベアリングも分解し、可動部分に新しいグリースを詰め込んで、ベアリングの玉が傷んだり欠けたりしていればそれも取替える。分解するのはフリーホイール（後輪のギア）も同様である。精密な機械仕掛けで小さなベアリングの玉とワイヤーのばねと爪が入っていて前に踏むときは引っかかり、足を止めていても車輪だけは回り続けられるような仕組みになっている。これを分解して中の小さなべアリングを交換するには相当な技術が要るが、左千夫はそういうことも難なくできるようになった。

店には仕事用のバイクが一台あった。一二五ＣＣだが四気筒のエンジンなので、馬力があり図体も大きかった。左千夫も十六になったので第二種原動機付自転車の免許を取りに立川の警察署まで出かけた。当時はまだ実技試験がなかったので、筆記試験だけ受けてその日のうちに免許が貰えた。図体が大きいから運転するのも大変なので、人通りの少ない時に通りに出て運転を練習した。やがて何とか走れるようになって郊外まで出かけたけれど、重たいからバランスを崩すと態勢を立て直すのが大変だった。踏切で一時停止して片足をついた時、支えきれなくなってバイクを倒してしまったこともあり、そういう時に限って取締り中の警官に見つかって無免許運転と間違われたこともあった。

身体の方は成長の途次で小柄だったが、腕の方はいっぱしの職人になったといってよい。その頃になると新藤さんは専らバイクの修理を、自転車は左千夫の仕事というように自然に分担するようになっていった。

ある日、店に佐和子さんがやってきた。しばらく前に日掛けは完済していたので、このところ集金に行かなくなっていた。白いタイトのワンピースを着ていた。佐和子さんの洋装を見るのは初めてである。上半身はボタン留めではなく胸の前でＶ字型に合わせるような仕立てになっていて、着物の時は分からなかったけれど、胸のふくらみやベルトで締め上げた腰の線がスタイルを引き立たせていた。

「しばらくぶりですね。今日はお休みですか」

パーティーにでも行くときに持つような、ビーズの刺繍のついた洒落たバッグを小脇に抱えている。

「たまには街へ出て世の中の空気を吸わないとね。サッちゃん、その後変りない？」

「お陰さまで……」

佐和子さんは陳列台に並んでいる新車を念入りに見ている。髪をおだんごにまとめているのできれいな項が見えた。

「これ、なかなかいいね」

薄いブルーの軽快車に興味があるらしく、前輪の泥除けを指で突つきながら言った。

「最近流行っているスポーツ車です。なかなか洒落ているでしょう」

陳列台から下し、佐和子さんの目の前に置いた。佐和子さんはハンドルを握ってブレーキレバーを開閉したり、膝を曲げて腰を落とし、手でペダルを回したりして様子を見ていた。

「これ、あんたが組み立てたの？」

「ええ、昨日組み上げたばかりです」

「これにしようかな。弟が高校に通い始めてね。遠くて歩いて行くのが大変だからプレゼントしようと思って」

「じゃあ、井筒のお店じゃなくて、佐和子さん個人で買われるのですか」

支払は今度も日掛けで、自転車は八王子の実家まで届けて欲しいという。住まいの方にいた主人に出てきてもらって、お得意さんだからと応分の勉強をすることにし、商いが成立した。

「じゃあ、頼んだわよ」

「ありがとうございます。間違いなくお届けします」

翌日は晴天で、左千夫は佐和子さんに書いてもらった地図を頼りに八王子の実家に自転車を届けることになった。いつも売った自転車を届けるときにそうであるように、売った新品の自転車に乗って行くわけには行かないし、帰りの足のこともあるから、一台の自転車に自分が乗って、新しい自転車を牽いて行く。すなわち「二台引き」で行くのである。今なら業務用の小型トラックにでも乗せて行くところだが、当時は小規模な商店では車を持っているところは少なかった。左手で自分の乗った自転車のハンドルを握り、右手でもう一台の自転車のハンドルの真中か、左のグリップを握って走行するのである。グリップを握ると隣の自転車との距離が空くから走りやすいけれど、バランスを崩しやすい欠点がある。だから左千夫は右の車はハンドルの中央を持って走ることにしている。自分の身体を右側に乗り出して、牽いている車との真ん中あたりに身体の重心を置くような形になる。もう何度となくそういうことはしてきているので馴れてはいるけれど、八王子のような遠距離まで行くのは初めてだった。交通量の多い町田街道と国道十六号線を通って二十キロ以上も走って行かなければならず、しかも十六号線には御殿峠という長い坂があり、そこを上り下りしなければならない。

でも左千夫は大変だとは思っていなかった。あの佐和子さんが弟のためにプレゼントするのだ。きっと届けた先では弟や家族が喜んでくれるだろう。自分が一生懸命組み立てて世に出した、いわば自分の分身を養子に送り出すような気分さえした。そう思うと心は晴れやかだった。

朝十時過ぎ、「車に気をつけて行くのよ」という奥さんの声に送られて、彼は勇んで出かけた。二台引きだと幅を取る上に、町田街道は道幅が狭いから、後から来る車が牽いている自転車の脇をすれすれに走り過ぎて行く。後ろの車は対向車がある時はこちらを追い越すことは滅多にないのだが、時として平気で追い越して行くことがある。車が追い越していくたびに緊張が走る。通り過ぎて一安心と思っているとすぐに次のがくる。そのうちに牽いている右手が疲れてくる。右の腕一本の力で自転車一台を牽いているのである。スポーツ車とはいえ、ずっと同じ姿勢でやっているのだから無理もない。

桜美林学園の辺りを過ぎると人家は疎らになり、畑地が多くなったが、ところどころに自動車の修理工場や相模原の米軍基地の下請けらしい町工場などが見られるようになった。

そのうちに国道十六号線に出た。道幅は広くなったが、その分車の通行量も多くなり猛スピードで走り抜けて行く。家がほとんどなく両側は山林や畑や茫々と伸びた草地が続く。そのうちに上り坂になった。御殿峠の上りは長い。御殿山の東側斜面を大きく迂回しながら上って行く道筋で、よくは知らないがこの辺りにはその昔戦国の武将たちが駆け抜けた旧鎌倉街道の御殿峠古道があるはずである。

自分一台の自転車だけでも漕いで上るのに力が要るのに、もう一台を右腕で押し上げて行くのだから大変である。疲れてきたので少し車を止めた。二台引きだから止めても倒れない。その代わり上りの途中だから後戻りしないように左手のブレーキレバーを握ったままで、右腕には力を入れっ放しだ。少し休んでしまうと、今度は勢いがないから走り出すのに以前より多くの力が要る。少し進んでまた休む。次は車を完全に止めてスタンドを立てて休む。右の車のスタンドを立てるときは自分の方を安定させてから、右に回り改めてそちらのスタンドを立てなければならない。

そうこうしているうちに坂はさらに勾配が急になってもう乗って走ることはできなくなった。左千夫は二台の自転車の間に自分の身体を入れて、両腕でそれぞれの自転車を押す格好で歩いて上らなければならなかった。

やっとのことで峠の上に出ると展望が開けて、道路が緩いカーブを描きながら遥か彼方の片倉城址のある小高い丘の麓へ続いているのが見える。今度は下りである。下りは上りよりも大変である。勾配が急だから自分の自転車は左手でブレーキを掛けられるけれど右の方はハンドルの真ん中を持っているからブレーキを掛けられない。自分の腕でスピードを抑えなければならないのだ。だから自分の方のブレーキを利かせながらゆっくりと進む。ゆっくりなら右の方も加速度が掛からないから制御しやすくなる。右腕に力を掛けながらゆっくり、ゆっくりと下る。追い越して行く車は下りだからものすごく速い。八〇キロは越えているだろう。

そのとき目の前をぱっと横切った物がある。次の瞬間「ガツン」と大きな音がした。後ろから追い越してきたトラックに何かがぶつかった。トラックは急ブレーキを掛けたが、何かを轢いてしまったらしい。車を降りてきた男が車体の下を覗きこんだ。「チッ」と舌打ちをして男はまたトラックに乗り込んで発進して行った。道路の上にはぺちゃんこになって腹わたの出た小動物が横たわっている。黒い野ウサギだった。嫌なものを見てしまった。あのウサギは何であんなときに交通量の激しい道路を横切ろうとしたのだろう。道の反対側に何か興味を惹く物を見つけたのか。それとも自分の棲みかへ早く帰りたいと思ったのだろうか。運悪くほんの一瞬のうちにあのウサギは息絶えてしまった。左千夫は後味の悪い記憶を頭から拭い去ろうとして走りながら歌をうたおうとした。

年月めぐりて早やここに
卒業証書受くる身と
なりつる君らのうれしさは
そもそも何にか例うべき

どういうわけか、中学の卒業式の歌が口からほとばしり出てきた。通っていた中学校の卒業式の歌は、「螢の光」や「仰げば尊し」のような感傷的な歌ではなく、どこか行進曲のような元気がある「卒業式の歌」だった。一番は在校生が歌い、二番は卒業生が歌う。

我らはこれよりいや深き
学びの道やなりわいを
努め励みて　み恵みに
報いまつらん今日よりは

この後の三番は在校生と卒業生が一緒に歌うのだが、卒業証書を手にしたとき叔父の家の世話になりながらも何とか中学を卒業できた喜びというか安堵感みたいなものがこみ上げてきた、あのときの記憶が蘇ってきた。お陰でウサギの死のことをしばし忘れることができた。

（五）

京王線の片倉駅手前のガードをくぐり抜け、八王子の市街地へ入ってからも、地図の家はまだ大分先らしかった。市街地を抜け、下り坂を進んで広い浅川の橋を渡ると人家はまばらになり、田植えも済み稲が大分成長してきた田んぼの彼方に茅葺き屋根の農家が点在する風景が目に入ってきた。人に聞いて小川の橋を渡って右折すると、川筋に沿った土手の上に農道が続いており、川が回り込んでいる先のやや高台になった所に構えの大きい農家が見えた。どうやらそこが佐和子さんの実家らしいと見当をつけたが、そこまで行くのが難儀だった。

農道には丈の短い草の間に三筋の轍《わだち》が伸びていた。しかし良く見ると轍は二筋で真ん中の凹みは荷車を曳いて歩いた人の踏み跡らしかった。だがその轍や踏み跡の幅が自転車の二台引きで走るには適していなかった。両側の轍のところに二台の自転車の車輪を乗せるには広過ぎ、片側の轍と真ん中の踏み跡に乗せるには間隔が狭すぎた。

左千夫は自転車を降り、自分は真ん中の道を歩き、左右の自転車を両側の轍のところに乗せて押して進んだ。近くに見えたのに歩くとなかなかの距離があった。

川筋が大きく右に迂回するところで土手の道を下りた。左に曲がり高台への坂を上って行くと屋敷の庭に出た。右手の奥には物置小屋があって、戸のない半分の方に藁束や農具などが置かれているのが見え、左手の大きな欅の木の根方にはこれから定植を始めるらしいサツマイモの苗床があった。庭には数枚の蓆が敷かれていて、小豆のような穀物が天日に晒してあった。建物は茅葺のどっしりした作りで、入口の右手には長い縁側があり、背戸の向こうには木々の緑が大分色濃くなってきた小山が迫っていた。

「ごめん下さい。山崎佐和子さんのご実家はこちらですか」

土間へ入る戸が開いていたので覗き込んで声を掛けると、しばらくして年配の、農婦らしい身なりの女が姉さん被りの手拭いを外しながら出てきた。こちらをじろじろ見てから、庭先に止めた自転車に目を移した。もう一度目を戻して左千夫を見た。

「うちには佐和子なんて人はいないよ」

「そうではなくて、町田に住んでいる佐和子さんのご実家かどうか伺っているのですが。こちら山崎さんですよね」

「うちは確かに山崎だけれど、そんな名前の娘はうちにはいないがね」

「あの、こちらの番地は何番ですか」

佐和子さんが書いた地図の住所と照し合せて見れば分かるはずだ。

「誰か来ているのかね」

奥の方からしわがれた年寄りの声が聞こえてきて、腰の曲がった老婆が出てきた。

「町田の糸川自転車店なのですが、山崎佐和子さんから頼まれて自転車をお届けに来たのです。佐和子さんのご実家はこちらではないのでしょうか」

「自転車屋さんだって？」

背後から老婆が口を開きかけると、農婦は制止するような手振りをした。

「おばあちゃんは黙っててくださいな。……だからいま言った通りうちにはそんな人はいませんから自転車は持って帰ってくださいな」

「すみませんでした。それではご実家の山崎さんの家を教えていただけますか」

老婆がまた口を出した。

「芳江さん、そんな意地悪をしないでちゃんと話を聞いてあげなさいな。はいはい、佐和子はわたしの孫ですよ。それでどうしてあの子が自転車を届けて寄越したのかね」

「弟さんが高校に入ったので、入学祝だということです」

何か複雑な事情がありそうだった。主婦はそんな娘はいないといっているけれど老婆の方は孫だという。

「勝手に出て行った子は娘でも何でもありません。よくも平気で弟だなんて言えたもんだね。とにかくそんな人から送られた自転車なんか受け取るわけには行きませんから持ち帰ってください」

何とか老婆に頼んで受け取ってもらおうと思い哀願の目を向けたけれど、主婦の剣幕には敵わないらしく、助け船を出してはくれなかった。

「そうですか。分かりました」

　遥々ここまでやってきて用を足せなかったことが残念で仕方がなかった。これからまた町田までまた二台引きで帰らなければならない。帰りは自分の自転車だけだから楽だと思っていたのが、当てが外れてしまった。それともう一つ、自分が折角精魂込めて組み立てた自転車が行き所を失ってしまったことだ。自分の分身のような自転車がかわいそうでならなかった。

　しょんぼりして帰ろうとすると、主婦が背中から声を掛けてきた。

「自転車屋さん、ちょっと寄って行かないかね。わざわざ町田から届けに来てくれたのにこのまま帰したんじゃあ験が悪いからさ。お茶でも飲んで行って下さいな」

　どうしようかと迷ったが、話の次第では受け取ってもらえるかも知れないという期待もあって応じることにした。

「じゃあ、ちょっとだけ……」

　案内されるままに、縁側に腰を下ろした。

　主婦が麦茶と一緒にザルに入れたサツマイモを持ってきた。蒸かしたばかりらしく、白い湯気が出ている。

「あんた、お昼まだだろう？　少し腹ごしらえして行きなさいよ」

「ありがとうございます。遠慮なくご馳走になります」

　帰りはどこで昼食を取ろうかと考えていたところだったから、ありがたかった。少し紫色掛かった色艶の良いサツマイモを二つに折ると、黄色い果肉が現れた。口が火傷するかと思うほど熱かったが、ホクホクとした甘い味が空き腹に心地よかった。主婦は近くで見るとかなりの年配らしかった。畑仕事で鍛えたらしい日に焼けたしっかりした身体つきだが、佐和子さんの母親だとすればもう六〇は越しているのではないか。

「弟さん、高校に入ったのではないのですか」

「高校に入った男の子は居るには居るよ。弟と言えば聞こえはいいけれど……、いろいろ事情があってね。だから折角だけれど自転車は受取るわけにはいかないんだよ。悪く思わないでくださいな。それであの子は今どうしているのかね」

「お店でちゃんと働いていますけれど」

「どんなお店なの」

左千夫はちょっと戸惑った。以前は料理屋だと思っていたけれど、今はその実態を知ってしまっている。

「詳しいことは分からないけれど、料理屋さんみたいなところ……」

「そうかい、丈夫でいるのかね」

「ええ、元気です」

「近くに親しかった同級生がいてね。今は三人の子持ちだけれど……、以前はあの子の様子をいろいろ教えてくれたのだけれど、最近はサッパリなのよ。付合いがないわけじゃないらしいのだけれど、聞いてもはっきりしたことを言ってくれなくなってね」

佐和子さんは、弟が高校に通い始めたことはその人から聞いたのだなと想像できた。はっきりしたことを教えてくれないというのは、彼女の今の仕事を知っているからだろう。

お礼を言って帰ろうとすると、ちょっと待ってくれといって、しばらく土間の奥でごそごそしていたが、やがて茶色い紙袋を二つ持って出てきた。

「家で作った干し柿だけれどね、ひとつはあんたに、それで悪いけれど、もうひとつをあの子に渡してくれませんか」

柿をあげるくらいなら、なぜ……。

自転車を受け取ってくれないのか。左千夫は止むを得ず、干し柿の袋を荷台に括り付けて庭先の坂を下ろうとしたとき、真新しい詰襟の学生服を着た少年が帰ってきた。肩から帆布製の白いカバンを斜めに掛けている。自分と同い年ぐらいの高校生を見て、ちょっと羨ましい気分になった。自分も高校生ではあるけれど、昼間明るい教室で勉強できたらどんなにいいだろうかと思う。夜の教室だって悪いわけではないが、友だち同士で遊ぶこともできず、授業が終ればみんなそそくさと家路へ急ぐ。クラブ活動も思うようにはできない。働きながら学ぶというのはそれなりに尊いのだと自分に言い聞かせてはいるが、自習時間もあまり取れず、いろいろな面で制約が多い。

――これ君へのプレゼントだから受け取ってください――

そういって彼に自転車を渡したいと思ったが、振り向くとまだ主婦が見送っていた。目礼だけしてまた川筋の道へ出た。仕事を果たせなかったのは自分の所為ではないけれど、やはり気が重かった。あんなに立派な男の子がいるのにどうして受け取れないのか。いろいろ事情があるというのだから詮索しても仕方がないけれど、気にはなる。左千夫も思春期に入っていろいろなことに気が回るようになってきていた。

「弟と言えば聞こえがいいけれど……」という言葉が引っかかった。そういえば佐和子さんの年から見ると、高校に入った弟というのは年が離れ過ぎていはしないか。年の離れた姉弟なんて世の中にはざらにいると思うけれど、佐和子さんの場合は果たしてどうなのか。

「もしかすると、本当は……」ということがちらと頭をかすめた。十代のうちにできた子ならもう高校生になっていてもおかしくはない。勝手に出て行ったのではなくて、実家を出ざるを得ない事情があったのではないか。そうだとするとさっき会ったあの若者も、真新しい学生服の裏側に人知れぬ悩みを抱えているのかも知れない。それを単純に羨ましいと思った自分は少し思慮が足りなかったか。

これから二十キロをまた二台引きで戻らなければならないと思うと気が重い。だがもっと気を重くしたのは佐和子さんへ何と言い訳をするかだった。

田んぼには稲が青々と風になびいていた。その中をうねって流れる小川の土手道を轍に沿って曳いて歩き、少し広い道路から八王子の市街へ出てからもずっとそのことを考えていた。自転車を受け取ってもらえなかったと知った時、彼女はどんな気持になり、どんな反応をするだろうかと考えると気が滅入った。

「すみません。ご実家の方では受け取れないということでした」

佐和子さんは何というだろう。どんな顔をするだろうか。

「そう……」といったきり後は何もいわないのではないか。

でも「どうして」と聞かれたら何と答えればいいのだろう。「理由は言ってもらえなくて、ただ『事情があって』ということでした」と答えるしかないけれど、佐和子さんはそれで納得するだろうか。いや、きっと彼女は理由は分かっているのだ。だからやはり何もいわないのではないか。

「あの……この自転車はどうしましょうか。売買はなかったことにして、うちの方で引き取ることもできますが」

「いいのよ、もう買ったものなんだから……。捨てるなり何なり、あんたの方で適当に処分して下さいな」

自棄になってそんなことも言いかねないと思った。

埒もないことをあれこれ考えているうちに御殿峠にさしかかった。これからまた長い坂を二台引きで上り下りしなければならない。そういえば、車に轢かれたあのウサギの死骸はどうなっているだろう。後から来る車に何度も轢かれて布きれのようにペチャンコになっているかも知れない。もう卒業式の歌をうたう気にはなれなかった。

確かこの辺りだったはずだけれど……。

その場所と思しきところへ来てみると、辺りには何の残骸も残っていなかった。僅かに道路に染みのような黒っぽい跡が付着しているだけだった。往路では気がつかなかったけれど、道路の左側は深い谷になっており、谷へ下る斜面には葉が細くて丈の短い雑草が一面に生えていて、まるで草原が広がっているように見えた。不運なウサギは自分の住み処にしている穴がその斜面の窪みの所にでもあって、急いで帰ろうとしてはねられたのではあるまいか。

　坂が急になってきて漕いでは上れなくなってきたので、左千夫は自転車を下りてスタンドを掛けた。取りあえず一休みしようと思って身体を右手の自転車との間に回り込ませ、そちらにもスタンドを掛けようとしたとき、脇を猛烈なスピードで大型トラックが走り抜けて行った。その刹那、激しい突風が襲い掛かり、身体がよろめいた。

　踏み堪えて立ち直った左千夫の頭に、ふと閃いたものがあった。

「いっそ谷底へ投げ込んでしまえばいいのではないか」

　そうすれば佐和子さんに言い訳をしなくて済むし、彼女を悲しませなくて済む。しかもそれで誰も困らない。素晴らしい思い付きのように思えたが、それを実行するには相当の勇気が要りそうだった。

　叔父の家に引き取られたばかりの頃、飼っていた雌犬が子供を二匹産んだ。子犬まで育てる余裕はないので、どうするか皆で相談した結果、捨てることになった。その役目は千津と左千夫の二人に命じられたが、千津は急に腹が痛いと言いだした。仮病だと分かっていたけれど左千夫は黙っていた。渋茶色の袋に入れ、自転車で三キロくらい離れた川へ捨てに行った。橋の真ん中まで来て袋を欄干の外にかざした時の気持が思い出されてきた。袋の中で子犬たちがモゾモゾと動いていた。袋は彼らの体温で温かかった。今この自分の手の動き一つで彼らの生死が決まると思うと、万感迫るものがあったが、ここで逃げるわけには行かなかった。川に投げ捨てずに土手の草原に置いて帰ることだってできないわけではなかったけれど、そうすればその辺りに出没する青大将やカラスの餌食になってしまうだろう。

どのみち死ぬ命なら自分は処刑者として冷徹にその死を見つめる義務があるような気がした。目を瞑らずにしっかりとその瞬間を見届けなければならないと思った。おかしな理屈だが、そうすることによって滅入りそうになる自分を鼓舞できるような気もした。左千夫は子犬たちを袋から出した。そしてまだ目の開いていない子犬を両の手に一匹ずつ持ち、同時に手を放した。彼らは三メートルばかり下の流れの中に一度は没したが、下流側の欄干に行って見てみると再び浮かび上がって泡立つ波に流されて行った。その先のいくつかの岩が突き出ていたところを回り込んだ後、子犬たちは見えなくなった。

左千夫は軽快車のハンドルとサドルを持ち、谷の方へ向けてみた。そうすることによって幾分でもこの塞いだ気持をどこかへ放り投げたいと思った。いまこの手にちょっと力を加えて離せば自転車はそのまま谷底めがけて落下して行く。バランスよく作り上げた自転車は倒れずに斜面を突き進んで行くだろう。いいのだ。ときにはあの子犬たちを川に投げた時のように、冷徹な心が必要なのだ。佐和子さんを悲しませないためにはこれが最上の策なのだと自分に言い聞かせてみた。そう考えると、最初は本気ではなかったけれど、そのうちに本当にそうしてもいいのではないかという気になってきた。よし、そうと決まったら躊躇していてはいけない。気持が萎えてしまわないうちにやってしまおう。左千夫は両手に力を入れて車体を押出す構えをした。イチ、ニ、……。

次の「サン」を言おうとしたとき、耳元で誰かの慌てた声が聞こえた。

――助けて――

それは心の底から聞こえてくる自分の分身があげた悲鳴のようだった。

冗談だよ。本気じゃあない。ただ形を作っただけさ。

第一、佐和子さんに一時的に嘘をついて切り抜けたとて、これから毎日日掛けのお金を貰いに行かなくてはならない。毎日、毎日、集金に行くたびに良心に苛まれなくてはならない。

「そんなこと出来るはずがないではないか」

左千夫は気を取り直して軽快車を元の位置に戻し、二台の自転車の真ん中に自分の身を置き直した。そして両の手に力を込めてハンドを押しながら御殿峠の坂を上り始めた。上りきるまで、まだまだ坂は長い。

脇を大型のバスが通り抜けて行った。遠足の途次らしい子供たちが窓から顔を出して手を振っていた。


「こみゅにてぃ」第九六号（２０１６・７）

■三沢充男（みさわ・みつお）１９４０年東京都生　１９９８年より「こみゅにてぃ」同人

かっつぁん

田原玲子

一

九月の半ば。砂利が敷かれたバス道路には夕暮れ近くにもかかわらず、まだむうっとするような暑さが残っている。

岡山県中島村《なかじまむら》の竹富《たけとみ》集落。広島県境に近い中島村は、御嶽山《みたけさん》という三百二十メートルの雑木が繁る裾広い山を囲んで、半島のように瀬戸内海に突き出た地形である。しかし、御嶽山の北麓にある竹富集落からは海が見えない。集落の北側にも緑の多い二百メートル近い山々が並んでいるので、まるで小さな盆地の中にいるような景観の集落である。

太平洋戦争が終わって六年。麻野景子《あさのけいこ》は小学五年生である。学校から竹富集落の西の端にある景子の家まで一キロ足らず。家は山裾に出来た襞の崖下にある。

いつもは何人かの級友と帰る道を、今日の景子は一人で集落の中ほどを川と並行して東西に走るバス道路を西へ、元気なくしおしおと歩いている。おかっぱ頭を俯けて歩いていると、履いている運動靴が目に入る。普段は父親が編んでくれたわら草履や、古く色あせたゴム草履を履くのだが、今日は六時間目に体育の授業があったので、運動靴を履いて来た。二年前に買って貰ったときに白かった運動靴は、今ではすっかり汚れて灰色とも茶色とも見分けがつかぬ色になり、しかも、穴が空いて親指と小指の爪がちらちら覗くようになった。景子の家は貧乏だから、子供の成長に合わせて運動靴を度々買い替えることなど出来ない。だから、二、三年は履けるようにとかなり大きいものを買い与えられるので、足の大きさが靴に合うころには靴がぼろぼろになってしまうのである。

しかし、今、景子に元気がないのは靴のせいではなかった。

――須堂《すどう》先生は私のおでこを指で突いた。それも後ろへ転びそうになるほど強うに。やっぱり、須堂先生は私のことなんか嫌いなんじゃ……

頭の中をずっとそのことが堂々巡りして景子を悩ませているのである。担任の須堂に突かれたおでこには、まだ疼くような感覚が残っている。

二学期が始まってから、校内で行われる学年別合唱会のために、音楽の時間の一部と放課後の一時間は、クラス全員で練習をしてきた。合唱会は、現在景子達五年生を担任している若い男性教諭須堂の提案で、昨年から開催されているのである。

須堂は昨年の春に赴任し、景子達四年生の担任になった。須堂は国語や算数ばかりでなく図工も体育も音楽も得意で、ピアノやオルガンを見事に弾き、歌も上手である。しかも、その声はよく響くバリトンであった。そして、放課後は曜日を決めて希望者にピアノの指導をしたり、学校の周辺で風景画の指導をしたりした。また勉強が解らない子供には出来る子供が教えるようにするなど、クラス中で協力し合う態勢を整えた。

そんな須堂の教育熱心で斬新な指導方法は、保護者の大きな好評と信頼も得ることになり、子供達や保護者の強い希望で、四年生に続いて五年生でも景子達の担任を続けてもらっている。

五年生は放課後に、いよいよ明日行われる合唱会の予行練習をした。大正時代に建てられた学校で、広い講堂の正面奥には一段高くなった舞台が設置されている。景子達はそこに上がって歌うことになっている。

一年生から六年生まで一学級ずつしかないが、それぞれ子供は四十人から五十人ほどいる。景子達五年生は四十三人いる。一人の男子児童が前でタクトを振り、あとの四十二人が三班に分かれて「郭公《かっこう》」の歌を伴奏無しで輪唱するのである。班ごとにリーダーになる者が二、三名、それぞれの班の前列に出て率先して歌う。景子は二班のリーダーの一人に選ばれて前列にいた。

——静かな湖畔の森の影から
と一班が歌い始めたあと、景子達二班が追いかけて同じように歌い出し、続いて三班も歌い出す。歌の中ほどになって盛り上がってくると、三つの旋律が見事に融け合い、自分達が本当に爽やかな緑の森の中にいるように陶然となるのである。

ところが、今日はどうしたことか、歌っているうちにバラバラになって来たのである。一班や三班の歌声に引き摺られて二班の調子がおかしいのだ。一班のリーダーである園子《そのこ》の特徴のある高めな声がひときわ耳につく。そこで、あせって景子も一段と声を張り上げ、力を入れて歌いついだ。きっと、同じ二班の皆も持ち直して歌ってくれる、と信じて。

　その時だった。指揮者の横に立って様子を見ていた背の高い須堂が、大股でつかつかと景子の前にやって来た。そして、無言のまま、懸命に歌っている景子の額の真ん中を、右手の人差指と中指の先でぐいっと押したのである。あっ、と景子は後ろへのけぞって尻餅をつきそうになった。角張った顔に太い黒縁の眼鏡を掛けた須堂の大きな目が、レンズの奥で冷たく光ったのが見えた。景子はドキッとして、あわてて歌うのを止めた。とっさには何のことかわからなかった。

——歌詞を間違えた覚えはない。音程も間違えとらん。何がいけんかったんじゃろう？　あ、他の班に負けまいと、いつもより大きな声で歌うたのが皆のハーモニーを狂わせたかもしれん……

　と思って隣の一班を見ると、園子が前列で景子と同じように一生懸命に声を張り上げて歌っている。しかし、須堂は園子には何もしなかった。

　園子は三年生のとき父親が病死したため、二歳違いの妹と共に母親に伴われ、戦災跡の東京から中島村の親戚を頼って越して来た。都会っぽい雰囲気を持ち、勉強がよく出来て色白で、二重の目がぱっちりとしてえくぼが可愛く、誰にも優しかったから、すぐにクラスの皆から好かれた。もちろん、景子も園子のことはすぐに大好きになった。園子も素朴で飾らない景子を親しい友達の一人にしてくれていた。

　しかし、景子は、今また改めて悟ったのだった。

——ああ、やっぱり……　園ちゃんと違《ちご》うて、どうせ私は不細工じゃもんな……

　景子はみじめな気持ちになった。器量は勿論のこと、成績だって気立てだって、どの点を比べても園子に及ばないことは自分で十分にわかっているつもりだったが、公然とクラスの皆の前で受けた須堂の仕打ちは堪らなく恥ずかしく、口惜しくて、顔も上げられずに立ち尽くしたのだった。

景子の左目の瞼は一生懸命力を入れても半分も開かない。十七も違う兄を頭に五人兄妹の末っ子なのに、なぜか出生時は難産で、産婆が引き出すとき赤子の目に指が入ったのである。そのため瞼が垂れ下がって視界が狭くなり、距離感覚が悪いなどの不便な症状が残った。右目が二重で大きいだけに、塞がった左目の異様さが余計に目立つのだった。いつも景子を見慣れている級友達は殆ど気に止める様子はないが、初めて景子を見る人や近所の人々は、奇妙なものを見るような、あるいは、哀れな子を見るように眉をひそめることを、いつのころからか、景子は肌に針を刺されるような辛さで感じとり、相手と視線を合わせないように俯く習慣が身についていた。

景子は「なぜ私だけが悪いのですか」と須堂に尋ねる勇気はなく、学校を後にした。最も尊敬している先生であるだけに、ショックは大きかった。

ふさいだ気持ちで俯いたまま歩いた。村役場の前庭に咲き始めた金木犀の薫りも気付かず、いつもは顔を出す農協の売店も覗かず通り過ぎ、自転車屋のちょび髭を生やしたおっちゃんや、級友の母親が営んでいる小さな食品店のおばちゃんにも挨拶せずに通り過ぎた。そして、バス道路から左へ折れ、土橋を渡って南の御嶽山《みたけさん》の方へ登る緩い坂道へ入った。道幅三メートルほどの坂道の右手には側溝沿いに登り斜面になった竹藪が続き、左手には高い土塀に囲まれた民家の先に棚田が連なっている。やがて、左前方の道路際の空き地に、太い丸太で造った梯子のてっぺんに小さな屋根を被った黒い釣鐘が見えてくる。半鐘台である。続いて、木造二階建の集会所、高い大屋根の上に換気用の小屋根が二つ並んで付いている煙草の葉の共同乾燥場などの建物もある。

一方右手には、竹藪が尽きると側溝を渡る石橋があり、稲荷神社へ通じる石畳の参道がある。十メートルばかりある参道の先の急な石段を登り切れば、ちょっとした広場の奥に社殿が見える。

さらにこの坂道の先には、一般の民家や田畑に混じって、牛馬の仲買商人である博労の大きな家や牛舎、土塀に囲まれた村長の蔵のある屋敷や歯医者の家、共同井戸などがある。

役場や農協、自転車屋などがある下のバス道路を竹富銀座としたら、土橋から上のこの坂道は何と言えばいいかな、などと思いながらいつもの景子は歩くのである。

しかし、今は須堂のことで頭がいっぱいでそんなことを思う余裕はなかった。

そして、半鐘台が近づいたとき、前方に人の気配を感じて顔を上げた。煙草の乾燥場の辺りから着物姿の黒い人影が下りて来るのが見えた。それは、沈みかける太陽を背にして暗く蹲る御嶽山の中から踊り出して来た人形のようであった。道の左寄りを練習不足な操り人形のように、杖を頼りに左右に大きく傾きながらだんだん近付いて来る。黒っぽい筒袖の着物を裾短く着た男だ。

「しまった」

と、景子は思って慌てた。いつもなら遠くから目敏く気付いて脇道へ逸れるか、近くの建物の陰に隠れてやり過ごす。しかし、今日の景子は須堂のことに気を捕らわれてうっかりしていた。坂道の右手は深い溝と竹藪だし、左は見通しのよい棚田が続いて横に逸れる道はない。隠れるに都合のよい集会所はまだ先である。今さら後戻りもできない。男と景子の他に誰も歩いていない。そうしているうちにも、男は着物の裾をはためかせながらどんどん近付いてくる。

男の名前はかっつぁん。年は五十。本名は畑中克一というのだが、集落の人々はずっと前から「元屋《もとや》のかっつぁん」と呼んでいる。かっつぁんの家はこの坂道をさらに二百メートルくらい登ったところの四つ角の右手前にある。竹富にずっと昔からある旧家で、元屋《もとや》と呼ばれている。藁《わら》屋根の古い家である。

景子の家は、かっつぁんの家があるその四つ角を右へ曲がって畑が続く丘を西へ越えた崖下にある。学校の行き帰りはかっつぁんの家の近くを通ることになる。

かっつぁんは元屋の夫婦にやっと出来た遅い一人っ子である。婿で元屋に入った父親は腕のいい大工の棟梁だったが、酒に呑まれて体を壊し、働き盛りで亡くなった。以後、母親との二人暮らしで、現在母親は八十を越えている。

かっつぁんは小学校へ通うようになって間もなく、癲癇《てんかん》の発作が起きるようになった。

戦後、この辺りの民家では、土間に煮炊き用のかまどを据えた台所があるのが一般になったが、かっつぁんが子供のころは、居間になっている板の間の真ん中に囲炉裏があって、暖房のためだけではなく、毎日の煮炊きをするために年中火があった。

かっつぁんは発作が起きると失神してこの囲炉裏の中に落ちて大火傷をしたのである。それも、一度ではすまず、何度も落ちては大火傷を繰り返した。体中の皮膚ばかりか筋肉や関節まで焼け焦げ、月日が経って傷は癒えても曲げ伸ばしも不自由な体になったのだった。

「大工の腕はええが、どうにもならん飲んだくれの婿が元屋にてんかんの悪い血を混ぜてしもうたんじゃ」

「元屋の姐さんはええ女子《おなご》じゃったのに、飲んだくれの婿が来て家をわやくちゃにしてしもうた」

と、折りにふれて竹富集落の人々は噂した。

てんかんは発作的に痙攣《けいれん》、意識喪失などの症状を繰り返し起こす疾患で、脳に外傷や腫瘍などがあって起こる症候性のものと、原因が明らかでない真性てんかんがあることがずっと後になって判ったが、かっつぁんが病んだ頃の医学ではまだ判らず、治療法も無かったから、かっつぁんはてんかんの艱苦から解放されることはなかったのである。

かっつぁんのように発作時に囲炉裏に落ちて火傷をするのは、失神する直前に異常な寒気を感じて無意識に火のある場所に近付くためだろう、との説がある。

上背があって痩せて骨っぽいかっつぁんは、いつも木綿の筒袖の着物を腰紐一本で前を合わせて着ている。冬はその上に綿入れ半纏《ばんてん》を重ね、不自由な右腕を懐《ふところ》に入れて歩いている。

竹富集落の人々は、かっつぁんの病気が移るものでないことは知っていたが、不治の病の火でんかんといって忌み嫌い、さらに、かっつぁんの焼けただれた容姿をも怖れたのである。

着物で隠れた部分はわからないが、かっつぁんの顔は一度見れば決して忘れられなくなる。右の額と眉から目へ、さらに頬から口、顎から喉にかけて赤黒く焼けただれて激しく引きつり、視力を失った右目は白目を剥いて飛び出し、まさに怒っている仁王の形相であった。そして、左手で杖を突くことは出来たが、両手とも指が溶けてくっ付き、握り拳のように固まっていたし、短く着た着物の裾から出ている両足は、黒や紫の痣《あざ》で斑《まだら》模様になり、足首も甲も皮膚や筋肉が引きつり、歩くのも困難な状態であった。

息子のかっつぁんがそんな具合で何も出来ないので、母親は、まだ体力があるときは近くの農家の手伝いや土木工事の下手間に出たりして生活を支えていたが、年を取ってからは家の周りの僅かな田畑を耕し、細ぼそと暮らしているのであった。

竹富の者は「元屋のばぁちゃん」と呼んで母親には何くれとなく声を掛け、米麦や野菜などを分けているが、かっつぁんに声を掛けることは滅多になかった。そんな大人の様子を見た子供達もかっつぁんの顔を恐れて近寄ることさえしなかった。それでもかっつぁんは、それを体力維持のための日課としているのか、毎日のように夕暮れ近くなると竹富集落や近辺を歩いているのである。

つまずくような草履の音は、もう景子のすぐ前まで来た。

景子は、まだかっつぁんの顔を間近で見たことはないし、声も聞いたことがない。仁王のような恐ろしい顔をした男だから、きっと声も恐ろしいに違いない。割れ鐘を叩くような声であろうか。鬼のように周囲に轟《とどろ》く声であろうか。身が縮む思いで歯がカチカチ鳴るが、もうこうなっては仕方がない、と覚悟した。

景子は男の顔を見ないように俯いたまま、ぺこんとお辞儀をした。

「こんにちは……」

声がひどく上ずった。すぐさま走って逃げようとした。が、足が竦んだ。

すると、戸惑ったような僅かな間があって、

「や……　こんにちは」

少し錆を含んではいるが、全く思いもよらない柔らかで響きのある声がゆっくりと返ってきた。

――ええっ？　何という優しい声だろう！

景子は思わず見上げた。

男の顔はすぐ上にあった。大きな右目は飛び出して白目を剝いている。が、皺に囲まれた小さな左目は、幼な子を愛でるように瞬《しばた》きながらおかっぱ頭の景子の顔を見詰めている。景子はかっつぁんの小さな左目を見詰め返した。全然恐くない。意外さに感動すら覚えた。そして、ほっとした。景子は自分の左目のことを忘れてかっつぁんの目に見入った。

すれ違って、ぴょっこん、ぴょっこんと体を傾けて歩いて行くかっつぁんの後ろ姿を、景子はしばらく見送った。かっつぁんが、周囲の人々が言うような怖い人でも悪い人でもなかったことを、自分で確かめられたことが無性に嬉しかった。

再び歩き出しながら、「こんにちは」といってくれたかっつぁんの声を何度も思い返しているうちに、須堂に押された額の感覚をいつの間にか忘れて景子は家へ帰ったのだった。

それからは、かっつぁんと何処で出会っても、景子は自分から先に挨拶をした。かっつぁんも、「やぁ、お帰り」とか、「元気にしとるかの」と、返してくれた。

友達と一緒のとき、友達はかっつぁんの姿を見かけると隠れたり逃げたりした。そして、嬉しそうにかっつぁんに挨拶する景子に不審な目を向けるが、景子は「全然恐い人なんかじゃないよ」と、一生懸命に訴えた。

ある日の夕方、いつもの家への帰り道のことだった。坂道の四つ角の手前にあるかっつぁんの家の近くで、景子はかっつぁんに出会った。いつものように挨拶を交わしたあと、珍しくかっつぁんが尋ねた。

「嬢ちゃんはよう声を掛けてくれんさるけど、何処の嬢ちゃん?」

「この西の丘の下の麻野じゃ。麻野景子いうんじゃ」

「ああ、やっぱり。麻野先生の嬢ちゃん……　そういやぁ、麻野先生は絵をよう描きんさっとったが、景子ちゃんも絵を描くんは好きかの?」

「うん、大好きじゃ。勉強よりかずうっと好き」

「ほほう」

かっつぁんは、勉強よりずうっと好き、という言葉ににっこりした。

「去年から担任の須堂先生に特別に絵を教えて貰《もろ》うとるん。毎週一回、クラスの中の十人くらいが集まって、放課後に学校の周りへ写生しに出かけとるんよ。教室で静物を描くよりいろいろ描くものがあってものすごう楽しいんじゃ」

「ほう、そうかな。やっぱり麻野先生のお子じゃな。ええことじゃ。ま、しっかり頑張っての」

景子を見るかっつぁんの細い左目が笑って皺の中でいっそう細くなっている。景子は、かっつぁんがぐんと親しい人になったようで嬉しかった。

景子の父親は若いころから隣町の女学校の教員をしながら趣味で油絵を描き、日展で受賞したこともあった。しかし、戦前に一家で満州（現在の中国の東北部）へ渡り、校長まで勤めたが、敗戦後無一物になって引き揚げて帰ってからは、食糧不足の折り、停年に近かった教職を辞めて食糧調達に直結する百姓に専念した。が、不在にしていた間に農地改革で田畑の大半を失い、家族七人の日々の糊口を凌ぐのが精一杯の暮らしとなり、絵など描くどころではなくなった。したがって、景子も父親の絵を見ることは一度もなかったが、父親譲りだろうか、絵を描くのは何よりも楽しかった。

二

村の秋は忙《せわ》しい。

小学校では合唱会が終わると、次は十月半ばに運動会が行われた。娯楽の少ない田舎では学校の行事が村人の遊興行事の一つにもなっているから、晴天に恵まれた日曜日の運動会は、弁当と茣蓙《ござ》持参で見物する村の人々で賑わった。

そして、十月末には秋祭りが催される。中島村に六つある各集落から若者達に担がれた千歳楽《せんざいろく》（だんじり）が出て、御嶽山の中腹にある鎮守様へ参拝する。

竹富集落でも数日前から若い衆が稲荷神社に集まり、社殿の裏にある倉庫から千歳楽の部材を取り出して組み立て、飾りも新しく付け直す。当日はそれを二十人余りの若い衆が担ぎ上げる。千歳楽の中で懸命に叩く二人の稚児《ちご》の太鼓の音に合わせて祝い唄を歌いながら練って稲荷神社を出発し、鎮守様へと向かう。行きはまだしも、帰りはいたる所で酒肴の振る舞いを受けるので、千歳楽は千鳥足になる。当日の午後は小、中学校は授業が休みとなり、子供達も大人と一緒に千歳楽に付いいて参拝し、各集落から集まった千歳楽の勇壮な競り合いを見物したり、境内に出ている屋台で駄菓子などを買って存分に楽しむから、村も神社も大変な賑わいになる。

ところが、十一月に入るとすぐに稲刈りが始まる。初夏には田植え休みがあるが、秋は稲刈り休みと称して小、中学校は三日間休みになり、小学生も働き手の一員として各家の農作業の手伝いをする。景子も父親から「働かざる者は食うべからずじゃ」と言われて早朝から起こされ、すぐ上の中学生の兄と共に鎌を持って働いた。

景子の家の畑は崖下にある家の周りの傾斜地にあるが、田んぼはバス通りの北側の平坦地にあるので、家族揃って農具と昼食用の蒸し芋を持って出かけた。

そんな稲刈り休みが終わった三日後の下校時のことである。

景子はいつもの御嶽山の方へ向かう通学路の坂道を歩いているとき、右手にあるお稲荷さんへの参道の石段にいるかっつぁんを見た。

お稲荷さんへ向かう石畳の参道は、道路沿いにある一軒の民家の母屋と台所や風呂のある別棟の建物の間を貫いて十メートルほど続き、その先にある急な石段を三十段登ると社殿が建つ境内に入る。かっつぁんはその石段の一番上に足を投げ出した恰好で下の参道の方へ向いて腰掛けていた。不自由な体でこの石段をどのようにして登ったものか、と景子はびっくりしたが、ここしばらくかっつぁんに会ってなかったので、嬉しくなって勢いよく登って行った。

「かっつぁん、こんにちはっ」

「やぁ、こんにちは。いまお帰りかの」

景子はかっつぁんのすぐ前まで来て立ち止まった。

「この前の運動会、景子ちゃん、高跳びでよう頑張っとったな」

「えっ、運動会見に来てくれたん？　へぇ、知らなんだわぁ。嬉しい。どうも有難う」

景子は掛け鞄を肩にしたまままかっつぁんの左隣りに腰を下ろした。が、上体を捩って後ろの境内の奥を窺った。

石段を登り切った境内の入り口には白い御影《みかげ》石の鳥居が建ち、両脇に石灯籠も立つ。小広い広場の奥には、こちら（東）へ向いて四間四方くらいある瓦葺きの社殿が建っている。社殿の後ろは少し間隔を置いて雑木の繁る崖が社殿の屋根を凌ぐ高さでそそり立つ。そして、境内の四方も丈高い楠《くすのき》や椿《あべまき》などの大木が混じる雑木林が取り囲んでいるので、社殿の辺りは昼でも薄暗い。

「かっつぁん。お稲荷さんにようお参りに来るん？」

「そう。ほぼ毎日、今時分にな」

「ふうん。お稲荷さん、一人で来て怖《こお》うないん？」

「どうして？　景子ちゃんは怖いんかの？」

景子は少しの間考えてから切り出した。

「怖い。一人でお稲荷さんへよう来ん。けど、朝登校するとき、遅刻しそうになったら、仕方なしにお稲荷さんの中を走って通るんじゃ。いつものように表の道を通って学校へ行きょったらとても間に合わんもん。家の裏門から出て丘の上の畑《はたけ》ん中の道を走って、お稲荷さんの裏にある竹藪の間から石段を降りて……。ほら、あそこの境内の隅《すみ》にちょっと見えとるあの曲がりくねったガタガタの石段を降りて来るんよ。全部で三十九段もあるんじゃ。それからこの石段まで必死でお稲荷さんの広場を斜めに走って来るんじゃ。ものすごう恐いけど、ここを通ったら学校にはぎりぎりで間に合うんじゃ」

景子は肩をすくめて見せた。

「ま、お稲荷さんの境内は昼間でもちょっと暗《くれ》ぇけどな」

「ううん。暗ぇけぇばっかりじゃないんよ。昔、お稲荷さんで怖いことが本当にあったからじゃもん。うちのお父さんが話してくれたんじゃ」

「ほう、お父さんがな」

「お父さんは時々晩酌して機嫌がようなると、私らにいろんな話をしてくれるんじゃ。お父さんが学生時代に、大阪にある寄宿舎で、ものすごう厳しい舎監を学生仲間で屋台に誘ってしっかり飲ませ、動けんようになった舎監を駐在所の横へ運んで置いて来た話や、若いとき絵を描きに行った沖縄のこととか、満州の学校の学生達との楽しかった話とかな。それから、私らが終戦の次の年に満州から引き揚げる途中で、ロシア人や中国人の強盗に襲われてえろう恐い目に遭うたり、食べ物が無《の》うてひもじいのに、何日も散々歩いてしんどい思いをしたりしたこととかな。私はそんときはまだ六歳でようわからんかったけどな」

「おお、そうじゃ。景子ちゃんとこは満州から帰って来《き》んさったんじゃったなぁ」

「うん。けど、そういう話はみな終わったことじゃろ。でも、お稲荷さんのことだけは違うんじゃ。終わっとらんのよ」

「そりゃどういうことじゃろかな」

「私らの麻野の家は、昔はこのお稲荷さんのところにあったんじゃて」

「へぇ、ここにな？」

かっつぁんは驚いて社殿の方を振り返ったあと、興味を持った様子で真面目な顔になった。

景子は父から何度か聞かされて覚えてしまった話をかっつぁんに語った。

室町時代から豪族であった麻野家は、江戸時代の初期、中興の祖である麻野与惣左衛門《よそうざえもん》が、移封により岡山県北部の村から一族郎党を連れて中島村にやって来た。そして、御嶽山の北麓の、盆地のように穏やかな竹富に館を構えた。

竹富は名の如く竹が生い茂る瘦せ地だった。それを皆で懸命に拓いて耕し、何でもよく実る田畑にした。

与惣左衛門は若いときに子宝に恵まれぬまま妻を亡くしていた。そして、竹富に居を構えた中年近くになって、近隣の郷士の娘に一目惚れし、嫁に貰った。

奥方は若くて大層美しかった。子供も次々と男女交えて三人生まれた。麻野家は安泰で、一族郎党は万々歳であった。

ところが、善いことばかり長くは続かなかった。家人《けにん》の中に苦み走ったよい男振りの若侍がおり、ふとした機会から奥方はその若侍に懸想《けそう》してしまった。

始めはうまい具合に密かに逢っていたが、度々逢瀬を重ねるうちに、ついに主《あるじ》に知られるところとなってしまった。

与惣左衛門は奥方と若侍を庭に引きすえて言った。

「麻野家へ嫁して来たからには、不義密通は法度と心得ておるはず。にも拘わらず、女房や家人《けにん》に武士の面子《めんつ》を潰されたとあっては、断じて許す訳には参らん。覚悟せい。ええい、世迷いごとは許さんっ。それに直れ。成敗してくれようっ」

「お許し下され。堪忍して下されぇっ」

と、泣きすがる奥方を突き放し、与惣左衛門は刀の鞘を払うなり、ばっさり、ばっさり、二人とも一刀両断にしてしまった。

ところが、それからのことだった。

与惣左衛門が床に就き、丑《うし》三つ時（午前二時〜二時半）になると、奥方の亡霊が寝所に現れ、与惣左衛門に取り憑くようになった。

ぼうっとして形の定まらぬ白い物体が与惣左衛門の上に被さってくる。ひどい胸苦しさに息もできない。それが毎夜のように続いたので、与惣左衛門はほとほと参ってしまった。

八卦見に占わせたところ、

「亡き奥方様の逆恨みが悪霊となったのでございます。この地にお館がございます限り、この悪霊は離れますまい。お館をお移しなさいますのが一番かと存じまする」

そこで、館の南西の方角の丘を越えた崖の下、つまり現在の麻野の家のある所が善いということになり、屋敷を移し変えた。そして、元の館は取り払い、奥方の霊を供養するために祠《ほこら》を建ててお稲荷様を祀《まつ》ったのである。すると、新しい館に亡霊が現れることはなく、以後麻野家も代々大禍なく過ごして今日に至っているのである。

お稲荷さんの祠は何度か造り直したが、明治の初期には社殿を建て替えて大きくし、周りの雑木の繁る山ごと竹富集落に寄付したので、それからは集落の氏神となり、社殿は様々な行事の集会所としても利用されるようになったのである。

「な、昔のことじゃけど、本当にあったことなんよ。じゃから、私がお稲荷さんを通りよったら、いっつも奥方の幽霊が襲ってくるんじゃ。ほら、さっきもいうた、あそこの竹藪の中の石段。上から七、八段降りてきたら、決まったように、お社の後ろの方からひやぁっとした風が吹いて来て、首筋や背中がぞくぞくって、急に寒うなるのよ。ものすごう気持ち悪《わり》い。けど、一生懸命堪えて残りの石段を駆け降りるんじゃ。それからこの正面の石段目指して一目散に広場を斜めに突っ切って走るんじゃ。そしたら、にわかに周りが暗《くろ》うなって……」

興奮して喋っていた景子だったが、だんだんと両腕が粟立って来て言葉が続けられなくなってきた。そこで大きく深呼吸を一つして話を続けた。

「――ひっひっひ……　そこな娘、待ちゃ。待てぇ―　おどろおどろしい声が追いかけて来るんじゃ。青白い影のような何とも得体の知れんもんが後ろから襲ってくるんよ。私を捕まえて殺すつもりなんよ。確かめたい、と思うんじゃけど、怖《こお》うて怖うて、とても振り向けんの。喉も潰れて泣き声も悲鳴も出せんのよ。それでも必死でこの石段を駆け降りて、やっとのこと下の道路に辿り着くんじゃ。そしたら、辺りは何の変哲もない、いつもののんびりした竹富の景色になるんよ」

景子は話し終えて首を傾げた。

「友達や大勢の人達と一緒にいるときはなぁんともないのに、なんでか、私が一人でお稲荷さんを通るときだけに幽霊が出てくるんじゃ。うちの者《もん》はみんな、『そりゃ景子が臆病じゃからつまらんことを考えるんじゃ。昭和の現在そげなことはありゃせん』いうて、とりあってくれんの。私、ほんまに困っとるの。なぁ、かっつぁん。どうしたらええんかなぁ」

「ふうん。そりゃぁ困ったことじゃなぁ……　景子ちゃんはお稲荷さんをちゃんと拝んだことがあるかな？」

「そういえば無いなぁ」

「そうか、無いか。じゃ、これからわしと一緒にちゃんと拝んで来よう。どうぞ、もう二度と幽霊が出て来んようにしてつかぁさい、いうてお願いしよう」

「えっ、かっつぁんも？」

「うん。景子ちゃんのためなら、わしも一生懸命お願いするがな。さぁ、行こう」

二人は石段から立ち上がると、奥の社殿の前まで歩いて行き、正面の格子戸の前で手を合わせた。

景子は「もう絶対に幽霊など出ませんように」と小声で十回も唱え、大きく拍手を打ってお辞儀をした。そして、右隣りのかっつぁんの様子を窺った。

かっつぁんは木の杖を左脇に挟み、左腕で懐から出した右腕を掴んで胸の前でしっかり合わせている。が、その腕は節くれ立った枯れ枝のように黒ずみ、手の甲は栄螺《さざえ》の殻のように固まって見える。

そして、かっつぁんは上半身全体を倒れそうになるほど大きく前に傾けてお辞儀をした。景子は胸がきゅうんと痛くなった。

かっつぁんは、やっこらしょ、と体を起こすと、皺の中の小さな左目で景子をしっかりと見ていった。

「さぁ、これでもう大丈夫じゃ。幽霊なんぞ絶対出てきやせんよ。安心して何時でもお稲荷さんを通りゃええ」

不思議なことに、それから後、景子は幽霊に悩まされることはなかったのである。

景子は心の底からかっつぁんに感謝した。

三

それは十一月半ばの土曜日のことである。

御嶽山の蔭にある竹富集落は、四時を廻るとはやくも竹藪の裾や田畑の畦道《あぜみち》に霧のような夕暮れの気配が漂い始める。

またも景子は、悔しさと悲しさで破れそうな胸を抑えて歩き、お稲荷さんの下の道で立ち止まった。そして、縋るように参道の石段の上を見上げた。案の定、かっつぁんの姿があった。かっつぁんも景子を認めて、石段に坐ったまま杖を持った左手を上げて招くように振った。景子は黙って頷き、石段を登って行った。口を開くと泣き声が飛び出しそうだった。

お稲荷さんの境内は下の道よりさらに暗い。以前のように一番上の石段にいるかっつぁんの左に坐った。

「何かあったかの？」

景子の強張った表情を窺っていたかっつぁんが低い声で静かに尋ねた。

細い泣き声と共に、景子の目から堪えに堪えていた涙が溢れ出た。

「話してみんせぇ」

景子は手の甲で涙を拭きながら、今日の出来事を話した。

同じ郡部内にある小学校が合同で開催する児童の絵の総合展に、須堂の働きかけで、景子達の学校も今年から作品を出したのだった。

「今日展覧会を見に行く者は各自自由に行ってええからの。ただし、途中寄り道などせんように。帰りも遅うならんようにすること」

今日の四時間目の授業が終わるとき、須堂は帰り仕度でざわついている教室の皆に大きな声でいった。

何人かのグループは早々に出かけてしまったが、会場の小学校が何処にあるか知らない景子と園子、そして、二人と仲良しの和恵の三人は、須堂と一緒に行くことになった。三人の絵も出展してあると須堂から知らされたからである。

三人はそれぞれいったん家へ帰って昼食をすませ、昼過ぎに須堂の自転車で学校を出発した。小柄な園子は須堂が乗る自転車の前のパイプのところに乗せて貰い、後ろの荷台にはちょっと太めな和恵と痩せっぽちの景子が乗った。三人は日ごろから須堂をこの上なく尊敬していたし、背が高くて肩幅が広く、濃い眉と高い鼻筋に大きめの締まった口元をした容貌は、とても男らしくて憧れてもいるのだった。

中島村の北隣りの町にある会場の小学校は、自転車で三十分くらいのところにある。

空は爽やかに晴れ、民家の庭から覗く木々は鮮やかに紅葉している。

舗装されてない道路には砂利が撒かれていた。自転車がバウンドしたり揺れたりするたびに、三人は一斉に黄色い声をあげて喜んだ。須堂はかまわずぐいぐいペダルを漕いだ。しかし、中島村と隣り町との境にある峠に差し掛かると、さすがに踏む足が重くなってきた。急斜面になると、ついに腰を上げて漕ぎ始めた。息も荒くなる。一番後ろに乗っていた景子は、堪らなくなって荷台から跳び降りた。

「あれっ、降りたのか。遠慮せず乗っとればいいのに」

といいつつも、荷台を押して走った。

「軽い軽い。助かるな。ようし、あと一息だ。ふんばるぞ」

須堂が喜んでくれたのが嬉しかった。景子は喘ぎながらいっそう力を込めて自転車を押した。

会場の小学校は、山陽本線にほど近い民家の多い小広い平地にあった。景子たちが着いたとき、すでに大勢の子供や大人達が広い講堂内を行きかって、展示されている絵を見ていた。目ざとく須堂を見つけて集まった数人のクラスの子供達も一緒になり、絵を見て回った。絵は学年別にして壁面や沢山の大きな台板に貼ってある。それぞれの絵の下には学校名と氏名が書かれた横長の白い紙がつけてあり、優秀な作品には金色や銀色の短冊が絵の右肩につけられていた。

「先生、僕の絵、あそこにありました」

という傍で、和恵が、

「あっ、あそこに私の絵があるっ」

嬉しそうに声をあげた。

景子は秘かに、金賞か銀賞を、と期待しながら自分の絵を探した。

「あった！」

思わず叫んだ。壁面にびっしり貼られている上から三番目に、見覚えのあるクレパスの風景画があった。十月末ごろの放課後に、園子や和恵も含めて十人ほどの児童が校外写生をした時の絵だ。右の山際と左の池に挟まれて少しカーブしている松並木の道を描いている。小学校の上にある池の土手で写生したものだ。

「遠近感があってなかなかいい絵じゃね」

と、須堂に褒められて嬉しかった絵である。しかも、右上に銀色の紙が光っているではないか。

わっ、銀賞だ！

有頂天になって指差しながら、

「先生、私の絵……」

いいかけて景子は息を呑んだ。絵の下に付けられている名前は景子ではない。園子の名前が書かれてある。あわてて目を凝らして見直したが、やはり園子になっている。園子も景子の横で怪訝な顔をして絵を見上げている。そのとき、傍にいた須堂が、

「園子がちゃんと絵を描かなかったから、ちょっと景子の絵を借りたんだよ」

園子にともなく景子にともなく、ぼそぼそっと低い声でいい、ばつが悪そうに園子のおかっぱ頭を大きな掌で押さえた。周りにいるみなも、唖然として絵を見上げるばかりだった。

景子の名前が付いた景子のもう一つの絵は別の場所にあるのを見付けたが、それには金賞も銀賞も付いてなかった。景子もその絵は平凡な構図で、いま一つ納得できなかったものであった。

景子は和恵に、「先に帰るから」と告げて、一人で歩いて峠を越えて帰って来たのだった。


「私、こんな目に遭うなんて思うてもおらんかった。先生はひどい……　私は先生のこと尊敬してたし、大好きじゃったのに、先生は私のことなんか大嫌いじゃったんよ。こげな目をした不細工な私なんかは……」

景子は堪えようもなく激しくしゃくり上げた。

「そうか……　そりゃぁひどい。ほんまに辛いのう。そりゃとんでもない依怙ひいきじゃ。先生は間違《まちご》うとる。絶対許せんことじゃ。よっしゃ、わかった。景子ちゃんのお父さんに相談に行こう。こげんなわしじゃ相手にしてくれんじゃろうけど、校長をしとんさった景子ちゃんのお父さんなら、小学校の校長は話を聞いてくれる筈じゃ。今からわしが景子ちゃんのお父さんに会いに行って話をしよう。さ、行こう」

語気強く言い、杖を突いて立ち上がろうとするかっつぁんを、景子はあわてて遮った。

「あ、待って、かっつぁん。うちのお父さんはぼっけぇきょうてぇ（大変に恐い）から駄目じゃ。曲がったことが大嫌いじゃけぇ、ものすごう怒るに決まっとる。それに気が短いけぇ、校長先生にどげんなことを言うか分からん。学校中に知れてしもうて、須堂先生が学校を辞めにゃぁいけんようになるかもしれん。それに、なんも知らんかった園子ちゃんまでが困ることになるかもしれん。私、園子ちゃんに迷惑がかかるようになるんはいやじゃ。園子ちゃんのこと大好きじゃけぇ。それに、須堂先生がおらんようになるんも困る。先生のことは、生徒もお母さんらもみんな、ええ先生じゃ、偉い人じゃいうて尊敬しとる。それなのに、私だけのことで先生が辞めることになったら、それこそ大事《おおごと》になる。じゃけぇ、お父さんにも誰にも言えんの……」

「そうかのう。それじゃぁ景子ちゃんは辛《つれ》ぇばっかりじゃが……」

かっつぁんは悔しそうにいう。

ここまで景子を貶めた須堂のことを、景子は今までのように純粋に尊敬することはもはや出来そうもないが、まだ憎む気持ちにはなれないのである。須堂から特別に可愛がって貰わなくても、せめて憎まれたり嫌われたりだけはされたくない、と強く願っているのであった。

しかし、そうであるためにどうすればよいのか分らない。景子は困り顔のかっつぁんの前で声をあげて泣くしかなかった。そして、かっつぁんが真剣に聞いてくれたことで、景子の悲しみと悔しさは和らいでいくのだった。

四

風もなく、カーディガンの上から陽の温もりを感じる小春日和の学校帰り、竹富集落の麓にある土橋を渡って来たところで、景子は前を行く元屋のばぁちゃんを見た。かっつぁんの母親である。ばぁちゃんは下の農協で買って来たのだろう、配給米が入っているらしい麻袋を右肩に担ぎ、左手には麦藁で編んだ買い物籠を提げている。担いだ袋には米が三、四升は入っているのか、それほど大きくはないが、少し後ろへずっこけている。背丈はあるが、痩せて骨と皮ばかりに見えるばぁちゃんは、背中も腰も大きく前に屈めて、ゆっくりゆっくり坂道を登って行く。黒い前掛をした着物の裾から黄色い足首が見える。黒っぽい足袋の上に藁草履を履いたばぁちゃんの足首は筋張って細く、皺がいっぱい寄っている。一歩一歩ゆっくり進む。二、三十歩歩いては立ち止まって息を整えている。とてもしんどそうだ。見ていると、景子までがしんどくなって我慢できなくなった。少し迷ったが、景子はばぁちゃんに追いつき、さらに追い越してばぁちゃんの前に立った。

「こんにちは、ばぁちゃん。なぁ、その袋、私が持って行ってあげるけぇ貸して」

「ありゃ、麻野先生んところの嬢ちゃんかいな。いや、ええんよ、ええんよ。こりゃ重いけぇ嬢ちゃんにゃ無理じゃ」

「ううん、大丈夫じゃ。よう持つけん貸して」

と、無理矢理ばぁちゃんの肩から麻袋を取って自分の左肩に乗せた。ずしりっときた。学校の勉強用具を入れた布の肩掛け鞄をしている上に、ばぁちゃんの麻袋が重なったから、背は高いが痩せっぽちの景子には予想以上に重かった。でも、今さら後には引けない。ばぁちゃんの遅い歩調に合わせてゆっくりと坂を登った。

「ほんにすまんなぁ。申し訳ないなぁ」

　ばぁちゃんは何度もいった。

　やっと四つ角の手前にあるばぁちゃんの家に着いた。麻袋を縁の上に降ろしたら肩がすっと上がった。

「やれやれ、有難うござんした。重かったじゃろう。お陰さんでえろう助かりました」

「かっつぁんは？」

「はぁて、どっかへ出とるみたいじゃな」

　景子はちょっとがっかりした。

「まぁ、お茶を淹れるけぇ、一服していってちょうでぇよ」

　ばぁちゃんはいそいそと土間の奥へ入って行った。

　ばぁちゃんの家は学校の通り道の近くにあるので度々見ているが、中へ入ったのは初めてである。ばぁちゃんの家は、景子の家にあるような塀も庭もなく、重そうな厚い藁屋根の母屋の軒下から先がすぐ菜園になっている。景子が畑を眺めていると、その中に薄紫色の花の一群を見付けた。近付くと、大根や白菜などが幾筋かの畝の上で育っている端に、その花はあった。儚いような優しい紫色の小菊だった。数本の枝に沢山の小花が咲いている。

「まぁ、ここへ掛けてお茶でも飲んでちょうでぇ」

　ばぁちゃんが湯呑みを載せた小さな盆を持って暗い部屋の中から出て来たが、畑の小菊を見つめる景子の姿に目を細めた。

「そりゃぁ野菊じゃが、珍しいかえ？」

「ううん。野菊なんは知っとるけど、うちにあるんは黄色しかないもん。こりゃええ色じゃねぇ」

「そりゃぁ、ずっと前にうちの克一が、ええ色の花を見付けたいうて持って帰ったもんじゃ。小さいのが一本だけじゃったけど、根が少し付いとったけぇ植えたら、だんだんに株が張って大きゅうなったんよ。よかったら、あとで切ってあげるけぇ、少し持ってお帰り」

「ほんま？　有難う」

「うちの克一がいうとったが、嬢ちゃんは上手に絵を描きんさるんじゃって？　やっぱり麻野先生のお子さんじゃな」

沢山の皺に囲まれて窪んだ小さな目は、かっつぁんによく似て優しかった。

帰り際にばぁちゃんが摘んでくれた数本の野菊は、花の色の淡さに似ず、景子の腕の中で凛とした薫りを放った。


木枯らしが吹き始めた十二月中頃の学校帰りのことである。それが景子の習慣のようになってしまって、いつものようにお稲荷さんの下の道から参道の石段を見上げた。案の定、三十段ある石段の上から五段目辺りに、杖を突いて登りつつあるかっつぁんの後ろ姿が見えた。

「かっつぁーん」

景子は大きな声で呼びかけておいて、参道を走り、石段を一息に駈け登った。かっつぁんが最後の石段を登り切る前に追い付いた。

「や、こんにちは。景子ちゃんはえろう元気じゃのう。こないだはうちのばぁちゃんを手伝《てつど》うてくれて、すまんことじゃったな。近ごろはえろう体が弱ってしもうて困っとるんよ。それにしても、ばぁちゃん、優しい子がおるもんじゃいうて、えろう喜んどった」

「うんにゃぁ。そねぇなことより、この間の日曜日、大阪へお嫁にいっとる姉ちゃんが帰って来たとき、すっごい話をしてくれたんよ。私のこの塞がっとる左目が治せるかもしれんのじゃって！　大学病院なら手術して治せるかもしれんのじゃって」

「えっ、治るって？　おう、そうか　そうか。そりゃぁ嬉しいのう。何よりのことじゃ」

「けど、手術するにゃぁお金がかかるんじゃて。でも私、絶対に治したい。うちは貧乏じゃけぇ、とてもそねぇなお金は出して貰えん。じゃから、私は早うに学校を出て働きに出る。一生懸命働いてお金を貯めるんじゃ。それで入院代も手術代もみな自分で払う。私は絶対に治すんじゃ。決めたんよ」

　景子は胸を張っていった。

「うーん、偉いっ。そうか、自分のお金で治すか。偉いのう、景子ちゃんは。よしよし、しっかり頑張ってのう」

　かっつぁんは小さな目をさらに眩しそうに細めて景子を見た。

「私、この目のために散々馬鹿にされたり辛い目に遭うて来たもん……」

　友達、親戚、近所の人、先生等、その時々の人々の冷たい目を思い出す。「なんでこんな目にして生んだんよっ」と、母親に食ってかかったら、「堪忍しておくれ」と泣かれて、いっそう辛かったことも忘れられない。

しかし、今、景子はもう泣かないと決めた。

「ね、ね。目が治ったらどんな顔になるじゃろか」

「そりゃぁもう、ものすごうべっぴんさんになるがな。色白で目がぱっちりとして……」

「私のこと、みんなはもう馬鹿にせんじゃろか」

「勿論じゃ。そんなべっぴんで賢い景子ちゃんに文句をつける者なんぞ、絶対居りゃぁせん」

「そうじゃろか。そうなったらどげんに嬉しかろう。うん、べっぴんになんかならんでもええ。ただ、恥ずかしゅうなしに、ちゃんと顔を上げて歩けるだけでええんよ。ああ、早う大人になりたい。早う治したいっ」

自分のことのように喜んでくれるかっつぁんの様子に熱いものを感じて、景子は思わず叫ぶように言葉を続けていた。

「そうじゃ、な、かっつぁん。かっつぁんもその体、治せんじゃろか。手術したらようなるんじゃない？　好きなように歩けて、畑仕事もばぁちゃんの手伝いも出来るようになるかもしれん。そしたら、どねぇにええじゃろう。な、かっつぁんもなんとかして頑張って治さん？」

「そうじゃなぁ。ああ、ほんまにそうなりたいなぁ。自分の思うように動けたら、どねぇにええじゃろう。今までずっとようせんかったことを皆やり直せる……　若いときはそう思うて、えろう悩んだもんじゃった。けど、景子ちゃん、わしのは治す方法は無いんじゃ。今の医学じゃ手術する方法も無いし、残念ながら治せる薬も無いんじゃ。どうにもならん業病じゃけんな。景子ちゃんのとはまるで訳が違うけん……」

かっつぁんは声を詰まらせた。小さな左目がしょぼついて赤らみ、ふいと脇を向いた。景子が初めて見たかっつぁんの辛そうな横顔だった。

「あ……」

景子は自分のことばかりに有頂天になっていたことに気付いてうろたえた。

「……かっつぁん、ごめんなさい。私、私……」

言うべき言葉が見つからなかった。景子が最も信頼しているかけがえのない人だからこそ、何とか治って欲しいと願っての思わず出た言葉だった。しかし、かっつぁんの病気がそんなに容易く治せるものでないことは景子でも知っているつもりだったし、全身に及ぶ大きな障害のために、長い年月をどれほどかっつぁんが苦しみ抜いているか、景子の目などと較べられるものではないことも分かっていたつもりだったのに。

二人の間に重苦しい空気が流れた。

それでもかっつぁんは黙ったまま石段から腰を上げると、社殿の前までぎったんぎったん歩いて行き、手を合わせて拝んだ。そして、登って来た石段を降り始めた。杖を突いて石段の上に腰を降ろし、左足で下の段に立つと、全身を寝かせるほど横にして曲がらぬ右足を左足の横に移す。そして、杖を頼りに力を込めて立ち上がる。それを一段一段繰り返して降りて行く。かっつぁんの顔は真剣である。景子もかっつぁんの横に並んでゆっくり降りた。最後の一段を降りて立ち上がろうとしたとき、かっつぁんの体がぐらりっと大きく後ろによろめいた。とっさに景子はかっつぁんの腰を右から強く抱き止めた。すると、かっつぁんの右の二の腕が景子の頬にぶつかった。筋肉のない枯れ枝のような固い感触だった。

「どうにもならん業病じゃ」といった、かっつぁんの先ほどの言葉が景子の胸を鋭く貫いた。


それから寒さが強まり、歩くことを止めたのか、竹富集落にふっつりとかっつぁんの姿を見なくなった。

新年早々に雪が少しばかり降り積もった。正月の松飾りが取れて間もなくに、元屋のばぁちゃんが亡くなった。年末に体調を崩していた上に、風邪をこじらせたのが原因だった。葬儀は元屋の僅かばかりの遠い縁者と竹富の人々が集まって、ごくささやかに行った。かっつぁんは殆ど何も出来ず、

「皆さんにお世話になってしもうて、ほんまに申し訳ございません」

と、何度もいって泣いた。

「それにしても、男運も子供運にも恵まれんで苦労ばぁしんさって、気の毒なばぁちゃんじゃったのう」

竹富の人々はそういってばぁちゃんの死を悼んだ。

そして、二月、かっつぁんはごく内々にばぁちゃんの四十九日の法要をすませた。

その二日後のことだった。体の芯まで凍えるような寒い日の早朝、かっつぁんの轢死体が見

つかった。村はずれの山陽本線の信号のない寂しい踏切の脇で、枯れた雑草の中に埋もれていた。特徴のある大火傷痕ですぐに身元が判ったらしい。書き残したものは無かったが、家の中は綺麗に片付けてあった。

「可哀想じゃが、仕方がないのう。何も出来ん身で頼りのばぁちゃんに逝かれちゃぁ、もう生きておれんかったんじゃろう」

と、竹富の人々は噂した。

かっつぁんの自殺で、景子は強い衝撃を受けた。

かっつぁんに会えないのは何より辛かった。さらに、かっつぁんの病気のことに自分が立ち入り過ぎたことが、かっつぁんを絶望させ、死に追い込んでしまった原因の一つではなかったかと、罪悪感にさいなまれ、居ても立ってもいられなかった。父親に打ち明けたかったが、「お前がつまらんことをしたからじゃ」と、叱り飛ばされるだけで何の解決にもならないのではないかと思うと、話す勇気もなく悩み、心の中でかっつぁんに詫び続けた。

竹富集落に麻野家の一族よりも前からあった元屋は、これで絶えてしまったのである。


それから十数年経ち、空き家になったばぁちゃんとかっつぁんの家は、どんどん朽ち果て、黒々とした藁の山のようになってしまっていた。

景子は今、その家の前に立った。かっつぁんとばぁちゃんが亡くなってからは来ることがなかったのだ。崩れた藁屋根が半ば埋もれるほど雑木を交えた丈高い薄が一面を覆っている。

そんな枯れて白い穂を付け残した薄の根元に、薄紫の花が数輪咲いているのを見つけて、景子は草を掻き分けて近づいた。ばぁちゃんが丹精込めて育てていたあの野菊の名残だろうか。細い茎がひょろひょろと薄の間に伸びている。

「ばぁちゃん、かっつぁん、お久しぶり。今日、私、ものすごう嬉しいことがあったんよ。ほら見て。私の左目を見てちょうだい。今朝大学病院を退院したんよ。私が一生懸命働いたお金で手術して貰うたんよ。右目と殆ど変わらん二重瞼になったじゃろ。視力もずっとようなったの。ねぇ、かっつぁん。これからは私、真っ直ぐに顔を上げて歩くわ。もう恥ずかしがらない。堂々と生きて行くわ。そう、かっつぁんが出来んかった分も合わせて頑張って生きて行くつもりよ。だから、どうぞ、しっかり見守ってて頂戴ね」

景子は薄紫の花に一心に話しかけた。

薄の上を渡って来た風が、白い項《うなじ》の後《おく》れ毛を小さく揺らした。

「私人」第九一号（2017・3）

■田原玲子（たはら・れいこ）1939年岡山県生　1994年より「私人」同人　2017年病没

ビッグ・サー

江平完司

一九五八年二月、私が乗る貨客船はアリューシャン列島沖の荒れる海を渡り米国西海岸のサンフランシスコに入港した。私はロシアン・ヒルという丘の上にある屋敷に暮らすことになった。日本では太平洋戦後の本格的な経済復興が始まったころのことだった。

ロシアン・ヒルの屋敷からドゥルー・スクールという予備校の英会話教室に通ったが、会話相手は皆無だった。昼の教室にいる数時間以外は屋敷の中に閉じ込められ、半年もの期間、人と話す機会なく言語能力を失った。

家主はジャン・ベルキューという南フランス出身の年配の人で私の身元引受人だった。私が住むことになった部屋は、東方にコイト・タワーという白亜の塔と北の海上にはこれも真っ白なアルカトラズ島を俯瞰し、空前絶後ともいうべき景観を有したペントハウスにあったのだが、すばらしい環境も孤独に悩む私を救うことはできなかった。

言語能力を失っただけではなく孤絶した環境のなかでの生活が一年を越えるころ私はノイローゼと思われる神経症を病んでいたのだが、ベルギーから折りよく帰国した家主の娘であるアンネット・ペリエという女性に救われることになった。一九五九年の三月、夫と三人の子供を連れてベルギーから帰国したアンネットは、パリで心理療法士としての資格を取得した女性であり、私の唯一の相談役となってくれたのである。

一か月ほど経ち、いくらか精神が安定したころ彼女はパリでの思い出を私に語った。

「私がソルボンヌの大学院に居たころ、クロードという社会人類学者と知り合ったの。大学に博士論文を提出したばかりの彼の好意で、私はその原稿を読み、西欧諸国がキリスト教伝道という仮面をかぶって異国の人々を搾取し文化を滅亡に追いやってきた、という指摘に衝撃を受けました。彼は、後に、『悲しき熱帯』という本を書いた人です。いつかあなたも読んでみてね」

アンネットは贖罪の気持ちで私の面倒を見ようと思ったのかもしれない。

六月になり精神の危機を脱した私は、米国の高校課程を終了し念願の建築学科への進学を決めた。

ところが、相談役のアンネットに、

「九月からの大学入学の時期を半年遅らせ、春学期の二月から進学するように」

と告げられて唖然とした。

九月からの四カ月間を大学には行かずに美術の技能研修にあてなさいと言われたのだ。まさに青天の霹靂だった。

資金の余裕もないのになぜなのか。

アンネットは、こんなことを言うのだ。

「フランクという建築家に意見を聞いたのよ。フランクは東部の大学の教授ですがパリ時代からの友人で私が尊敬する人です。あなたが九月にどうしても大学に入るといえばこれは無理になりますが、フランクは建築学科に入るには事前準備が必要だと言うの。ハイスクールを卒業して予備知識もなく建築学科に入ってもろくなことにはならないそうです。建築学科の一学年には他の大学を卒業した人が半数もいるのですって。建築家になるには才能も重要だけれど人間の生活に関する深い知識が必要となるそうです。それに加えて美術の技能が必要になる。絵画の心得、木工とか彫刻の技術が建築デザインの表現の助けとなる。大学の教授たちも芸術学科出身者の作品のレベルの高さに驚き哲学科出身者の深い洞察力に感心することがあるそうです。美術の大学課程を修了した芸術家のような人もクラスには何人かいるのだって。私は、建築学科に入る前に彫刻家のアトリエに入って技能を学ぶことを提案してみました。彼はそれが出来れば最高だと言ってくれました。建築家は本来芸術家なので自らの作品を造りたいという強い欲求を持つことが必要だとフランクは言うの」

アンネットはこうも付け加えた。

「建築教育は芸術と科学のバランスのとれた知識の上に構築されるべきとのことなのに、デザインを表現する技術などは大学では教えないのよ。しかるべき技を身につけた者が成功への近道にあるとフランクは言います。なんらかの事前準備が必要です。移民局の方は私が何とかするので、知り合いの彫刻家のヘンリー・サローにあなたを受け入れてもらえるかどうか、ためしにビッグ・サーに行きましょう。どうかしら」

　私は彫刻家の下でなにを習得すべきか理解できなかった。抗いたい気持ちはあったのだが精神の病から復帰したばかりの私はビッグ・サーに行くことを承諾してしまった。当座の資金は彼女が工面するという。恩人には逆らわぬと決めていた私はアンネットの意見に従うことにした。

　六月のある日、アンネットが運転する車に乗ってサンフランシスコを出た。淡いブルーの空のもと白いフォードの新車は南のビッグ・サーに向けてひた走る。ふと気付くと、車は市街を抜けベイショアー・ハイウェイに入り空港の脇を抜けてサンマテオあたりを走っていた。アンネットのいつもの厳しい横顔はハイウェィを走ることの緊張からか、いっそう話しかけにくいオーラを発していた。

　私は勇を鼓して運転中のアンネットに話しかけた。とりあえず、われらの目的地がどんなところなのか確かめたかったのだ。

「ビッグ・サーとはどういう由来の地名なのですか」

「広大な南部と言う意味なのでメキシコの統治下にあったころの名残でしょう。ビッグ・サーには、紀元前からインディアンの部族が暮らしていましたがスペイン人のもたらした伝染病でほとんどが死滅してしまったのよ。恐ろしいことね。あのあたりは、すばらしい景勝地なのでモントレイ地方議会は景観を保全する方針と聞いているわ」

　運転に集中するアンネット・ペリエのやせた浅黒い横顔を見ると、三十代の女性には不自然なほどの深い皺が目立つことにはじめて気付いた。若いころは美人だったという彼女にいつもは中年女性の色気を感じていたのだが、いままでこんなに近くから観察したことはなく、新しい発見は私の気分を暗くした。

途中のモントレイ・ハーバーでシーフード料理とサワードウの昼食をすませ、運転をアンネットと交代して二十マイル南の目的地に向かう。温かな魚貝のシチューが思わぬ力を与え、私が運転の交代を申し出ると、アンネットはほっとした表情になり、助手席に座った彼女の横顔の深い皺は消え若さを取り戻したように見えた。

運転から開放されるとアンネットはいくらか饒舌になった。

もとはといえばよく話す人なのだが運転は苦手なのだ。

「あなたに、ヘンリー・サローの話をしていなかったわね。彼はフィンランド系の人です。今は彫刻家として活動しているけど、十年ほど前までは米国海軍にいた人なのよ。私は、戦争直後に、パリのオテル・ド・ポンタルバのアメリカ大使公邸のパーティで彼に初めて会いました。戦時中は下士官のトップのポジションにいて、私がパリに着いたばかりのころに会ったの。そのころはアドミラル（将軍）の従卒だったけど羽振りが良くて特権階級みたいだった。酒飲みだったけど私もずいぶんお世話になったの。チーフ・ペティ・オフィサーっていうらしいんだけどそれをとても誇りにしていた。実質、将軍よりも力があると威張っていた。イギリス海軍基地に長く居たせいでよくラム酒を飲んでいたわ。お酒が入ると海軍の話しになるわよ。豪快だけどとっても紳士だった。戦後に突如として彫刻家になったので驚いたわ。あなたの滞在中に彼から話しもあるだろうから、あとのことは直接聞いて。経験豊かな人なので驚くような話があると思うわよ」

今までに会ったアメリカの成人男性といえば、ロシアン・ヒルに集う老人たちだけだったので海軍出身の彫刻家とはどんな男なのか、私には想像もつかない。期待もあるが不安が大きい。話し終わるとアンネットは昔の思い出に浸るように寡黙になった。

太平洋沿いのハイウェイを走っていくと急峻な谷にかかる鉄橋にでた。橋を渡ると右折するように指示され、車は深く暗い樹林の中に入っていく。アンネットの指示に従い運転するが未知の暗い道には不安が横たわっているようだった。名もしれぬ背の高い木の梢が陽を遮り静寂と孤独が周囲を圧倒した。路の傍らには見知らぬ実生の植物や羊歯の類が生えハンドルを持つ手が硬直し薄暗い森の木々の梢の隙間を洩れる光が樹木の幹や羊歯の葉にわずかな日なたをつくり車の影が現れては消える。暗い森の道は永遠に続くようだった。

暗い森をついに抜けた。暗闇から明るみに出ると広い草原の中に彫刻家のアトリエがあった。森の手前に灰色の丸太の建物が一棟、小屋が二棟見えた。まさに寒村だ。この侘しい海辺に四カ月もいるのかと私は暗い気分になった。

私有地らしき敷地に車を乗りいれると周囲の木立はほっとする気分を与え、さらには、その先に茫漠とした海が迫っていた。車のドアを開けると懐かしい磯の香りがして祖国の海浜を思う。汚れたピックアップ・トラックのわきで車を降りると丸太造りの作業所からカーキ色の上

着を着た顎鬚の大きな男が出てきて、

「久しぶりだね、アネ」

と言い、痩せたアンネットを抱きしめた。

アンネットという名はTの音が聞こえないと、ほとんど「アネ」に近い。ヘンリーという彫刻家は私と握手すると暗い作業所の奥にある事務室に向った。二人が事務室のソファに納まると白い陶磁器のコップに入ったコーヒーを持ってきてくれた。コーヒーはいい香りがして湯気がたっている。

しばらく雑談してから、アンネットが聞く。

「今はなにを造っているの」

ヘンリーは待っていましたというように立ち上がり、

「こっち来て見るかい」

と言って、まだ湯気のたっているコーヒーはそっちのけに、海とは反対側の暗い隅に向う。天井の高い倉庫のような建物の暗い闇の中に黒光りする鋼鉄の台座があった。ヘンリーが布製のカバーを外すと金属製の大きな物体が現われ、照明スイッチを入れると金属製の球体がぎらっと光る。

明るくなると、ヘンリーが、

「ようやく昨年、市の電気が開通したんだ」

と言う。

随分田舎なんだなあと私は思った。

明るい照明の下で、複数の球体が鈍く輝いていた。

「これは太陽系を現す彫刻なんだ。モントレイ海洋博物館に依頼されたもので、これが太陽、地球がこれ、月が地球の周囲を回っているだろう。八個の惑星が太陽を回っている。大きさは正確な比率のものじゃあない。これは抽象彫刻だから神に代わって俺がすべてを決める。まさに太陽系創世記の再現だ。惑星は電動で動く。太陽を廻るスピードは自在だ。どうだ格好いいだろう」

私はその古代に遡るような重厚な金属の造形に強く惹かれた。彫刻といえば人体像とか抽象的なものといったイメージしかなかったのだがこれは見たこともない動く彫刻だ。ふたりが事務室に戻ったのにも気づかず彫刻の周囲を回り球体のいくつかを観察し、その精巧にできた地球と思しき金属球の表面にそっと手を触れた。

そのとき、耳元に近い処で「うあぁー」という凄まじい叫びが起こった。驚いて振りむくと大きな黒い影が立っていた。作業所の眩しい入口をバックに人が立っているが、逆光でよく見えない。

「ここに近づいてはいけない」

と叫んでいるらしい。

私は慌てて立ち上がると事務室の方向に逃げ道を探した。そのとき暗闇の中に見えたのはなんと背の高い少女。まだなにか喚く、これは狂人だ。私は事務室に逃げ帰った。

ドアを開けて部屋のなかに入ると大人たちはなぜか大きな声で笑っていた。急いでソファに座ると慌ててテーブル上の冷えたコーヒーを一口飲みこんだ。

「キャシーに咬みつかれたか。凶暴だから気をつけないと」

とヘンリーは言うと髭を上に向けて品のない声でげらげらと笑うのだ。

「キャシーって大きくなったのね」

とアンネットが言う。

狂人はこの男の娘なのか。こんな狂人と一緒に暮らすのか、私はまたもや暗い気分になった。


いつのまに話しはついたのか、アンネットはヘンリーに、「よろしくお願いね」

と云うと車の窓から手を振って行ってしまった。

白い車が森の彼方に消え去り呆然としているとヘンリーに肩を叩かれた。ヘンリーの大柄な身体が近づくと圧倒され、私は思わず後ろに下がってしまう。

「こっちに来なさい。建物を教えよう。これが食堂だ。夕食は六時だ。君の泊まるところはこっちだ」

ヘンリーは親切にも隣の小屋の最後部にある角部屋のドアを開け、「この部屋を使うように」

と言い、隣にあるシャワールームと便所も見せてくれた。浴室はないのだろうか。

あてがわれた部屋は三方に窓があり居心地は良さそうだ。

「少し休んではどうか」、とヘンリーに云われ、ベッドに座ると急に眠気が押し寄せ、横になると眠り込んでしまった。

どのくらい経ったのだろう、
目が覚めるとベッドの端の西の窓から射しこむ夕陽が眩しい。もう夕食の時間のようだ。起き上がるとドアを開けて外に出た。

食堂にはキッチンがありテーブルが中央にあった。

私はヘンリーに、思い切って聞いてみた。

「ここはあなたが造ったのですか」

調理中のヘンリーは、ガスレンジの方を向いたまま、

「そうだ、コンクリート基礎以外は、ぜんぶ俺が造った。そのストーブも俺が造った。いいだろう」

と言った。

「いや、ほんとうに、――」

驚くべき精巧な造りだった。

私が鉄のストーブを子細に眺めているとドアが急に開いた。

誰かと見れば、先ほどの気違い女が部屋に飛び込んできた。

「なんだ、こいつ、追い払わなかったの」

ヘンリーは料理中で振り返りもせずに、

「こいつなんて言うな。コウジって云う名前だ。自己紹介しなさい。これからしばらくうちで働いてもらう。そうだ、キャシー、お前が当面のコーチっていうことでどうだ」

「いやなこった」

そのあとの親子の会話は土地勘のない私にはわけの分からぬ内容だったが、明るい照明の下で観察すると狂っていると思った女は年齢が十五、六くらいの美貌の子であることが分かり、私には勃然と興味が湧いてきた。半年ものあいだ人と会うことなく女性に会うこともなかった。女を美しいと感じたのは久しぶりのこと。その子はカウボーイブーツを履き背が高くスーパーモデルそこのけで肌は乳白色で産毛が光っていた。北欧風の明るい髪の毛は長く双眸が強烈だった。狂人どころか健康そのもので眼を引くのはその眼球だった。

眼球の虹彩は灰色で瞳孔のまわりに金色のリングが廻り光が当たるときらっと光る。虹彩周囲は白大理石のようにつやつやして引き込まれそうになるほど白い。顔が向きあうたびに彼女の目玉をじっと見ると、

「なに、見てんのよ、失礼な男ね、あんたは」

と言ってそっぽを向く。

男そこのけの口をきくがさほど性格が悪いという感じはしない。先ほどの狂気はもはやない。狂人じゃあなかったのだ。母親のいない家庭だったので口が悪くなったのだろう。そういえば、なぜ、私はここには母親がいないと気付いたのか。男親が料理をして家事を切り回す様子からそう察したのか、母の居ない環境はおのずと明らかなのかもしれない。男と娘しかいな

い家庭になぜ異国の男を引き受けたのか、その理由は不明だ。ヘンリーとアンネットのつながりについてもっと聞いておけばよかった。

北欧風のシチューの温かくいい匂いがして突然空腹を感じた。

食事中の飲み物は牛乳と白ワインと水だけだが、驚くべきことにキャシーは冷したワインを水の如くごくごく飲んだ。食事が終わると、女はさっさと自分の部屋に行ってしまった。私はワインには手をつけず水を飲んだ。冷たくてうまい。


作業手順を書いたメモをヘンリーから受け取り、コーヒーを飲み終わると私は部屋に戻った。ヘンリーは夜は働かないでよいと言ったが、夜は長い。寝るまでの時間を使って付近を見て廻ることにした。作業所脇から細い道が崖まで延び白ペンキが剥げた鉄パイプ手摺が崖下に向かっている。下の砂浜はほの白く大波が近くの岩礁に打ち寄せ水煙が彼方に濃霧のようにたちこめていた。太陽が沈んだ西の空は薄いブルーに輝き、暗い海面とのコントラストがことのほか美しい。

砂浜にそっと腰を下ろす。

海の凄まじい迫力がせまり大きな波が新鮮な潮風を運んで来るようだ。海の空気を胸いっぱい吸いこみ大自然に包まれる思いもあるが、やりきれないような寂しさも吸い込んでしまい、わけもなく涙がわきあがってきた。

朝は五時十分前に起床した。

昨夜は八時ごろに寝て、五時に眼が覚めると九時間も眠ったことが分かり慌てた。よく寝たせいで気分は爽快だった。

洗面所で顔を洗い歯を磨きシャツのポケットからメモを出すと、まずはトラックの洗車をする。ピックアップトラックはタイヤ回りが泥だらけで洗うのに一時間もかかった。ジェットノズルの水で洗い布切れでボディを拭き終わると、フォードのトラックは古いなりにピカピカになった。ところどころへこんでいるが大半はまだ新らしい。

空は真っ青に晴れわたり海から吹き込む冷たい風が新鮮な空気を循環させ朝の太陽の光は周辺の森と駐車場の砂利表面を焼き尽くすほど強烈だ。

洗車がすむと食事の時間だった。

ビッグ・サーの朝はすがすがしく、わずか三人の人間には贅沢すぎるほどだ。よく眠ったので気分も良く、香ばしいトーストの香りがただよってきた。ベーコンもスクランブルエッグもコーヒーも美味く清浄な空気がすべてを美味にする。

食後にヘンリーが学校に行くキャシーをバス停まで送っている間、大型掃除機で作業所の床掃除を始め、ヘンリーが戻ると掃除はやめて仕事の手伝いを開始した。

ビッグ・サーの研修期間もあっというまに二ヶ月間が過ぎた。

慣れない環境で日々を労働に費やしなにも考えずに過ごしたので、二ヶ月という時は記憶に残ることもなくあっという間に経過した。

ヘンリーに怒鳴られつつも仕事に精を出し、働き過ぎと言われて夕食の時に小言を頂戴する。

「もう少し、ゆっくり食べろよ。そんなにがつがつしては、空腹は満たされるかもしれないが、ものの味なんか分からないだろう。パンはかみしめて一口一口味わえば小麦の香りを通して小麦の育った草原の風が感じられる。香ばしさには太陽の光のエネルギーを感じる。味覚の中には宇宙に通じる広大な空間が広がり、無限の時を感じさせてくれる。もっとこころに余裕を持て」


単純作業は一ヶ月ほどで指導必要なしというレベルに達した。

難関は金属加工には欠かせないガス溶接だった。異なる金属ごとに違うガスと溶接器具を必要とする。その後の一ヶ月間でなんとか溶接の要領を覚えることができた。

溶接とは、マスクをかぶる孤独な作業だが慣れぬ環境からマスクのなかに逃げ込んで仕事に集中することが意外に楽しい。溶接アークの温度が太陽の表面より高温の摂氏一万度以上であると知ると恐ろしい。レクチャーを受ける前は、ガスを燃やして鉄を溶かすと思っていたが、なんと使用するガスは溶接部分を覆うことで外気をシャットアウトするだけなのだ。並外れた集中力が役立ち技術を短時間でマスターすることができた。

ヘンリーは驚嘆し、

「おれが一年かけて身につけた技術を一ヶ月間でマスターした」

と言ってくれた。

しかしそれはヘンリーの心やさしい買いかぶりに過ぎない。アンネットから私の精神状態を聞いたヘンリーが、ことあるごとにほめる。ほめれば元気を取り戻す、とヘンリーは勘違いしたのだろう。

金属を磨きドリルで穴を開け特殊なねじを造るなどの技術を叩きこまれ、仕事の半分を分担するようになった。

「二ヶ月後にお前がいなくなったら元通りに仕事が出来るのか不安になるよ」

とヘンリーは言ってくれた。

その言葉にはすこしだが真実味が感じられた。


ビッグ・サーの生活は楽しいものになっていった。

日々が生産的で技術の習得が自信に繋がったのだ。

ロシアン・ヒルでは言語能力が退化し口が廻らなくなっていたのだが、このビッグ・サーでもヘンリーは無口で、キャシーにいたっては私のことなど眼中にないように振舞うので会話があるというほどではないが、一ヶ月が過ぎると互いに親しみを感じるようになり、さらには近くのコロニーから来るヘンリーの友人との交流も増え、わが言語能力は復活した。

自分の部屋は初めから気に入った。清潔なシーツと毛布のあるベッド、乾燥したスプルース丸太の香る部屋、わずか三人だが日常の会話もあり、もはや孤独ではない。

毎日が平穏で安逸なのかと言えば、それは違う。

彫刻作品には納期がある。初めて来た時に見た太陽系の金属彫刻を出荷した一月前、私は事故に遭遇した気分だった。

次の作品を運び出す日が来た。大きな重い金属の塊だ。私も協力するつもりだが、小型フォークリフトを運転するヘンリーは一トンはあるかという金属塊を木製の台座に乗せようとするばかりで、事前になにも説明はない。

ヘンリーは昂奮して走りまわり、運悪く通り道に立っていた私はそのでかい身体に突き飛ばされ仰向けにひっくりかえった。一瞬、故意に突き飛ばされたのかと驚き、その後は近くに寄らぬように注意した。ところが、それから十分も経ったころ、ついにヘンリーに金属塊の端部を持つように命じられた。

おそるおそる丸裸の金属塊に近づき作業用手袋をはめた手でその端部を持つとヘンリーは大声で掛け声をかけ、フォークリフト上の金属塊を一気に数十センチ持ちあげた。

「いいぞー、その調子だ。それっ、行くぞ」

とヘンリーは叫ぶとフォークリフトを前方に進める。私は木製の台座の上に立って身体を後退させるが、後ろにはまったく余裕がなく絶体絶命、両腕にぐっとくる凄まじい重量を感じバランスを取りつつ後退を続け重たい彫刻作品が台座中央にさしかかったとき、両腕に掛る重量が耐えきれぬほどに増加した。

ああっ、とヘンリーが叫ぶと同時に重量物がフォークリフトから滑って外れ私の右脚の上に落ちて来た。渾身の力で支えるが支え切れるものではない。やあっと叫ぶと左足を下の床におろし重い物体につぶされぬよう右脚を横に滑らせ身体全体を後ろに投げ出した。身体が落ちていく瞬間、重い物体が台座のど真ん中に落ちて納まるのが見え、私はなにかに頭をぶつけて意識を失った。何日間も意識を失ったような気がしたが後で聞けばわずか数分とのことで、意識が戻ると床に横たわっていた。

頭の傷は大したことなかったが、木製台座の角にぶつけ深くえぐった左のすねのほうが重傷だった。眼を開けると、キャシーが包帯と消毒液を手に持ち学校から帰ったままのかっこうで地べたに座っていた。包帯が巻かれた左脚を動かすと激痛が走る。

キャシーが言った。

「あんたの腕は溶接の火傷だらけだね、軟膏塗っておいたよ」

作業は続行中でヘンリーは近くのアーティスト・コロニーからトラックで来た男と木製台座の上に木箱を組み立てていた。手伝いはふたりの男たちだった。静かなジョーと呼ばれている初老の男とマイケルという男だ。

ジョーは世の悲しみを知り尽くしたという優しげな人だが、一方のマイケルは嫌な奴なのだ。彼はキャシーに片想いでかなり本気なのだが、キャシーは相手にしない。

「おい、レイディ・キャスリン、いつまでそのガキに付き添っているんだよ。お前さんも黄色く染まっちまうよ」

キャシーはそっぽを向くと事務室の方に行ってしまった。

「何やってんだ、いつまでも寝ていないで少し手伝ったらどうだ」

と、マイケルはやけくそに怒鳴る。

ヘンリーも同情している気配はない。静かなジョーはトラックの荷台を準備中だった。あとで聞けば、ジョーは怪我した私をここまで運んでくれたのだという。

トラックの出る刻限が迫っていた。ようやっと立ち上がると痛みをこらえ、よろよろとヘンリーのそばに歩いて行った。痛みはいくらか軽くなっていた。

ヘンリーは、

「大丈夫か、よければ、俺の反対側のパネルを釘づけしてくれ」

と云うと脇に置いてあるハンマーと釘の箱を指さす。

ハンマーと釘の箱を取り私は木箱の反対側に行った。そこにはマイケルが作業中でじろっと睨んで、それでも少し脇によって作業スペースを与える。立ったままならばさほど痛くないが、かがむとかなり痛む。パネルの下部に釘を打つ時はきつい。

梱包作業が完了し積み込みが終わると二人の男はトラックに向かった。そのとき、マイケルが卑猥な言葉を私に向かって吐きかけた。私はその場にハンマーを投げ捨てるとマイケルに向かって行った。おれは柔道と空手の黒帯だ、相手になってやるからかかってこい、とマイケルに向かって低い声で吠えた。近づくとそれまで威勢を保っていたマイケルは突如あとじさり助手席のドアを開けて飛び乗ろうとした。勢い余ってステップで滑るとそのまま仰向けに倒れた。あっけに取られている私の前でマイケルは必死の形相で助手席に向かい今度は成功し、ドアがどしんと閉まる。

運転席の静かなジョーはトラックを発進させ、道路の方向には行かずわざわざ広場を一周して私の眼の前に来ると運転席の窓から顔を出して片目をつぶって見せた。

作業所にいたヘンリーも出てきて、

「お前って結構危険な男なんだな」

と言う。

そのとき、なぜか、ヘンリーが元海軍の兵曹長だったということを思い出した。

夕方はあとかたづけで大忙し、いつごろ寝室に戻ったのか翌朝には忘れた。左足の傷はその後三日間ほど痛んだが、怪我が回復するあいだはこころは健康そのものだった。日々傷が快方に向うからだろうか。

キャシーが温泉にいくというのでついて行く。

キャシーとも日常会話程度は交わすようになっていた。今日は彼女から誘われたのだ。

スレイツという名の温泉は太平洋に突き出た岩壁の上に露天風呂がある。露天風呂の湯につかり崖っぷちの石の上に腕を載せて下を見下ろすと太平洋の大波が真下の巨大な岩にぶち当たるさまが凄まじい。岩でできている風呂場ごと崖下に崩れ落ちないかとぞっとする。波のあたるどーんという音が聞こえると逃げ出したくなる。大波のぶち当たる振動が身体にも響くようだが、我慢していると徐々に慣れる。大自然の荒々しさに意識が移行し身体が大地と一体化すると自分が地球上のどこにいるのか分からなくなる。宇宙に抱かれるというあたたかな感触だけが残った。

スレイツ温泉は、その後の一九六二年にはエサレンというゲシュタルト心理学に基づく精神療法のセンターになった。創立者はディック・プライスといい、彼自身も精神を病む経験を持つ人だった。バークレイに進学してから三年後にここに来て、私はゲシュタルト心理学というものをはじめて知った。

こころの敵である人をバーチュアルに（仮想で）眼の前の椅子に座らせ声を大にしてこの敵を徹底的に罵倒する。自分のこころが空しくなったところで次には自分をその椅子に座らせ声高に糾弾する。しばらくすると敵であるべき相手の気持ちが理解できるようになる。

ある週末の午後、食堂に行くと、ヘンリーはいつものカーキ色の長袖シャツを腕まくりして、テーブルに酒のボトルを置いて一杯やっていた。西の窓から差し込む午後の光がヘンリーの背中に当たり、その姿が現実離れしている。顎鬚が濃いので教会にあるイエス・キリスト像のように感じられた。私がテーブルに着くと、

「丁度よかった」

と言って胸ポケットから封筒を出し、

「これは今までにお前が働いた報酬だ」

と言って封筒を私の方に押しやった。

封筒の中身は八枚の百ドル札だった。二カ月間の労働でそんな大金など受け取れないと思ったが、ヘンリーの強いまなざしに負けて受け取ってしまった。

ヘンリーという男は、よく見ると深い皺のような傷が顎鬚に隠されている。近くにいたにもかかわらずじっくりこの人の顔を観察するのは初めてだった。髪の毛は茶色で両眼は淡いブルー眉毛は赤毛で顎鬚は焦げ茶というアンバランスな色合いだった。しかし、眼と鼻はあくまでも鋭く高くハンサムな顔の持ち主だ。まくり上げたカーキ色のシャツから見える太い腕には濃茶の毛がびっしり生え、溶接のやけどの傷痕がいくつもあった。それを見て親近感がわいた。ヘンリーはラム酒の大壜をラッパ飲みしていた。手まねで私にも飲めと勧める。こんな陽の高いうちに酒なんて飲んでいいのだろうかと思いつつも。食器戸棚からグラスを出し液体を入れ味わってみた。甘辛い喉に染みる酒だ。ロシアン・ヒルでは、アンネットの父親のベルキュー氏と毎週末ワインを一本ずつ飲んでいたので、このすこし強めの酒も飲めぬことはない。薄くすることを思いついて冷蔵庫から氷を出してグラスの酒に入れた。西日を浴びるイエスを正面に見つつラムを飲み、ヘンリーの話しを聞いた。

「俺のおやじは戦前ヘルシンキからフィラデルフィアに来た人だった。俺は家族とフィラデルフィアでも貧困層の住む地区に暮し高校まで卒業した。親父は暴力をふるう奴だった。おふくろを始めとして弟と妹たちも犠牲者だった。一九二〇年代後半の大恐慌で親父が職を失い荒れた。俺は長男だったので家族を護るために酒びたりの親父とやりあって家を出るところまで行った。大恐慌だ、仕事なんかない。しかたなくおれは海軍に志願した。

海軍では上手くいったんだよ。イリノイ海軍基地の予備訓練がすむと俺たちの小さな戦隊は第一次大戦後の欧州に駐屯することになって地中海の黒海に行ったんだ。俺は少数派の北欧系だったが、司令官が運よくスエーデン系の海軍兵学校卒の大佐だった。北欧じゃあスエーデン人とフィンランド人は仲がものすごく悪いんだが二世たちは軍隊じゃあ仲が良い。皮肉だ。戦隊司令部で下士官クラスをかけのぼって十年でチーフ・ペティ・オフィサーになった」

ヘンリーはラム酒をラッパ飲みし、私も酒を飲み陽の明るいうちから陶然となる。ラム酒に慣れてきた私はヘンリーと同じようにボトルを口にあててグイッと飲んでみた。ヘンリーはニヤッと笑う。私の顔は赤くなったのだろうが、ヘンリーの顔にはなんの変化もない。

「戦後すぐに海軍をやめた。そのころフランスで出版されたヘンリー・ミラーの小説を読んで影響を受けたんだ。本国では発禁されていた本で、軍でも読むことを禁じていたんだが、そこは特権階級の兵曹長、三冊の本をパリで手に入れた。お前も「セクサス」を見ただろう。ここに置いてあったからな」

私ははっとして下を向いた。短時間だったが内緒でその本を持ち出したことは誰も知らぬはずなのだが、ヘンリーは知っていたのだ。ヘンリーはにやっと笑うと、「セクサス」を脇の書棚から持ってくると私の前に差し出した。もっとよく読めということだ。

「戦争が終わるとすぐに退役した。二十二年間も軍隊にいたので恩給もあり奨学金も出た。まだ四歳だったキャシーを連れてニューヨークの大学に行った。ヘンリー・ミラーの影響で文学か絵画を目指すつもりだったが、ヘンリー・ムーアに憧れて彫刻に決めた。二年後にニューヨークを離れる決心をした。東部に居るとフィラデルフィアの生家が近くて家族と絶縁した俺は落ち着かない。惨めな末路を歩んだはずの家族を探す気にもならなかった。一九四七年の夏にバスに乗って大陸横断を敢行した。キャシーも旅行に耐えられる年齢になっていたんだ。ビッグー・サーに来て彫刻制作を始めて数年後に作業場を造った。そのころアンネットがニューヨークの個展で俺の作品を買ってくれたんだ」

ヘンリーはヘンリー・ミラーの話しを続けるのだが、話しを変えたいと考えた私は、ヘンリーが誰に影響を受けたのかと聞いてみた。

「そうだなー、マティース（マチス）かな。パリのル・ド・セーヌの画廊でマチスの絵を見た。独特の色彩が心の中にまで這入り込んだ気がした。絵画は詩だ。マチスの赤は人間の血だ。光と色で哲学的な意義を示唆する。世界が崩壊寸前にあるこの時代にマチスという人がいることは心強い。この本を貸してやるから、マチスを理解する人間になれ。もう夕方だな、言っておくが、お前もこの本に影響を受けるだろうが、それだからってキャシーには手を出すなよ。あの子はまだ子供だ。大人になってからならかまわないが、今は駄目だ。分かったか」

「分かりました」

その夜、私は眠れずに寝室の窓から月の光で明るい森をぼおーと見ていた。夜の静けさは樹木を沈黙させ潮騒を遠ざける。

建築学科入学前の研修の必要性は理解しているつもりだが心が素直についていかない。金属溶接とか金属加工技術の習得などの経験が役にたつ日がほんとうに来るのだろうか。

目ざまし時計の針の音がはっきり聞こえ針は朝の三時を指していた。もう寝ないと明日に影響する。風が吹き灌木が揺れ草原がぼおーと白く光り乾燥した丸太の匂いがして、私は宙ぶらりんな青春のはざまを漂っていた。


気分転換が必要になった。

ヘンリーから休みをもらいモントレイの街に出かけた。ロシアン・ヒルの孤絶した生活に較べれば幸せ、と思ってはいたのだが二ヶ月間を労働に終始しこころが乾いていた。街に出かけて何かを探そう。一時間に一本のバスに乗り込み、三十分ほどで街に着くと歩いてダウンタウンを目指した。

歩きだしてわずか二分ほどでなにかが目に飛び込んできた。

「ビルズモーターサイクル」という店の看板だった。外に中古のハーレーが三台置いてある。一台の古いバイクが気になって見入ったまま周囲を忘れてその場に立ちつくした。

店の奥にいた店の主人が近づいて来た。

黒いバンダナに半そでシャツ、刺繍のある皮ベストを羽織り太い腕には赤と黒の刺青が彫ってある。ゴマ塩の顎鬚の元ヘルズエンジェルのかしらといった恐ろしいほどの巨漢で私を下から上までねめつける。異国では明るくふるまうことが肝要なので、私は名を名乗り丁重に挨拶をした。差しだされた手を握り、ビッグ・サーのヘンリーの作業所で働いている者だと告げると緊張感が一挙に解けた。

「俺はビッグ・ビルだ」

と男は名乗り私の肩を抱き奥の方に連れて行く。これではギャングに拉致される子供ではないか。奥のバイクはほとんど新車で高価にすぎるので予算を告げると男は表に戻り古いハーレーを勧める。真っ黒に再塗装されたバイクは一九三三年製だそうだ。塗装表面に傷がありいくらか錆ついていた。

「二十六年前のバイクか。そんな古いバイクなんて大丈夫かな」

恐ろしいほどの大男につい本音を言ってしまい、私はしまったと思った。

しかし、男は意外に優しく反論する。

「そんな、あんた、これは名だたるハーレーだぜ。年数なんて一切関係ねえんだよ。このフラットヘッド・エンジンは三十年前に開発された優れもんで、耐久性はてめーが驚くほど、めっちゃくちゃに素晴らしいんだよ」

言い回しは昔の名残か。去年見たマーロン・ブランドの映画「ザ・ワイルドワン」のシーンを思い出した。

ビッグ・ビルがバイクにまたがりキックすると一発でエンジンはかかった。なるほど程度はいいみたい。低い排気音は身体の芯にまで響き、昔の昂奮が甦った。そう、私は十四の歳に免許を取って小型バイクで浅間の草レースに出場したことがあるのだ。昔は軽自動の免許は十四歳で取れた。しかし、こんなに低い排気サウンドは初めてだ。頭に血が上ってきた。

ビッグ・ビルは、

「このブロックを一周して来い」

と言う。

こんな大型のバイクは初めてだ。爆発音を立てているバイクにまたがると意外にシートは低く私の脚でも地面に届く。ギアシフトは手で操作し、クラッチはリリースするとき左足のかかとで踏むタイプだ。ギアを入れるには前を踏むいわゆるロッカーというタイプ。慣れないバイクでそろそろと走り隣のスーパーのブロックを一周した。あっという間だが、手動のギアチェンジにも一苦労した。

ビッグ・ビルは店の前で両腕を組んでにたにた笑っていた。

私は頭に血がのぼったままバイクを降りた。

ビッグ・ビルは気前よさそうに言う。

「特別サービスで大きめのダブルシートを付けてやる、これでガールフレンドもＯＫだ」

大きめとはいえ二人乗車に充分ではない代物だが、後ろに乗る人なんかいない。バイクは一人で乗るものである。ヘンリーからもらった八百ドルに少し足してヘルメットも購入した。また文無しだ。

バイクにまたがると、ビッグ・ビルは、

「トラブルあればいつでも連絡してくれ、場所は知っているからトラックで駈けつけるよ」

と言い、電話番号付きのバイククラブのカードをくれた。

ビッグ・ビルが指示したスタンドでガソリンを満タンにしてビッグ・サーに向かって走りだした。


一九五九年といえば、日本ではヤマハとかホンダが小さなバイクを世に出し始めたばかり、大型といえばハーレーのコピーの陸王の白バイを見るくらい。外国製のバイクなどは家が一軒買えるほど高価で高嶺の花だった。私もその名は知っていたが、ハーレー・ダビッドソンなどは見たこともなかった。ハーレーにまたがる私のこころは浮き立った。バイクの排気音と振動は青春には欠かせない。高校受験の前にバイクをやめろと言った親のことをちらっと思い出した。


四九キュービックインチ（七五〇ＣＣ）のフラットヘッドエンジンの強大なトルクは海岸線をゆったり走るには最高だ。

バイクに乗ってビッグ・サーに戻ると、爆音を聞きつけたキャシーが外に出てきてもの珍しげにバイクを見る。冗談で、「乗せてやろうか」と言うと、なんと「乗せてくれ」と言う。一つしかないヘルメットを渡すと、しっかりと後ろに抱きついてきた。女の手がお腹のベルトをぐっと握ると弾力あるものが背中に押し付けられた。長めのシートだが二人には狭い。まさに女の半身が隙間なくぴったりと背中に張りつき一瞬気がおかしくなった。

気持ちを静めギアをローに入れアクセルを吹かし砂利舗装の上でスピンターンして道路に向かった。ヘンリーが作業所から出て来て見守っていた。太平洋沿いのカブリロ・ハイウェイに出るとスピードを上げた。低い排気音は身体に響いて気持ち良い。右車線の海側は絶壁に近くスリルがある。

道は単調だが、見晴らしは最高によくスピードを六十マイルに上げると正面からの風が身体に強くぶつかる。ほかの車に追いつくと、アクセルを開けて一気に抜き去る。ドドドッという音が快感だ。ガンボア・ポイントを過ぎてルチアに来た。五十マイルも走るあいだ後ろの女性の存在を忘れていた。ライムキルン州立公園のターコイス池に行った。ターコイスブルーのように真っ青だった。その地は秘境のようでいつまでも居たい気分だったが、夕暮れがせまりヘンリーのことが気になる。帰りにはキャシーはもっと大胆に後ろから抱きついた。今まで仲がいいしてきたことが嘘のよう。バイクを買ってほんとうに良かった。

私は、その晩からヘンリーが貸してくれた「セクサス」を辞書を引き引き読み始めた。じっくり読んでみると難解な描写のうえに性的な場面もさほど強烈ではなく、この本のなにがヘンリーをそこまで感動させたのか分からない。マチスのところは繰り返し読み、ヘンリーの言葉がほとんどミラーの言葉どおりであることを知った。あくる日の朝、ヘンリーと顔を合わせると、私は、思い切って、

「マティース」

と、朝の挨拶代わりに言ってみた。

ヘンリーは、すこしのけぞると、にたっと笑って、

「マティース」

と返してきた。

マチスの絵の鮮やかな赤が頭の中に広がった。


翌日の午後、陽の差し込む作業台で初めての彫刻制作を試みるべくスケッチパッドを開いてスケッチを始めた。二ヶ月間が過ぎて手伝いは午前中でいいから午後は自分の作品を造る時間にあてろ、とヘンリーに言われたのだ。アンネットから電話で移民局から教育委員会に通知が来たと言う。留学生なのに正規の学校に行っていないのでなにかの忠告があったようだった。突如、彫刻製作の指示を受けて戸惑うばかり、頭にイメージなど浮かばない。六十日間というもの単純作業に集中しこころに遊びがなくなっていたからかもしれない。

彫刻をあきらめると、ノートに建築図面のスケッチを始めた。まずはフリーハンドで平面の絵を画き、そのラフなスケッチにスケールを当て寸法を修正し彫刻用の鉄製の定規で輪郭を濃くなぞる。その隣に立面図を画き始めた。立面のスケッチができると太陽の影を濃く付けた。強烈な立体感あるものが出来上がった。まさにこれは彫刻ではないか。

いつのまにかキャシーが来ていた。

「それはなに」

キャシーはそう言うと急に私の右手前にかがみこんだので、接触を避けようと私は鉛筆を持った右手を上にあげ身をそらした。女の編み上げの髪は陽を受けてつやつやと輝きその下につながる頸の白い肌の息づく見事な肢体がすぐそばにある。あわや抱きつくところだった。そうしないでよかった。ヘンリーが後ろに立っていた。

「俺にも見せてくれ。なんの図面だ」

親子から突如のプライバシー侵害を受け抗議すべき場面だが、あまりのことにどぎまぎした私は、

「これは新しい作業所なんだ」

と言っていた。

ヘンリーは作業中によく独り言を言っていた。

「ここは狭くてどうしようもない、くそめが。売れない作品は溜まってくるし倉庫もないし、頭が痛い」

そんな中に突如の新作業所のプランだ。

ヘンリーは勢い込んで言う。

「俺と一緒に作業所を造らないか。設計図を完成させろ。お前が帰るまでに仕上げよう。あと二ヶ月だ、間に合わなければ滞在を延長しろ」

ラフな設計図は三日間で完成した。

海側の広い土地が選ばれ、近在の工務店が木材加工と基礎工事を引き受けた。自治体への届出も工務店がやってくれるという。

ヘンリーは設計に修正を要求した。大きな雨樋を屋根につけるべく詳細図を作図している時だった。

ヘンリーは雨樋はやめようと言う。

「建築設計は俺の領分ではないが原理は分かっている。樋は不要だ。自然界を見てみろ、湖、池、河川の淀んでいるように見える処のどこでも水は流れている。水は溜めこめば不都合なことが起こる。溜まる水には細菌やボウフラが発生する。水は速やかに流すべきだ。樋は木の葉と土で埋まってしまい水が溜まるからやめるべきだ。雨水の落ちる部分には地中に雨が浸透する溝を掘って砂利を埋め込もう」

私は、すでに日常の挨拶になっていた「マティース」を声高に叫び、了承した。建築工事中の返事は、この挨拶でこと足りた。

棟上げはコロニーの仲間が手伝ってくれ、そのあとはヘンリーと二人で朝から晩まで現場で働いた。

日本と同じような墨壺があって墨の代わりに赤や青色の白墨の粉を使う。鉋も鋸も押して使う。日本のように引いて切るのではなく繊細な使い方はしない。力任せに削り、押し切る。生活感の違いがそこにある。

ヘンリーの集中力と執念は半端ではない。すでに五十代半ばなのだが身体は海軍で鍛えたせいか筋肉質でしなやかだ。いつもは苦虫をかみつぶしたような顔をしているが、工事中は実に楽しそうだ。芸術作品を造るのとは違い建築工事は気楽で楽しいのだろう。彼は仕事が早いので対抗上私は夜遅くまで働かざるを得なかった。照明をたよりに作業を続けヘンリーがいい加減にしろと言いに来るまで没頭した。金属彫刻の手伝いでは怒られてばかりだったが、建物を造ることがこんなに自由で楽しいとは知らなかった。食事中も大工工事の話ばかりでキャシーはその外にいた。熱中する二人はそのことに気付かないそぶりをし、キャシーはそっぽを向いていた。

ある日の夕暮れ時、針葉樹の香りの強い野地板を張った屋根の上でぼんやり明るい水平線の方を眺めていると、いつのまに屋根に上ったのかキャシーがわきに来た。

「やあ、今夜のご機嫌はいかがかな」

「明日から手伝うことにしたよ。今夜は私にキスしていいよ」

と女はそう言うと返答も待たずに唇をとがらせて迫って来た。どんな心境の変化なのか。これだから女は分からない。

屋根の上はバランスが悪い。キャシーを横抱きにしてそおっと勾配のきつい屋根に横になり唇を合わせた。女が腕を頸に廻し強く引き付けるので苦しい息をつきながらのキスだった。女の身体は海の香りがする。女の上にまたがると太ももに自分の弩張したものが当たり慌てて離すと余計にまずいところに上陸してしまう。身体を移動し左腕を女の頸の下に廻しシャツの下に右手を入れて胸を触ると女は反転してのしかかってきた。屋根の上はなにかとやりづらい。手元が狂い女のパンツに手がかかると女がびくっとした。その瞬間、まだ十六の少女だということを思い出した。アンネットの厳しい顔とヘンリーの言葉も思い出した。

わけの分からぬ力が作用して身体を引き起こしてしまった。女を抱き起こし肩を抱いて水平線をうかがうと西の空は暗く星が出て海面がきらきら光っていた。

「なによ、突然やめたりして、私は短足の日本人なんて好きになれないからね。キスしたからってものにしたなんて思うなよ」

言葉はきついが、いつもの硬い声ではない。もう一度女を抱きよせると、抗う唇にむりやりキスをした。

新鮮な感触の中に突如人生にかかわる知恵を発見した。

「そうだ、人生は自力で切り開くものだ。ビッグ・サーの人はそうしている。芸術作品を造ることは自力で世界を変えようという革命行為だ。なにものにも頼らずなにかを創りだそうとしている。この女もそうしている。母を幼い時に亡くし女の生き方なんて誰にも教わっていない。おかしくならなかったのは周囲の人間が生きることに真剣だったからだ。街中で偽善者に囲まれていたらそうはいかなかっただろう。口が悪いのは、かよわい女性としての防衛手段にすぎない」

と、確信した。

そして女と未練を屋根に残したままそっと梯子を下りた。

十一月中旬に新作業所は完成し、厚板を張った外壁はステインが塗られ絶妙なカーブを描き不思議な雰囲気を醸し出した。工事中のヘンリーの工夫が効果をあげたのだ。すばらしい建物が完成したので喜ぶかと思いきや、ヘンリーは気難しくなぜかご機嫌がよくない。彫刻家ヘンリーの下で四カ月間を過ごし明日はサンフランシスコに帰る。早く帰りたいと思った二ヶ月前のことが今では不思議に感じられた。ベッドに横になると、どこからともなくアンネット・ペリエの未練を断ち切る声が聞こえてきた。

「人間は所詮孤独な生き物なのよ。人生は烈しく移ろい別離もありますが、あなたは生き続けます。自分のことのみを考え、生きる道を探りなさい。人生とはそういうものなのです」

「私人」第八九号（２０１６・７）

■江平完司（えひら・かんじ）１９４０年東京都生　２０１５年より「私人」同人　第11回まほろば賞受賞（２０１７年）

わたしの場合

山岸とみこ

（一）

小学校の二、三年の頃だったと思う。昭和二十八年前後の、群馬県高崎市の町外れでのこと。広いアスファルトの道路沿いに、映画の看板を、何枚も掛けている家があった。かんざしをさしたお姫様の姿や、背広姿の男の人ときれいな女の人。それに、チョンマゲ姿の着物姿。スソには大きな波の模様。長い刀を持って、強そうに見える。いつもは、横目で見ながら通り過ぎるのに、その日は、次の看板で足が止まってしまった。

『母のない子と　子のない母と』

この題は、何かおかしい。よく判らない。でも、今のわたしには〝母〟の一文字がとても気にかかる。

お母さんらしい人の横顔が、看板の半分以上に大きく映っている。目のまわりが少しはれぼったく、涙がこぼれそうだ。口元は少し開いている。笑っているような、困っているような。でも顔はぽってりとして、やさしそうだ。ちょっと、そばに寄って見たい。その顔に、足が止まってしまった。

「わたしの本当のお母さんも、こんな顔をしているんかなぁ。どこへ行ったら会えるん。迎えに来て、お母さん」

看板に向って思わず言ってしまった。いそいで回りを見た。誰もいなかった。ホロをかけた車が一台通り過ぎた。

それから看板のお母さんの顔を、なぜてみた。背伸びをして、もう一度なぜた。看板にはホコリがついていた。手がざらっとした。でも、もう一回。思い切り背伸びをしてなぜた。その内、お母さんの顔が悲しそうに見えてきた。わたしも、泣きそうになった。いそいで、またなぜた。

並んだ看板の先が、急にざわついた。ガタガタっと音がして、いきなりおばさんが顔を出した。

「だれかと思ったら、あっちゃんかい」

びっくりした。顔は知っているおばさんだったけれど、一気に駆け出した。変な所を見られた。急に、オカアサンの怒っている顔が、胸いっぱいに広がった。

学校からひとりで帰る時は、そこの看板に近づいてしまうことが、以前からあった。映画が好きとか、これが見たい、ということではない。連れて行って貰えるとも思っていない。でも、看板を見るだけでも、楽しかったのだ。

何度も看板は見ていたけれど、声をかけられたのは初めてだ。看板の先に、戸があるのも知らなかった。看板をなぜていたわたしを、今日は中から見ていて、声をかけてきたのかもしれない。

わたしの家の店に、卵やネギを時どき買いに来るおばさんだ。卵は一個か二個。ネギは、一本でいいという。あまり買わないお客でも、店続きの部屋からは、下駄をはいて出て行かなければならない。おばさんが帰ると、オカアサンは、

「あんなに子供がいるくせに、ケチったれなんだから。下駄代にもならない」

とよく言っていた。

少し前までは、サツマイモの配給を商売にしていた。わたしがこの家に連れて来られた、四歳の頃だ。

二階から下を見ると、深めのざるを持った近所のおばさんが、隣の家の前まで並んでいた。黒いひげのオトウサンが、大きなハカリを店の前に出して、張り切った声を出していた。横でオカアサンが、紙のような物を受け取っている。

わたしはまだオトウサンや、オカアサンといっしょにご飯が食べられなかった。ただ、回り中が恐かった。お便所へ行く時だけ、そっと階段を下りた。階段は、教えられた通りうしろ向きに下りても、時どき下まで落ちた。目やにが固まって目が開かなかった。ご飯はオカアサンが階段の上り端《はな》においてくれた。ごはんも、おかずもあまり食べられなかった。口のまわりで動く、オトウサンのたわしのような黒いひげも、恐かった。

わたしは階段がなかった前の家を思った。その家では、母ちゃんが病気で寝ていることが多かった。家の中もそっと歩いた。だれも大声など出さない。父ちゃんは、昼間は母ちゃんの様子を見て、三時頃から田舎の方へ、着る物の商いに行った。三時頃、というのはあんちゃんやねえちゃんが、学校から帰って来る時間だ。

商いに行けない日の夜は、父ちゃんが行った先であったことや、聞いた話などをしてくれた。怖い話や、面白い話、ぜんぜん面白くない話もあった。でも、あんちゃんや、ねえちゃんは、目くばせをし合いながら、聞いていた。寝ている母ちゃんも、一緒に聞いた。

病気の母ちゃんが、泣きながら、笑っていることもあった。それで、みんながまた笑った。父ちゃんは話がうまかった。

ここへ来てからは、色々なことが変わった。オトウサンやオカアサンは恐いほど、仕事をした。オトウサンは夜になると疲れて口をきかない。オカアサンは店の後片付けや、お金の計算をする。この家にはほかに子供がいないので、わたしも話すことがない。

そんな時、わたしは前の家の楽しかったことを思い、ひとりでに、涙が出てきてしまう。あの家がわたしの家。わたしの父ちゃんと母ちゃんと思うけれど、二人とも違う、と言う。八百屋の家が、お前の本当の家なのだと言い張る。

わたしは、前の家に何回も逃げて帰った。そのたびに、父ちゃんの、荷台の大きな自転車に乗せられ、今の家に戻された。何回目かの時、父ちゃんは鬼のような顔で、わたしを怒った。

「何回言ったら判るんだ、この馬鹿野郎が」

すごい声で怒鳴った。足が震えた。本当に恐かった。横になっていた母ちゃんが、柱につかまりながら起き上がった。

「厚子、こっちへおいで」

細い声で言った。父ちゃんが今度は母ちゃんに怒鳴った。

「お前が甘いから、いつまでたっても、こうやって来るんだ」

その声に母ちゃんが柱にすがって泣いた。母ちゃんは病気が進み、涙もろくなっていた。母ちゃんのそばへ行こうとしたわたしを、父ちゃんが押さえた。

初めて、わたしの父ちゃんや母ちゃんではないのかもしれないと思い、不安になった。小学校へ上がってすぐの頃だったと思う。

それ以来、自分の母親はどこか別な所にいるのでは、と思うようになった。なにかわけがあって、離れた所にいるのかもしれない。そうは思うけれど、やっぱり前の家に帰りたい。父ちゃんと母ちゃんがいる前の家が恋しい。気持ちがぐるぐる回って、自分でもどうしていいかわからない。

今は配給もなくなって、店にもあの頃のようなにぎわいはない。オトウサンは、お店の仕入れのほか、麦の買い付けや山の梅林を借りて、梅を作っている。お店はオカアサンがひとりでやっている。

ともかく、まっすぐには帰れなかった。看板屋のおばさんが、なにか買うふりをして、店に来ているかもしれない。

あっちゃんが映画を見たそうだったよ。たまには連れて行ってやんなよ、あたしン家には割引券もあるがね。なんて言うかも知れない。看板のお母さんの顔を何度もなぜていたよ、なんて言われたら……。

オカアサンは、お店や仕事を一生懸命やるのに、お客に時どきイヤミを言う。この頃は、家の前を通り越して、ほかの店へ行く人もいる。オカアサンはそれをとても気にしている。あまりお客が来ないと、外へ出て立っていることもある。裏通りを抜けて、ほかの店へ行く人を知っているけれど、オカアサンには言えない。

看板屋のおばさんも、ズケズケと言う人のようだ。ケチったれ、と言われていることを知っていて、また、すました顔で買いに来る。それを思うと、店先で、しゃべっている姿まで浮かんできた。何となく息が苦しくなった。

なんで、看板の顔なんかなぜていたんだい、言うんだよ！　オカアサンは、大声で何回も怒鳴るだろう。思わず、近くの路地へ走りこんだ。両側には、玄関のある家が並んでいる。人通りは少ない。そして、すぐ小さな四つ角に出る。時どき、ひとりで来る所だ。

大勢の友達と遊んでいても、最後はひとりになる。花いちもんめは、もう絶対にやらない。みんなは、わたしが貰われっ子だということを知っている。「あの子はいらない、この子がほしい」。そして、わたしが最後に取り残される。そんな時も、わたしはここへ来る。

でも、子供会で役をやっている、年長のお姉さんに声をかけられるとイヤとは言えない。

やっぱり花いちもんめの中に入って、同じ思いを繰り返す。年長のお姉さんは、わたしがイヤがると、そのことをすぐオカアサンに言いつけるのだ。

遠くの店へ買い物に行くおばさんには、この四つ角で時どき会う。おばさんは指を立てて、オカアサンに黙ってて、と言う。でも家に帰ると、厚子ちゃんは貰われっ子だから、あんまり遊ぶんじゃないよ、と言っていることを、わたしは知っている。

わたしより小さい子が、貰われっ子と言って、わたしにつばをかけてくる。わたしは、ただ黙っている。黙っていないと、色々に話が飛んで行ってしまう。するとまた、とても面倒なことになる。

四つ角はいびつで広く見える。長四角が斜めにずれたような形だ。たまに重そうな黒い自転車が通る。それだけで、地面の土が舞い上がる。広い道路に沿った裏通りで、四つ角の端っこには、大きな木と石があった。

まず、背中のカバンを下ろした。その石に寄りかかり、ハァハァする胸を何回もなぜた。石はわたしの背より大きい。背中がひんやりしてやっと、普通に息を吸う事ができた。

変なことになりそうだ。こうしていては、帰るのが遅くなる。

何をしていたんだい、とオカアサンに聞かれても、何と答えればいいのか判らない。黙っていては叱られるけれど、映画の看板の話をしたら、もっと叱られる。看板のお母さんに見とれていたわたし。看板にほっぺたを寄せて、お母さんのその唇をなぜていたわたし。看板のはじから、急に顔を出したおばさん。

おばさんは、きっともう店に行っている。オカアサンはわたしのことを、おばさんから聞いている。でもオカアサンはそれを、わたしの口から言わせようとする。オカアサンは、何年たっても、この家に慣れないわたしの事を、苦にしている。近所の人たちの、なさぬ仲だから、などという陰口にも気をとがらせている。

わたしは黙るしかない。看板のお母さんのこと、本当のお母さんのこと。それに、やっぱり前の家の、父ちゃんや母ちゃん。でもそれは、絶対に言えない。その内に、がまんしきれなくなったオカアサンの、固いゲンコツが飛んでくる。それでも気がおさまらない時は、夜のご飯がなくなる。その前にあやまれば、軽いビンタと長い文句で終わることもある。黙っていてもわたしは胸の中で叫んでいる。ご飯なんか、いらないと。

でもある時、お腹が空いて、台所の奥のお釜のシャモジに、かじりついた。オカアサンは、お客が来て店に出ていた。そのスキに一度だけと思ったのに、お釜をさらって、三回ぐらいかじりついてしまった。そして振り返ると、オカアサンが立っていた。わたしは、そのまま固まった。

その後も、店のみかんなどを内緒で食べた。傷んでいた、とお客が返しに来たりんごなども、傷んだ所を残して隠れて食べた。

「ここに置いといたりんご、知らないかい」

と聞かれても知らない振りをした。でも、傷んだりんごの芯や、みかんの皮はすぐ見つかって、また叱られる元を、作ってしまうのだ。

「おまえがいた前の家は、わたしが病気をしていた間、預かって貰っていただけだよ。肝臓を悪くして長い事入院していたんだ。近所の人たちはそれを知らないんさ。退院してからも、実家に戻っていたからね。だからみんなが勝手な作り話をする。そういうことが、そろそろ判っていい頃なのに、全く」

そしてオカアサンはため息をついて、また続けた。

「前の家には、ちゃんと預かり賃も出したんだよ。十万、十万も出したんだから。何回言ったら判るんだい。わたしがお前の本当のお母さんなんだよ。人でなしみたいなことばかりやって、黙りっぱなしで。口はどこかへ、置き忘れたんか」

十万というお金。それがどれぐらいの大金かは判らない。でもそれで、父ちゃんがこの家に、わたしを出したとは思えない。

今でも、前の家がわたしの家と、思っている。父ちゃんと母ちゃんが本当の親だと、どこかでは思っている。でも父ちゃんは、お前はもともと八百屋の娘だったのだと、くり返して言う。色々なことが、気持ちの中で音をたてて回っている。わたしには、どれが本当なのかが判らない。

「看板に手をつけて、何をしていたのか。それを聞いているだけじゃないか。強情だねぇ、全く。こんな子供見たことない。お前が言えないいんじゃ、オカアサンが言ってあげようか。看板の唇をなめていたって、えぇ！　どういうつもりだい、全く。看板屋のおばさんが、今日は卵を四個も買って行ったよ。ヘラヘラしてさ、お前のことを言いつけにきたんさ。おまけに、たまには映画にでも連れて行ってやんなよだと。バカヤロウが、えぇっ」

オカアサンは、口惜しそうに叫ぶ。わたしに叫んでいるのか、看板屋のおばさんに叫んでいるのか、よく判らない。

でも、唇をなめていただなんて。ただ、なぜていただけなのに。心の中でつぶやいても、それは声にはできない。わたしは何も言えない。顔も上げられない。そろそろ、またゲンコツが飛んでくる頃だ。

（二）

あんちゃんやねえちゃんがいた前の家は、本当にわたしの家ではなかった。きっかけは、母ちゃんが脳溢血で死んだ、中学二年の秋だった。お葬式が済んで、何日もたっていなかった。大事な話があると、父ちゃんがわたしを呼びつけた。それをわたしは、オカアサンを通して聞いた。大人同士では、通じている何かがあるように思えた。貧乏な父ちゃんの家を、オカアサンは快く思っていないことを、わたしは知っていた。それなのに、りんごを五個も入れた袋を持たされた。よろしくって言っておいて。妙に機嫌が良かった。

話は二つあると、父ちゃんは切り出した。まず一つは、と言ってから、間があった。

「俺は、お前の父親ではなく、叔父だ。死んだ母ちゃんは義理の叔母だ」

と言った。

「あんちゃんや、ねえちゃんは従兄だ」

と続けて言った。これは本当の話だ。

一気に言うと、自分によしよしと頷いた。

わたしからは顔を背け、視線を畳に落としている。

わたしは何を言われているのか、よく判らない。当たり前のようで、当たり前じゃない。では、あの店をやっているオトウサンやオカアサンが、もしや本当の親？　いや、そんなはずはない。そんなことがあるはずはない。では、誰が……。

「さらっと、言ってよ」

わたしは不安のあまり、イライラしてきた。

「俺はお前の父親のすぐ下の弟だ」

「えぇっ」

「ついでに言うと、お前の父親はお前が生まれるひと月前に死んだ。昭和十九年の二月の事だ。多分、酒の飲みすぎだ」

父ちゃんの口元が少しほころんだ。笑ったように見えた。わたしも少し笑いかけた。酒の飲みすぎ。その少し茶化した言い方がおかしかった。でも、何か後回しにしていることがある。直感だ。笑ってはいられない。

「涼、ちょっと、お茶でも出さないか」

父ちゃんは、奥に向って声をかけた。隣の部屋の向こうが、台所になっている。ねえちゃんが小さなお盆に、湯飲み茶碗を三つ乗せて出て来た。最初から話は聞いていたようだ。ねえちゃんも、少しギクシャクしている。黙ったまま、わたしを見て会釈した。わたしも頷くような、頭の下げ方をした。他人行儀な感じだ。母ちゃんのお葬式の後、初めて顔を合わせたのに。

「お前の母親はな、東京に住んでいた。俺も一度行っただけだけど、小名木川という川のすぐ近くでな、お前の兄姉も三人いた。川には何だか材木がいっぱい浮かんでいたなぁ。美代さんには高崎へ来い、俺の家は狭いけど、本家の兄ィの家は広いから、何とかなるって言ったんだけど、ここがいいって。何も無ければ川べりで、いい所だったかもしれないけどな。みんな、昭和二十年三月十日の大空襲で死んだ」

さらりと言った。

それからお茶を取って一気に飲み干すと今度は、便所、と言ってお膳に両手をついて、立ち上がった。作業ズボンの強《ごわ》ついた音がした。

白い布で被った箱が、仏壇の脇に置いてある。香炉に立てた線香は終わっていた。

「驚いたかい」

頭を垂れたままのわたしに、ねえちゃんは訊いた。会えば昔と同じ、いつだって、ねえちゃんだ。そしてねえちゃんも厚子、という。今日は、まだ名前は呼ばれていない。

「お茶が冷めるよ、ひと口飲みな」

わたしの方に湯飲みを寄せた。お膳に少しお茶がこぼれた。

お茶は飲まず、

「ねえちゃんは知っていたんかい」

「うん。だって」

ねえちゃんの目が急にうるんだ。

「どうにも、ならなかったんだよ厚子、ごめん」

わたしは声を上げて泣いた。ねえちゃんも両手で顔を覆った。二人して泣いた。

覆った手を放すと、涙だらけの顔をわたしに向けた。そして白い包みを指差し、

「母ちゃんが見ているよ。母ちゃんは生きている内に、自分の口から厚子に話したいって、言っていたんだけど、厚子、泣かないで」

わたしはまた泣いた。ねえちゃんも泣いた。


二つの話は、わたしの中で胸いっぱいに膨らんだ。整理のしようもないほどに、膨らみきった。パチンと弾けて、体ごと、どこかへ吹っ飛べばいい、と思った。

それでも、一日一日は過ぎていく。勉強塾へ行く日があり、珠算塾へ行く日があった。

オトウサンからは、店の跡継ぎのため、お前を成田町から貰った、とはっきり告げられた。

成田町というのは、父ちゃんが住んでいる町の名で、親戚や近しい人の間では、父ちゃんの代名詞になっていた。

「年頃になったら、婿をとる」

オトウサンがそう言うと、隣に坐っていたオカアサンは、

「今からそんなこと言ったって、判りゃしない。成行きだよ、成行き」

強い口調だった。すると、

「うるせえ！」

オトウサンはびっくりするような大声で怒鳴り返した。わたしは思わずオトウサンの顔を見上げた。

これを機にというオトウサンの、強い意志を感じた。

そんなことがあってから、わたしのオトウサンやオカアサンとの付き合い方が、自分の中で変わり始めた。他人だけれど一緒に生活している。そんな割り切り方が少しずつ、持てるようになった。自分はまだ中学生なのだ。どうすることもできない。

ただ、跡継ぎの話は、いきなりのことだし、オトウサンとオカアサンの考え方にも、少しズレがありそうだ。第一、オトウサンやオカアサンと、この先もずっと一緒に暮らして行けるとは、どうしても思えない。これから先のことを、自分なりにしっかり考えなければと、改めて思った。

父ちゃんの、東京の大空襲の話の中で、妙に残っているひと言があった。三月九日から十日にかけての夜中、その夜は、高崎からも東京の空が赤く見えた、という。

想像することさえ出来ない。群馬から埼玉を越した先の東京。ただその中で、母、姉二人と

兄が亡くなった、というその事実。

父ちゃんは本家の兄ィと、その後、何日かしてから東京へ行ったと言う。

「上野駅を下りて外へ出てびっくりした。一面が焼け野原。全くの焼け野原。陸の水平線まで焼け野原。西も東も判らない。動きようがない。第一、まだ焼け跡のくすぶった匂いも凄かった。川があったことも思い出したが、てんで方向が判らない。こっちの住所は判っているんだから、生きていれば帰って来るだろう。ハガキの一枚も寄こすだろう。でも、あの焼け野原を見たら、とても生きているようには思えなかった。男手もなく、小さい子を二人と、上のは十五、六ぐらいだったかな。そんな話をしながら、帰ってきた。飯も食わず行って、そのまま帰って来てしまった。その帰りの汽車が、中々動かないで往生した。本当に凄いアリサマだった」

と、繰り返し言った。

父や母について、わたしはずい分小さい頃から悩み続けてきた。どこの誰がわたしの本当の親なのか。その当たり前のことが、どうしても知りたかった。子供のわたしがいるのだから、お母さんは必ずいると、小さいながら思い続けてきた。

求め続けたそのお母さんは、東京大空襲の真っ只中で、多分死んだ、と言う。生き残っているようには、とても思えなかったという、父ちゃんのひと言。

「今日の今日まで一切の連絡がない。みんな死んだと思うほかはない」

その言葉は、重く体の奥底まで響いた。

今は昭和三十三年だ。東京大空襲からは十三年も過ぎている。

「当時、本家のお寺さんに兄弟で頼み込み、美代さんたちの位牌も作った――」

「これだ」黒塗りの小さな位牌を、仏壇から取り出して見せた。

位牌の、美代大姉の金文字が、知らない人の名前のように見えた。脇の方に小さな文字が書かれている。姉や兄の名前を入れたという。

続けて、母親から来たという、一通のハガキをわたしの目の前に置いた。流れるような文字だ。大人の字、という感じがする。迷惑をかけて済みません。その後がよく読めないが、最後に、厚子をどうぞよろしく。の文字。ハガキを表に返すと、住所は城東区大島、差出人は井上美代。

ハガキは形見に、と手渡された。わたしが、赤ん坊で、まだ父ちゃんの家にいた頃のハガキだという。三月九日が、迫っていた頃のハガキ。そして、それを知る由もなく、厚子をよろしくと、したためたハガキ。

そこで初めて、母親たちが空襲に遭い、本当に亡くなったと、徐々に思えてきた。どことなく不確かだけれど、でも事実なのだろうという感じだ。

ともかく大空襲は、わたしをひとりにした。それがわたしの中に残った、大きな事実だった。繰り返し、自分に言い続けた。大空襲はわたしをひとりにした。続けている内に、ひとりで生きていく覚悟が、できて行くように思えた。

高崎の身の回りでは、東京大空襲のことを知っている人はいなかった。代わりに高崎空襲の話を聞いた。それも、惨い話だった。

気持ちが落ち着いた頃から、父ちゃんの話を少しずつ、思い返すことができた。便所から戻ってからの父ちゃんは、スラスラと話した。父母は東京の城東区大島で、三人の子供と暮らしていた。家の前には川があった。昭和十九年二月、ガラス職人だった父は四十一歳で病死。酒の飲みすぎ、と父ちゃんは言った。

その翌月の三月にわたしは生まれた。生まれて間もなく、最初の養父母となる高崎の父ちゃんのもとに貰われた。運んだのは父の末弟だった。生まれる前から、養父母の話ができていた。ただ、戦争下の東京と高崎で、いつ、どこでそんな話になったのか、その成り行きは判らない。ただ、幼児二人を抱えていた母にとって、生まれたばかりの乳飲み子は、何かと負担であったろうということは、想像できる。

父の死後、長男である長兄と、弟二人の三人が、少しずつわたしに関わって、助けてくれた。

病気がちの母ちゃんを抱えた父ちゃんの家は、もともと貧しかったのだ。栄養失調が進んでも、病院へ連れて行くことができない。デキモノは、目に余る状態だったらしい。そのあたりの事情が、父ちゃんの家を出された、直接のきっかけとなったようだ。

でも、これだけは聞いておきたいと思い、切り出した。

「どうして、わたしを八百屋へ出したのか、教えて」

父ちゃんは変わらずスラスラと話し出した。

遠縁の人の仲立ちで、子供を欲しがっている夫婦の話があった。家は八百屋と仲買いのようなこともやっていて、余裕がある。同じ市内で行き来もできる。ただ先に言うが、その町での評判はあまり良くない、とのことだった。評判というのは、当てにはならないが、とも。このご時世に、やせ細って、オデキだらけ。固まった目やにで、目も開かない子供を引き取る人なんか、どこにいるか。遠縁の人のそのひと言で、意を決したという。

「仕方なかった」スラスラとした口調が不意に詰まり、最後の方は、よく聞き取れなかった。胸の中に、あの十万の話が、じわじわと浮かび上がってきた。でも、言い出せない。これ以上、聞き出せない。

ねえちゃんが生まれた後から、母ちゃんは寝込んだ。何回も倒れたという。あんちゃんや、ねえちゃんもまだ小さかった。父ちゃんも、とても大変だったのだ。

男ばかりの四人兄弟の中でも、亡くなった父とすぐ下の弟の父ちゃんは、仲が良かったという。それでわたしを引き取ったらしいが、貧しすぎてうまくいかなかった。改めて唇をかみ、わたしは父ちゃんの苦労を呑み込んだ。

その頃、家で取っていた新聞の書評欄に、福田律郎の『終と始』が載った。詩集は比較的読んでいたが、散文詩には馴染みがなかった。東京大空襲を扱ったという散文詩。

――焼かれて横倒しになった馬。その周辺に転がっている木の根っこのような物。それが昨日までの人間の姿であるとは、誰が思いつくことができただろう。焼死体は、四辻にかたまり合い、数を増して道の両側にも。夜の劫火がどのように人を追っていったかの経路を示している――

わたしは釘づけになった。東京大空襲というのは、とても、とても大変な空襲だったんだ。初めて知ったその驚き。胸の中が、大きく揺れた。ていねいに切り抜いてノートに挟んだ。

この家では、新聞は読むために取っているのではない。ひとつには、ゴボウや大根をくるんでお客に渡すため。二つ目は、取り繕うため。新聞ぐらい取っていないと馬鹿にされる、という思いから。切り抜いた穴ぐらいでは、何も詮索されなかった。


その後、高校受験を放棄してわたしは家を出た。跡継ぎにはならない。この家の人と一緒には暮らせない。それがわたしの精いっぱいの結論だった。

その事では、オカアサンの妹にも相談した。

「だから、姉ちゃんのことも少し察してあげてよ。お金も無い農家の長女で、学校にも行かせて貰えず、殴られながら田んぼだ、畑だ、って振り回された人なんだ。その辛さ。今だって、自分の名前を書くのがやっとだろ。厚子なら、判ってあげられるだろうよ」

オカアサンのことを話すと、いつも、向う気ばかり強くて、どうにもならない、と言っていた人だったのだが……。

また、オトウサンやオカアサンが、頼みにしている人にも打ち明けた。

「あっちゃん、おばさんは家を出ることに反対はしない。でも、高校を出てからにした方がいい。少しぐらい頭がよくても、それだけじゃあ、社会に通用しない。やっぱり、社会に出るには、高卒以上じゃないと。おばさんの所だって、中卒はあまり取ってないよ」

県下で車の販売を手広くやっている会社の、奥さんだった。つながりは判らないが、家で使っている車は、必ずこの奥さんの所から買っていた。小学校の頃から、よく知っていた。厚子ちゃん、辛抱、辛抱、辛抱。そう言って声をかけてくれた。それがいつの間にか、〝あっちゃん〟になった。時折り、わたしの悩みを聞いてくれていた人だった。

だが、助言に心が動く事はなかった。一大決心をして、家を出た。

働き始めて、まず神田の理論社へ行った。小さな構えの会社で、びっくりした。『終と始』を買った。買ったけれど、本を広げる時間が全くなかった。

住み込みの工員で、朝は六時から働いて八時に朝食。夜は七時に夕食でその後九時まで仕事をする。その生活に埋もれそうだった。明けても暮れても、この生活から抜け出せない。夜間高校でもと思ったが、九時までの仕事では、どこへも行かれない。少し名の通った所へ行こうとすると、「高卒以上」の壁が立ちはだかった。

本はいつしか、衣類の引き出しの底に追いやられた。高校を出てからにした方がいい、との助言が思い出され、途方に暮れた。

数年後、わたしは区の青年学級で知り合った三歳齢上の人と結婚し、二人の子育てに追われた。この時になって、自分が育てられた頃のことが、折々に思い返されるようになった。

わたしは他人に育てられた。子供を生んだことのない人に育てられた。頭の中や、ヒザも、曲げられないほどのオデキ。すぐ転んでしまい、うまく歩けなかったわたし……。あのオカアサンは、四歳にもなったわたしを、おぶって病院へつれて行ってくれた。

学校へ行くようになると、塾へ通わせた。珠算、書道。それに勉強塾は中学から。実の子でも、つくづく疲れる。辟易することも、一度や二度ではない。それをすべて忘れるのは、寝顔を見るときだ。ひとりでに笑みが浮かんでくる。

子供を持ったことがないオトウサンやオカアサンの苦労や戸惑いは、どれほどのことだったろう。当時は、考えたこともその余裕もなかった。オカアサンは「なさぬ仲」という近所の目にも晒され続けた。挙句、跡継ぎの期待も、わたしに撥ね返された。思い返しても、この行き違いは、どうすることもできなかった。

今の生活は経済的に逼迫しているが、この二人の子供たちを、無事に育てて行かなければとわたしは必死だった。

同時に、高崎のオカアサンには、育てて貰った感謝の思いを、時どき伝えられるようになった。季節の変わり目には電話を入れた。ある時、オトウサンが、いきなり電話口に出た。オカアサンに代わることなく、「たまには孫を見せに来い」と言った。涙をこらえているような、くぐもった声だった。何回か電話はしていたが、電話口に直接オトウサンが出たのは、初めてだった。

それから十数年後、四十を前にわたしは家族と暮らす家を一人で出た。夫の金銭感覚には、とてもついていけなかった。離婚後は昼夜働く生活が続き、二十数年の時が経った。『終と始』からも、東京大空襲からも、わたしは遠去かっていた。

（三）

その日は普段より一時間ほど早い、五時に目が覚めた。

平成二十九年三月十日金曜日。

カーテンを引いて窓の隅を開け、外の様子を窺う。闇のような暗さだ。わずかな隙間から、冷えた空気が一気に流れ込む。あわてて窓を閉める。背筋が凍るような、厳しい寒さだ。ベッドを下り、急いでカーディガンを羽織る。暖房のスイッチを押す。

机上には、東京都慰霊協会からの、春季慰霊大法要の案内が広げたままになっている。その案内を前にして、今更のように、様々な思いが甦った。ここに至るまでの曲折も、心をよぎった。

その案内に何度も目を通した。

『都内戦災遭難者及び関東大震災遭難者春季慰霊大法要』となっている。「三月十日（金）午前十時開式」間違いはない。自分に頷く。だが戦災遭難者、という言葉に、はてと疑問を抱く。戦災犠牲者ではないかと。首を傾げながらも先に進む。場所は両国の東京都慰霊堂。初めて行く場所ではない。

東京都では、平成二十九年の現在も、『東京空襲犠牲者名簿』の作成を続けており、遺族の申請を呼びかけている。申し出には、犠牲になった人の氏名、年齢、死亡年月日、死亡場所の記入が必要となる。いずれも、ご遺族等の申し出に基づいて、となっている。

その台帳に、母たち四名の名前を載せるため、一昨年くらいから境内にある東京都慰霊協会へ、何回か足を運び、助言を受けた。申請がようやく受理され、つい一週間前には同じ境内で、今年度の名簿登載式があり、百人近い遺族が集まった。

簡単な式だったが、二度とこのような悲惨な出来事が起こらぬようにとの、祈りの式だった。

今日も家を八時に出れば、十時の開式には間に合うだろう。時間の算段をすると、再び、案内を手に取った。初めての大法要には、何となく心が引き締る。

もうひとつの案内。こちらは、新宿区の東京都庁からだ。『東京都平和の日条例』に基づく記念行事への案内。時間は慰霊堂の行事が終わる午後二時からとのこと。慰霊堂から都庁へはバスが用意されている。どんなことをやるのか見てみたい。こちらは、野次馬的な興味で参加を申し込んだ。

四年くらい前、娘に『終と始』の話をした。すると、一九五七年九月発行のその本を、インターネットで探してくれた。価格は十円。送料はその数十倍。もちろん、古本ではあったが、赤い表紙のこの本を、胸迫るおもいで手にした。すぐ、広げた。

一九四五年昭和二十年三月九日の東京の夜が燻っている中を〝わたし〟は歩く。実は〝わたし〟は恋人のマキコを探しているのだが、その途中で見たものは――茶褐色に干からびた木の根っこのようなもの。それが昨日までの人間の姿であると、だれが思いつくことができたであろう。それが四辻にかたまりあい、やがて数を増して道の両側にも――と続く。

――焼死体はこれでいいのかと、わたしの目を必死に覗きこんでくる。いいのか、これで、いいのか、と――

焼死体は、なぜ焼死体なのか。それを問う、人としての心の持ち方に、わたしの心は震えた。改めて読み直すと、更に読み過ごすことのできない、数行にぶつかった。

――いくつもの掘割りを渡ると小名木川橋。橋のたもとのちっぽけな巡査派出所にも焼死体はぎっしり詰まっていた――

母たちが住んでいた小名木川の川べり。その文字が胸に迫る。続く、――焼死体はぎっしり――には、目を伏せても、伏せきれない。

焼死体は、これでいいのかと、なぜ焼死体なのかと、わたしにも問いかけてくる。

この本の書評との出会いが、長い、長い時を経て、今日の大法要にたどり着く、小さな一歩だったかもしれない。

再度その本を手にした頃、会社の健康診断で、肺がんが発覚した。こちらの戸惑いとは関わりなく、色々な検査を経て、手術が決まった。

食事には気をつけてきたつもりだった。煙草も吸わない。野菜や果物を好物とした。娘に言われなければ、肉には手が出ない。魚、とりわけ、刺身が好きだった。ただ、アルコールは欠かさない。昔、叔父が父の病死をさして、酒の飲みすぎだ、と言った。その娘だから、お酒を抜きに、何かを食べることはあまりない。悪酔いしても、懲りない。すぐ、立ち直る。そのわたしがなぜ肺がん、なぜ？　どうして？　尽きない思いに心が揺れ、悩んだ。

左肺二分の一以上の切除をして、初めて死に向かい合う。母たちの絶命の瞬間とは比べるべくもないが、何日も夢でうなされた。うまくいけば、ただひとりの生き残りとなる自分。回復したら、まず母たちの戸籍を探し出す。そこが曖昧では、自分をも明らかにできない。また、いつ死と向かい合うかは判らないのだ。動けるうちだ。その思いが回復を早めたのかもしれない。

術後の痛みはあったが、まず本やテレビで知った『東京大空襲・戦災資料センター』へ行った。そこでは、当時の所番地が明記された地図があり、母たちが住んでいたおよその場所が判った。川にほど近いその地に立ってみた。周囲には高いマンションが林立しており、川べりは整備され、遊歩道になっていた。感慨無量でしばらく立ち尽くしていた。

それから当時は城東区、現在の江東区役所へも行った。数々の助言を受けた。最後は四人兄弟の家督相続者である父の長兄が住んでいた、高崎の市役所に行き着いた。振り出しに戻った感じがしたが、㈦の一字がつく、その伯父の名前の、戸籍謄本を取ることができた。

ようやく手にした戸籍謄本には、母や、姉、そして兄の、昭和二十年三月十日の死亡場所、その時刻までが記載されていた。やはり城東区大島町壱丁目の自宅で、三人同時刻の死亡。城東警察署長代理報告となっており、受付受理は一年後の昭和弐拾壱年五月拾日となっている。

年の離れた姉は、本所区菊川参丁目。死亡時刻は参月拾日午前参時。ひとり離れて、その時刻に、どんな最期であったことか。本所区は最も多く、犠牲者が出た所と聞いている。東京都慰霊協会にて、書類にその死亡場所、死亡時刻を記載し、『東京空襲犠牲者名簿』への登載を、ようやく果たすことができたのだ。

東京都慰霊堂への到着が十五分ほど遅れた。快速に乗ったので、手前の駅で各駅に乗り換えなければならなかった。思っていながら、うっかりした。初めてではないのに。時計はまだ十時二十分前だ。間に合うと思ったが、乗り換えに意外と時間がかかった。慰霊堂の境内に足を踏み入れたのが、十時十五分だった。

そのあたりから、すでにざわついていた。そこは、慰霊堂の横側。三重塔があり、城壁のような基壇部分は、納骨堂になっている。関東大震災で亡くなった五万八千人の遺骨、そして東京空襲で犠牲になった十万五千体は、焼骨に伏されて眠っている。その納骨堂の前には、線香を上げる順を待つ人の列が、すでに見られた。

慰霊堂に続く階段の脇に出た。ここは全く違った状況で、唖然とした。あまりの人の多さに、棒立ちになった。広い階段が人で埋まっている。階段は十段ぐらいの高さだが横幅がある。往来の仕切りを兼ねた、丸いステンレスの手すりもある。とも角、人、人、人で、その手すりも見えない。上を見た。絶望的になった。階段を上がった場所も広々としているのだが、人で埋まっていた。どうしたものか、一瞬、途方に暮れた。誰に聞いたらいいのか。慰霊堂入り口の前では、拡声器を持った男性が、中はもういっぱいで入れません。慰霊堂の中には、入れません。と繰り返し叫んでいる。反対側の入り口の前でも、紺の制服姿の男性が同じように叫んでいる。わたしは急にそわそわした。人を押しながら、なんとか上まで階段を上がった。拡声器の男性に近寄り、制服のスソを強く引いた。男性がなんだ、という顔をして振り返る。

今年、初めて犠牲者名簿に名前が載った遺族である旨を伝えた。初めての者の、そういう席は用意されていないのかどうか、を聞いた。男性は大きく首を振った。中の事は全く判りませんが、ただ、今は、もう入場ストップの指示です。言い終ると、階段に向かって拡声器を持ち直した。

下りるしかないか、と思っていると、腕章を巻いた女性係員が通り過ぎようとした。また、同じことを聞いた。さぁ。大きく首を傾げた。そういうことは聞いていないと言った。あぁっ。係員が大きな声を張り上げる。そして、人をわけて小走りで入り口に向った。中へ入ろうとしている後ろ姿があった。体を張って制止している。

また、別な日に来ようかと考え直した。

ボヤボヤと考えている内に、階段が今まで以上に込み合ってきた。あと三段位が下りきれない。階段の幅は広く、一段に二、三十人位は立つことができる。そのゆったりした広さに、人が押し寄せている。わたしも押されたままで、どこへも行きようがない。ガードマンが姿を見せた。一人。続いて二人、三人。何なのかしら。誰にともなく、言ってみた。人の肩が胸に迫る。人の肘が背中を突く。いったい、これは何なの。腹立ち紛れにもう一度言った。

押し合っている中から、不満が出ないのが不思議だ。突然に、皇族の名前が飛び出した。続いて、ご夫妻で見えているのよ。別な方からは妃殿下の名を叫ぶ声。もう、見えるわよ。ほら、ほら。わぁ。あらぁ。きれい！　ステキ！　きゃあぁ！

その声を下を向いて聞いた。また、人波に押される。先ほどから、足がどこに着地しているかが、判らない。階段はまだ下りきっていないはずだが。

気がつくと、階段の脇に、はじき出されていた。自然に押し出された感じだ。ちょっと、背伸びをして、賑々しい方を振り返って見る。

妃殿下の名を、変わらず絶叫している。美しい。おきれい。また殿下の名を殊更に叫ぶ声。わぁぁ。ステキ！　人々の声は最高潮。その中を、黒塗りの乗用車が二台、歓声に応えながら参道をゆっくりと抜けている。

弾ける声を後ろに、何となく歩き出した。大木が多い境内だ。常緑樹も多い。この季節に、濃い緑の下を歩くのも、趣があっていい。手入れも行き届いている。

慰霊堂をひと回りして、また納骨堂の前に出た。納骨堂の前の、線香を上げる順を待つ列は、先ほどより長く続いている。二列位でそれぞれが話をしながら、順番を待っている。

その列からは距離をおいて、三人の僧侶がお経を唱えていた。盆を返したような太鼓を打ち、時どきは強く、そして弱く。納骨堂に向って、声を合わせている。わたしも少し離れた所から、同じように立ち、読経を背に手を合わせた。

基壇内部は棚式になっている。大きな骨壺は一体、二体というのではなく、色々な場所からの、様々な人、そして部位が合わせられたものと、聞いている。もう一度、頭を深く下げ、手を合わせる。その一部は母の物、そして姉、兄の物、と思いたい。

不意に、――木の根っこのようなもの――の人も、焼骨に付されただろうか、との思いがよぎった。

（四）

東京都庁への、バス受付所の列に並ぶ。記念式典への参加とバスの利用を、あらかじめ申し込んでいる人の、受付所となっている。

穏やかな日和だ。ここへ来て、初めて空を仰ぎ、大きな深呼吸をした。一面の青い空だ。早朝は身に沁みるような寒さだったが、それがウソのように暖かい。境内では、早咲きのサクラが、チラホラと蕾を広げている。ベンチに腰掛けて、陽にあたっている人。また、子供の遊び場には、お父さんと、よちよち歩きの幼な子の姿もある。この光景を見ていると、先ほどの本堂の前の、あの熱狂振りは何だったのか。ふと、恐くさえ感じる。

そんな思いを抱きながら、穏やかな周囲を眺め、受付の順番を待つ。

――去年はね、バスなんかなかったのよ。舛添さんの時は何もなかった。今年からよ。知事が代わったから。

――あら。だって、鈴木さんの時は、お弁当も出たのよ。会場も都庁じゃなかったけど。

――そんなに、毎年来ているの？

――だって、身内が五人も亡くなっているんだもの、毎年、秋にも来ている。

――秋もですか。それは大変だ。

男性の含みのある声だ。

――だって家は、おじいさん一家が関東大震災で亡くなっているの。家もろともだったそうだけど、わたしの父親はそれで親も親戚もなく、子供時代から、うんと苦労した。その上、自分は東京大空襲で亡くなった。母も死んだ。どんな終わり方だったか。わたしや兄は疎開していて助かったけど。わたしの人生はお弔いとお参りで終わりそう。

――本当に色々ありますよねぇ。

先ほどの男性の声だ。何となく、そこでちょっと話が途切れた。人の列が動き出した。受付が始まったのだ。

会話はわたしの前の方で進んでいた。それを、聞くともなく、聞いていた。聞こえていた、と言った方がいい。列に並んでいるだけで、誰もが手持無沙汰だった。話はスルスルと耳に入ってくる。所々で頷いた。周囲も同じように頷いた。その中で、ほっそりしたスーツ姿の女性に目が止まった。列からはほんの少し離れて、同じように頷いている。年令は、六十の後半位には見えるがスマートなのと、肩先に垂れた髪の毛のゆるいカールが、若やいで見える。

スーツの、淡いベージュがいい色合いだ。厚手の濃い色の服装が多い中で、ひと足早い、春を感じさせる。今のこの場の陽気に、ピッタリだ。わたしは濃い、からし色の上着を着て来た。下は薄物を着ているので、暖かくても脱ぐことができない。

バスの受付の列が大きく動いた。わたしも動く。そのスーツの女性が、ためらいながら近づいてきた。

「わたし、バスを申し込んだハガキの控えを忘れてしまったんですけど、大丈夫でしょうか」

えぇっ、と声を高くしたが、自分でもあることと、すぐ思い直す。ことに、今朝の乗り過しのことなどは、誰にも言えない。ただ、ハガキには、お忘れのないように、という添え書きはあった。最前列に出た。

「お先にどうぞ。一応、係りの人に話をしてみたらいかがですか」

と女性に声をかけた。向こうにも、控えがあるでしょうから、と続ける。ありがとうございます。会釈をして女性は前に出た。

もう一人の受付の人が、わたしを促す。前に出て控えを見せ、胸につける乗車番号を貰った。その後から女性も貰った。続きの番号だった。

バスに乗る。前から二番目の座席。都バスかと思っていたら、観光バスだった。わたしは窓際で、女性は通路側。座席が広くゆったりして、気分がいい。

窓の外に、東京都慰霊堂の大きな石柱が見えた。堂々とした石柱だ。慰霊堂に続く参道の正門。いつも、垣根の脇から入っていたので、気づかなかった。賑わいの残る、境内も見えた。

座席が埋まるほどに、声が重なり合う。それぞれの座席で話が始まっている。毎年来ている人たちもいるようだ。親しそうに話が弾んでいる。鈴木さんの時は、という話がまた始まっている。――鈴木さんの時は、お弁当も交通費も出たのよ。確か会場は池袋で――その手厚さに驚く声。でもそれは、だいぶ以前。別な声だ。去年は、たしか地下鉄で行ったかなぁ。時間がかかってさぁ。いづれにしても、ここからは新宿へ出るのはちょっと、不便。そう、時間がかかる。また、違う声が響く。バスは、まだ発車しない。

ほかの席からは、身内話が聞こえてくる。

家もそう、今更言ったところでとは思うけど。わたしの母なんか、空襲で大やけどをして、足全体ががケロイド状になって、そこが攣ったり、炎症を起こしたりで、年を取ってからは立てなくなって、寝たきりで終わった。終わったたって？　別な声が聞き返す。もう、だいぶ前のことだけどね――。細かな所までしっかり聞き取れる。

――発車します――

落ち着いた運転手の声が響いた。

「あのぅ」

女性がわたしに向かい声をかけて来た。

「はぁ」

　不意のことで、ちょっと間の抜けた返事をした。わたしはほかの座席から聞こえてくる話に、耳を傾けていた。戦争がもたらした様々な形の苦しみ。心身の傷あと。それが、このままでいいはずはないが――。そんな思いの中で、隣からの声を聞いた。少し慌てた。ゆったりした座席で、女性とわたしの間には隙間もできていた。

「毎年、いらしているんですか」

「いえ、今年初めてです」

　手短に答える。バスは見知らぬ街中を走っている。車も自転車も歩道を歩く人も、みんな忙しそうだ。生活感にあふれている。こういう光景を見るのが、わたしは好きだ。

「わたしも初めてです。今日は父の代理できました」

「お父様の代理ですか」

「はい」

　窓の外を眺めていると、人の動きだけでなく、街路樹のまばらな芽吹きなども、見て取れる。

「毎年いらしている方も多いようで、何かこう、古くからの友人のような、親しい感じがしていいですね。わたしなど、まず境内のあふれるほどの人にびっくり。秋篠宮さまが、ご夫妻でいらしていたなんて、二度びっくり」

　女性の口元に笑みが広がった。

「わたしも同じです。お姿は見られたんですか」

「いえいえ、とてもあの人込みの中には、入って行けません」

「わたしはうっかりしている内に巻き込まれ、気がついたらはじき出されていました」

二人で顔を見合わせて、笑った。一緒に笑えたことで、お互いに少し安堵した。気がかりだった女性へのひと言が、スムーズに出た。

「お父様は具合でも悪くて、来られなかったんですか」

女性の父親では、高齢で、そんなこともあろうかと思い、尋ねた。

「ええ、まぁ、そんな所です」

歯切れが悪い。それ以上は、聞かないことにした。再び窓の外を眺める。どこを走っていても、生きて、仕事をして、生活する人々の、忙しそうな日常が窺われる。

このサイクルが、ある日、突然遮断されたら――。あるはずはない。そうは思いつつ、否定はしきれない。大きな火種は、まず、この庶民の〝日常〟をあっさりと奪うのだ。

今日に続く明日を、誰もが信じている。

戦争の最中にあってさえ、母は小名木川の川べりを離れられなかった。高崎へという誘いに、のれなかった。幼児二人、そして年の離れた娘。夫の病死。すでに、都内には頻繁な空襲が続いていた。それでも母の日常はその川べりにあった。

「あのぅ」

女性の声を、またその川べりの続きで聞いた。反応が鈍かった。

「よろしいでしょうか」

女性の声が再度響いた。窓からは目を離し、女性の方に向き直る。

「父は認知症の施設にいます。最近転んで、大たい骨の骨折で、今は病院に入院中です。わたしも孫がいる身で、父の所へちょいちょいは、行けませんでした。認知症と言われても、本当のところ、よく判りませんでした。三回もボヤを出したなんて、全く知らなかった。実はすぐ近くに兄がいて、兄が父のことを見ているはずだったんです」

女性のトーンは変わらず、淡々と進んでいるが、内容は家族に根ざし、深まっていく。自らの話の勢いに、背中を押されている感じもする。

「ところが兄は会社で長いこといじめに遭い、遠に退職して、父からお金を貰って生活をしていた。それも、父と兄の約束だったらしく、わたしには知らされなかった。父は、千葉の横芝、わたしは横浜の伊勢佐木町。一年に一、二回行くのがやっとで、そんなこと、思いもよらないことでした」

「今日も横浜へのお帰りですか」

言いながら、アレッと思った。的を得ていない聞き方が、自分でも判った。

わたしの中で、女性の家族の関係性がうまく捉えられていない。それでも女性は、

「今日は、新宿にホテルを予約してあります」

と言い、少し口元をほころばせた。

「今、ちょっと、どうにもならないことを抱えていて」

わたしの方に顔を向けながら、更に続ける。その割には、きっぱりした口調で細面の穏やか

な表情は変わらない。声も伸びやかで聞きやすい。

バスは掘割りを左に走っている。そろそろ、新宿区に入っているのかもしれない。

「父はあの三月九日の真夜中、激しい空襲の中を母の手を引いて逃げたと言うんです。でも、母は何かに躓いて転んで手が離れた。離してしまった。逃げ惑う人の波の中で、戻ることもできず、先のほうへ押しやられた。それが、母との別れになってしまった。あの時、なぜもっと、しっかり手を握っていなかったのか。スルッと抜けたあの感触。背筋が寒くなるほどの感触。その話を最初に父から聞いたのが、中学生になった頃。殆ど、わたしは聞き流していましたね」

だってと、それは小声で言い、その後を続ける。

「母は空襲で亡くなったと、小さい頃から聞かされてはいました。それはもう、わたしの中では済んだことでした。自分のクラブ活動も忙しかった。終わって帰ると父と兄の洗濯物。そして夕食の支度が待っていました。父はずっと慰霊堂に来ていたようでした。それも、何となく聞いていたのですが、それがどういう所なのか、よく考えてもみなかった。そういう余裕がわたしの方になかったのかもしれないのですが。去年は、兄が、車で父を連れて来てくれた。車椅子だったので、結構大変だったようですが。わたしは孫のプレ入園式で来られませんでした」

えぇっ。思わず小さな声が出た。言葉を続ける必要を感じた。

「入園式には、おばぁちゃんも出るんですか」

「いいえ、そういうことではないのですが、ご近所の人たちは出ているので、やはり」

詰まり気味な言葉を聞いて、わたしは口を閉ざした。

「今年は慰霊堂の話をしても、父は何となくニヤつくだけ。骨折をしているので、来られないことは判っている。でも話だけでもと思い、わたしが代わりに行ってくる、と言ったのですが、何だか判ったような、判らないような。そしてニヤニヤしているだけ。母の名前を言うと、その時だけは、ちょっと反応がある。顔つきが真面目になる。締まる。でも、一瞬ですねぇ」

女性はそこで深いため息をついた。

わたしのひと言には、何も引っ掛かりは感じていないようだ。人の事情というのは、それぞれが複雑に絡み合う。去年、弟さんがひとりでお父さんを連れて来て大変だったと言う話。その時、出なくてもいいプレ入園式に出ていたと言う女性。でも、それだけでは判らない事が、あるのかもしれない。こんなにも、ざっくばらんに話す人のようにも、見えなかったが。

「あのぅ、『東京空襲犠牲者を追悼し平和を祈念する碑』にも行かれました？」

女性は口調を変えた。碑の名前を口にする時は、なぞるようにゆっくり言った。

花がぎっしり並んだ大きな扇形の花壇が浮かんだ。慰霊堂に続く参道の脇に、その碑は立っている。平成十三年に、新たに建てられた平和を願う記念碑。その多くは、たくさんの人々の寄付によるものという。色とりどりの花は命の象徴。その花壇の地下に、やはり扇形のガラス張りで、名簿収納室が設えられている。『東京空襲犠牲者名簿』はここに眠っている。

この春で三十五巻の冊子。八万余名の名前が綴られている。その冊子も、花壇同様に、扇形にズラリと並んでいる。ここも、春秋の慰霊大法要の時のみ、扉が開かれる、と案内にあった。

「行きました」

深いため息が出た。今度はわたしが話す番だ。一瞬でも、そんな気がした。

「母たちの名前が載っている冊子の前で、手も合わせた。でもねぇ、何か、こう、伴うモノがない。今更可笑しいんですが、浮かんでくる顔がない。見たこともない、声も聞いたことがない。焼き尽くされて、骨だって拾ってもらえたかどうか、実は判らない。気持ちの落ち着く処がない。この、ないないづくしのどうしようもなさ。でも、犠牲者名簿に名前を載せることができた。それが母たちが生きていたという何よりの証。戦時中だから、生活は大変だったでしょうけど、その中を、必死に生きて、生活をしていたという証拠。確かに生きていたのよね毎日。小名木川の川べりでね。名前の載った分厚い冊子の前で、そう声をかけて、手を合わせましたが」

わたしは、なお続けた。

「でも、掌には何のぬくもりも残らない。当たり前のそのことが、この年になっても切ない。子供の頃は、本当のお母さんを、ひたすら、求め続けていたんです」

「実は、わたしもそうなんです。本当にそうなんです」

女性が体をにじり寄せてきた。ひときわ高い声に、ちょっと驚き、周囲を見渡した。そんなことは気にする必要はなかった。変わらず、どこもそれぞれの話で持ちきりだ。

「父がいつ頃あの名簿の申請をしたかは判りませんけど。ただ、手を合わせてきた、父の母を思う気持ちに、手を合わせてきました。母を感じることはできなかった。わたしは二十年生まれですが、生まれてすぐ、母の出身地である山梨の、母の妹の所に預けられました。兄は学童疎開で東京にはいなかった。母の手を握って逃げたはずが、という父の思い。その上、人波から外れたので、母が離れた辺りに戻ろうとした。その時、目の前の建物に、焼夷弾が落ちた。すごい騒ぎで、戻るどころではなくなった。逃げ惑う人の背中が燃えている。それが一人や二人ではない。恐ろしくて、恐ろしくて、しばらくは震えていた。どこをどう歩いたのか、どう走ったのか、自分だけが助かってしまった。結局、母のことは判らずじまい。そのことが、父を苦しめた。苦しめ続けた。そういう父を知ったのは、本当にここ数年なんです。わたしは本当に至らない娘で。今になって聞きたいことがたくさんあるのに。何を聞いてもニヤニヤ。焼夷弾の話をしてもニヤニヤ。何も判らなくなってしまって、どうしたらいいのかと」

女性は目尻を拭いて、その先を続ける。

「もっと早く、父のその苦しみに気づいていたら、と思うと本当に情けない。施設に入る少し前の頃、兄には言ったそうです。お母さんが毎晩出てくるって。毎晩、何度も出てくるって。やさしい顔で、お父さん、どこにいるのって、手を差し出して父を探す。ここだよ、ここ。父は起き上がって、自分も母の手を掴もうとするけどふらふらして、どうしても掴めない。幾度か繰り返しているうち、夢と気づく。離した手。消えたぬくもり。父は目覚めて塞ぎ込み、ご飯もまともに食べないような日々を過ごしていた。ある時、ふらついたまま玄関先で倒れていた所を、ヘルパーさんに発見され、救急車で運ばれたのです。それ以来、入退院を繰り返すうち、気づいたら、認知症が始まっていた」

あら、ごめんなさい。わたしばかりしゃべって。小首を傾げながら、女性は軽やかに言ったが、直ぐその後をまた、続けた。

「何か、こういう話って、だれかれに話したって通じない。最初から話しても、判って貰えない。こんなに普通にしゃべれるなんて、不思議な感じです」

そこで、ひと息つき、そちらも、と言ってわたしの方に手を差し延べた。

ベージュの上品な色が本当によく似合う。生え際の白さは、それなりの年齢を感じさせるが。肩にかかる髪のやわらかな感じがうらやましい。改めて自分の頭に手をやる。髪は短く、常に手入れの要らない、パーマをかけている。

「そうですねぇ、わたしも色々ありまして。いわゆる、結果的には戦争孤児ですよね。でも、わたしは人の家で育ちましたから。あの頃は、孤児を収容する施設も結構あったわけです。殴られても黙り込むわたしに、当時のオカアサンがよく言ったもんです。お前なんか、施設に行ったほうがいいって。ラジオから流れてくる施設のドラマ。歌。ストーリーはよく判らなかったけれど、ケンカをしながらも、孤児同士が助け合っていく、というようなことだったと思います。『緑の丘の赤い屋根　とんがり帽子の時計台　鐘が鳴りますキンコンカン　メェメェ小ヤギ啼いてます』」

最後の方は節をつけて小声で歌った。

「そんな歌がありましたでしょう」

わたしは女性を振り返った。女性も繰り返し、頷いた。

「この家を出て、そこへ行きたい、施設へ行ったほうがまし、と何度も真剣に思った、わたしの場合は……」

そこで言葉が詰まった。浮かんでくる光景。そして悪夢。

「お腹が空くと、お腹と背中が板のように固く痛くなる。背中の骨がよくわかる。だんだんおへその辺りが攣れてくる。それで、オカアサンの目を盗んで、お釜の中のしゃもじにかじりつく。その姿を、ある時オカアサンに見られて。わたしも性格が悪く、強情だ、強情だっていつも叱られていた。意地を張りまくって黙り込む。そしてオカアサンとたたかう、みたいな所があった。それなのに、しゃもじにかじりつく自分の姿を見られ、固まった。それは悪夢。その上襟首をつかまれ、部屋に引きずり込まれた。その時の自分の惨めな姿、情けない姿を、今も時どき思い出します」

言ってしまった。悪夢の自分を晒してしまった。話の流れで、自然に出てしまった。他人に話したのは初めてだ。でも不思議と心は平静だった。

「それほどの思いを」

女性はまた、小刻みに頷きながら、口を開いた。

「わたしとは違う、辛い思いをされて来たんですね。わたしは学校に上がる前の年に父の元に戻されました。でも、山梨の母の妹を、お母さんと思っていましたから。いきなり言われてもっていう感じで、戸惑いました。父と兄との三人の生活は、子供ながらに気遣うことが多くて。父の、気持ちの中まで思いやることは、できませんでした。それと、母のことは後から知りましたが、姿、形、声のいづれも知らない。写真を見せられても、ハァァ、という感じ。知らない、聞いたことも、触れたこともないって、本当に遠い。雲を掴む、というか、雲も掴めないっていう感じですよね。子供の頃にも母のことは聞いた気しますが、話の中の話みたいで、現実感がなかった」

聞きながら窓の外を見て言った。

「そろそろ着く頃ですね」

高いビルが林立している。迫ってくるような圧迫感だ。あら、ホント。女性はのどかに言った。

「今日は色々話を聞いて頂いてありがとうございました。他では話せないことを、このひと時に吐き出しました」

「それは、お互いさまです」

わたしは言った。名前だけでも聞こうかと思ったが、女性からは言う気配がない。バスを下りれば、東京都の記念式典に向う。

「来年も行らっしゃいますよね」

「えぇ」

――到着です――

急ぎ立ち上がる人、振り返りながら通路を進む人。進みながら、まだ後ろに話しかけている人。小一時間のバスの中は、皆それぞれに話が出来て、心の安らぐひと時だったようだ。

「また、来年を楽しみに。でも、ひとつ、よろしいでしょうか。父が認知症になって、判らなくなって、母への苦しみから、解放されることがあるでしょうか」

女性の視線はわたしの右頬の辺りに充てられている。真剣な感じだ。その視線をほんの少し外しながら、わたしも女性に顔を向けた。すぐには出てくる言葉がなかった。

深く切り裂かれた、女性の父親の心の内。

「どうでしょうか」

ようやく、それだけを言った。曖昧なひと言だ。返す言葉にはなっていない。ただ、様々な思いが、声にはならず駆け巡っていた。

女性の父親の傷痕は、焼夷弾の恐ろしさと共に、これからも生き続けると思われた。

――スルリと抜けた感触。離れたぬくもり。燃えながら走る背中――それらは、消えようがない、まさしく悪夢だ。

わたしの小さな悪夢もまた、生き続けるだろう。

女性は立ち上がり、軽く手を振って会釈した。わたしの曖昧なひと言が、何となく通じたように思われた。わたしも座席を立ち、お互いに笑顔で別れた。


「こみゅにてぃ」第一〇〇号（2017・11）

■山岸とみこ（やまぎし・とみこ）1944年東京都生　1981年創刊より「こみゅにてぃ」同人

紅もゆる

根場 至

義父の四十九日の法要も終わり、一区切りついた心持であったが、私には解せないことがあった。この間妻の友子が少しも悲しむ様子を見せないのだ。少なくとも私には妻が落ち込んでいるようには思えなかった。

義父は実験一筋の研究者で、戦前は陸軍にとられていたこともあって長女や長男とは接する時間が少なかったから親子らしい情愛が芽生えなかったのだが、終戦後三年たって生まれた次女の友子には初めて父親らしい感情を抱き、たいそう可愛がったということだ。妻は物心ついてからそういう話を母親や叔母たちから何度も聞いた、と私に話してくれた。そんなわけで妻はさぞかし気落ちしているだろうと心配していたのだが、少なくとも表面上はそのような素振りはいささかも見せず、淡々と過ごしていた。

妻の悲しみはもう癒えてしまったのだろうか。わたしはファザコンなのよ、と言って憚らなかったのに。あんなに慕っていた「お父さん」だったのに。

そんなはずはない。きっと妻の悲しみは心の奥底に沈んでしまったから私には見えなくなってしまったのだろう。

「小学校に入った頃だったかな、お父さんの胡坐の中に座って絵本を読むのが好きで、よくそうしたのね。お父さんが後ろから絵本をのぞき込むと息がわたしの首筋にかかるからくすぐったいでしょ。やめてって言うんだけれど、本当はまたやってほしいのよね」

微笑ましいエピソードに私の頬も緩んだ。義父の嬉しそうな様子も目に浮かぶようだった。

「ただね、可愛がってくれたといっても、初めてのこども同然のわたしに、それに女の子だからどうしてよいのか分からないようなところがあって。でもそういうお父さんの気持ちはわたしにもなんとなく伝わってきたから、嬉しかったの」

昔を思い出したのか、妻はふっと息を止め、掌を見つめながらフフッと小さく笑った。

「お義母さんもきみを可愛がってくれたんだろうね」

私がそう訊くと、妻は眉間に皺を寄せ目を閉じた。しばらく黙っていたがなにか意を決したような固い表情で私の方へ向き直った。

「今まで話したことなかったと思うけど、わたしはね、お母さんが怖かったの。怖くて、だから嫌いだった」

意外なことを話しだしたので「えっ」、と言ったきり息をひそめ、ただ妻の顔を見つめていた。妻は私から目をそらし、うつむいたまま小さい声でぽつりぽつりと話し始めた。

「忘れられないの……。小さい時に近所の公園でブランコに乗って遊んでたらね、お母さんがわたしの背中を強く何回も押したのよ。空中に飛ばされそうだった。やめてってわたしが言っても、止めるどころか増々強く押したのよ。本当に怖かった、あの時は」

「お義母さんはスポーツウーマンだったそうだから元気がありすぎたんじゃないかな」

義母は福島県の郡山育ちなのだが、スポーツが何でも得意で、戦前の地方の若い女性としては珍しく男性に混じってテニスをよくやっていたという。

「そうかもね。それだけだったらいいけど……。お父さんとは反対にお母さんからは可愛がられていない、お母さんはわたしが嫌いなんだと、ずうっと思っていたわ」

「そんなァ……。考えすぎじゃあないのかな」

妻はまたしばらく黙ってうつむいていたが、ポンと小さく手を合わせてフフッと笑い、また話し始めた。

「お父さんたらおかしいのよ。時々歌を唄ってくれたんだけど、それがね、いつも『紅もゆる』なの」

「ああ、あれはいい歌だよ。僕も好きだなあ」

「紅もゆる」とは戦前の旧制第三高等学校、今の京都大学の寮歌だ。本来の題名は「逍遥のうた」という。それにしても、たしか義父は東北大だと聞いていたのだが。

「そう。お父さんは三高でも京大でもないのに、あの寮歌が好きだったみたい」

私は「逍遥のうた」を小学生の頃、父から教わった覚えがある。私の父も三高、京大とは縁がなかったのだが、あの歌は出身校に関係なく広く唄われていたものらしい。

「絵本を読み終わって立とうとするとね、お父さんがわたしの肩を押さえて離さないの。そしてね、膝を揺すりながら十一番まである長いあの寮歌を全部唄ってくれたのよ」

紅もゆる丘の花
さ緑匂う岸の色
……

私がその寮歌を口ずさんでみると、妻は微笑んで首を小さく揺らし、テーブルを中指でト、ト、トと、つついて目を閉じた。歌詞の意味は分からないところがあったが、何よりお父さんが気持ちよさそうに唄うのを胡坐の中で聴いているのが好きだったのだという。

「お父さんは煙草喫みだったから、息というか身体から煙草のにおいがするでしょ。でもそれがお父さんなんだと思っていたから厭じゃなかった。今でも煙草のにおいが平気なのはそのせいかしら」

義父が亡くなったのは私が友子と結婚してから十八年目の春のことだ。糖尿病による合併症の腎臓障害で呆気なく逝ってしまった。余りにも突然のことで妻は悲しむ暇もなく、ただ茫然としてしまったのかも知れない。義母にとっても同じで、心の準備もなしに逝ってしまい、納骨をどうするか考えられなかったらしく、義父のお骨は東京の世田谷区にある妻の実家に数か月置かれたままになっていた。義父の家の墓は福島県の二本松市にあるのだから、当然そこに入るものと思っていたのだが、もしかすると私には窺い知れない事情があったのかも知れない。

義母の郡山の実家は江戸時代末期の天保年間に創業した造り酒屋から販売部門が独立した分家だった。大勢の使用人を使って手広く商売をしていたそうだ。妻は小中学校時代の夏休みのほとんどをそこで過ごしたのだが、なぜ両親と離れてそうしたのか。それは嫌われている母親から逃れて暮らせたからだったと妻は寂しそうな表情で言った。その代わり祖父母は末孫の友子をたいそう可愛がってくれたので毎年郡山へ行くのを楽しみにしていたそうだ。私たちが婚約してから郡山の祖父母を二人で訪ねたが、その時の歓迎ぶりには祖父母の友子に対する愛情がほとばしっていた。私をそっちのけにして、友子ばかりに気を配っているのがかえって嬉しかった。

「近所の本屋さんで、好きな本がいつでもツケで買えたのよ。ねっ、お婆ちゃん」

そう話す時の妻はその当時の少女のような顔をして、得意そうに懐かしんでいた。古い家柄の、しかも商家で育った義母の思いはどんなものだったか、サラリーマン家庭に育った私には想像もつかない。ただ、そんな家柄なら古い因習にとらわれ、堅苦しい行儀作法にうるさい人だったのかもしれない。四人姉妹の長女だった義母はなぜか研究者と結婚し、四女が婿をとって家業を継いだものの、婿殿には商才がなく家運は傾いたということだ。そのあたりにもなにやらいわくがありそうだが詳しく聞いたことはない。

とにかく義母は墓をどうするか決められないでいた。そんな義母を励ましたいとも思い、お参りしないかと妻を誘ってみたが、首を横に振るばかりで、さらに話しかけられるのを拒むかのように眉間に皺を寄せ、ついとその場を立ってしまうのだった。

日をおいて同じように声を掛けると、いつになく声を荒げた。

「うるさいわねえ。行きたくないのよ、お父さんがいない家になんか」

その剣幕に押されて私はことばが出ず、妻が音を立てて閉めたドアの四角い輪郭を未知の世界への入り口かのように、駆け寄る力もなく眺めていた。

私が居間のソファーに座ってテレビを見るともなく見ていると、しばらくして妻が戻ってきて、「さっきはごめんなさいね」、ときまり悪そうに詫びた。

「いや、いいんだよ。でも寂しいねえ。僕はお義父さんともっといろいろ話しをしたかったなあ」、と言いながら妻の背中をさすり、それから二人で額を合わせてしばらくじっとしていた。

ようやく妻が落ち着いてきたので私が淹れたお茶を一緒に飲みながら話を聞いてみると、涙を滲ませながら少しずつ気持ちを話し始めた。

「お父さんのいない家」とは「お母さんのいる家」ということで、さらには「兄夫婦が同居している家」ということのようだ。妻の家では研究バカで世事に疎い義父に代わって、義母が家族の生活を取り仕切っていたという。妻は義母から何度も「男に生まれればよかった」と、聞かされたものだという。自分が姉妹ばかりの家庭に育ち、末の妹が婿をとって家業を継いだものの衰退に導いてしまったことをいつまでも悔んでいたらしい。

私たちはごく平凡な見合い結婚だった。三十歳を前にしてそろそろ結婚するものだと考えたからそうしたまでで、大恋愛の末に結ばれたとか、家同士の伝統的な価値観に基づく婚姻とかではなかった。私はそれまでに数回の見合いを重ねていたが、友子には初めて会った時に心が動いた。はっきりものを言う、自立した女性だと思ったたし、友子の鼻にかかった「エへへへ」という笑い方が、妙な言い方かもしれないが気に入ったのだ。気取らない正直な人だなと思った。

だが、見合いをしてから半年後に結婚したので、お互いの生い立ちや家族の関係、家庭内の事情は上辺しか知らなかった。結婚前に何度か妻の家を訪問したが、いろいろ話をするのはいつも義母で、義父は「ああ」とか「そう」とか言うばかりでほとんど何も話さなかった。結婚式の段取りの相談にのってくれたのも義母であり、義父の意見を訊くこともなく、私の目の前ですべて決めて行った。私はやさしいおとうさんだなと感じていたのだが、今にして思えば妻に口出しできない弱い夫だったのかもしれない。

私が結婚生活に望んだことは特になく、ただ平穏な日常さえ得られればそれでよかった。見合いの後の数か月で友子も大体同じような考えだと察したから、煩わしい仲人も立てずに結婚式に臨んだのだが、それが二十年近くも経ってから、ただ困惑するばかりの事態が次々と起こってくるとは想像もしなかった。

義母は頼りにならない夫に代わって長男の孝司に大きな期待を掛けていた。彼はその期待によく応え、東大に進学した。一方活動的な義母はある俳句結社に所属し、月例の句会だ泊りがけの吟行だと忙しかったたし、大学の万葉集や源氏物語の公開講座などにもしょっちゅう出かけていたから、その留守の際には妻の友子が母親代わりとなって父や兄の世話をしなければならなかったのだそうだ。十も歳が離れている姉は既に結婚して家を出ていたから。

「女中代わりに使われたのよ」、と妻は吐き捨てるように言った。

その兄が東大を出てある上場会社の研究所に勤め、やがて結婚話が出てくると、今度は結婚の邪魔になるから早く家を出ろと責め立てられたのだそうだ。そんな話を涙をためてきれぎれに話す妻は、私がそれまでに知っていた彼女とは別の顔をしていた。

「お父さんだけが味方だったの。お父さんがいたからあの家に帰れたんだと思うわ」

義母に何も言えない義父ではあったが、気持ちだけは末っ子の妻に寄り添っていたのだろう。妻は涙を拭いつつ、こんなエピソードも話してくれた。大学からの帰りに、どこだったか忘れたが、義父とばったり会い、妻が誘って喫茶店でケーキを食べ、コーヒーを飲んだことがあった。その時の義父の顔は決して家では見せたことのないのびのびとしたもので、妻の話をただニコニコしながら聞いていたのだそうだ。お互い義母から嫌われている者同士の密やかな逃避行のようだったという。

義父のことでは、今思い起こしても驚くやらおかしいやらなのだが、こんなこともあった。私たちが北海道への新婚旅行から羽田空港に戻って来ると、義父が出迎えに来ていたのだ。大切にしていた娘を奪ってしまったことになる私に恨みの一言でも浴びせるのかと身構えてしまったのだが、義父はいつもの柔和な笑顔で近づいてきた。私は何か言わなければならないと思ったが、口をついて出てきたのは「ただいま戻りました。僕も友子さんも元気です」、と戦後外地から復員した兵隊のような挨拶で、ただ顔を赤らめていた。

「もう友子さんなんて言わなくていいんだよ。友子って呼びなさい、友子と。結婚したのだから」、と義父は妻の方を見ながら、それでいいねと念を押すように言った。その時妻がどんな気持ちで義父のことばを受け止めたのかは知る由もなかったが、多分私にとっては残念なことに、父親の娘であることから私の妻になったことへの寂しさを滲ませていたのだろう。

あの時、義父は義母には内緒で空港に出迎えに来ていたのに違いない、と今にして思う。不器用な義父がどんなウソをついて家を出てきたのか考えると、いまだにおかしさが込み上げて来る。

一周忌に合わせて、ようやく義母は東京郊外の墓苑の一区画を求めてそこに納骨した。長男の孝司が取り仕切った納骨式には家族や親戚が集まったが、妻は母親や兄とは一言も口を利かず、終始固い表情を崩さなかったし、墓苑内の会館で行われた会食にも参加したくないからと背を向けた。私は列席者の手前困ってしまったが、妻を一人で帰すわけにもいかないので、妻の気分が悪いから失礼すると言って会館を後にした。やはり彼女にとって父親の死は相当なショックだったのだ。私は押し黙ったままの彼女に掛けることばを探しあぐねて、一緒に黙って家路に就いたが、それからの妻は予想もしない世界に彷徨い出していった。

それは兄嫁の淑子からの電話が発端だった。その日、私が会社から夜の八時頃に帰宅すると、妻が夕食の支度もせずに居間のソファーにぼんやり座っていた。何か身体の具合でも悪いのかと案じて声を掛けると、やおら立ち上がり堰を切ったように喚き声を揚げた。

「淑子さんたら、わたしにお母さんの面倒を見させるつもりなのよッ。なんでまたわたしがそんなことしなくちゃいけないのォ。今まで散々やってきてあげたのに、もういやよッ。女中みたいにこき使ってきたくせに。お父さんの財産を分けるからと匂わして、お母さんを引き取れみたいなこと言うのよッ」

興奮して私の胸倉を叩く勢いであった。結婚前に数回両親や兄姉夫婦と会っただけの私は妻の実家のことはよく知らなかったので、そんなことになっているとは正直言って驚くばかりであった。仲の良い家族だなと思っていたのに。家族の歴史や人間関係は傍からは窺い知れないものだ。それが特に憎しみや恨みの感情を伴うものであれば、普段は密やかに心の内に伏せてあるものが何かの拍子に、火山の噴火のように突然噴出することがあるのだろう。喉をヒクヒクさせながら私の胸に顔を埋めている妻の背中を、わけが分からないまままださすってやることしかできなかった。

「わたしは何もいらないし、お母さんなんてもう知らないわよって、淑子さんに言ってやったの」

最後にはそれだけを晴れ晴れとした顔で言い、手の甲で涙をぬぐって、恥ずかしそうに台所に立って夕飯の支度を始めた。妻がともかく冷静さを取り戻したので、やれやれと着替えを始めたが、それ以来妻の様子が気になって仕方がなかった。

一か月後に淑子から遺産分割協議書が送られてきた。妻は何もいらないと言ったのに現金百万円を相続すると書いてあるから判を押さずに突き返す、と息巻いていたが、これでもう煩わされることがなくなるのだからと説得して判を押させた。妻が今後絶対に電話したり会ったりしないでくれと強く言うので、義母や義兄と縁が切れるのは心残りだったが、そうせざるを得なかった。

しばらくは平穏な日々が過ぎていったのだが、暑い夏も去ってやっと涼しい風が戻ってきたころのことだった。妻がイライラした口調で言うには、昼間兄の孝司がマンションの下の道路から電信柱に隠れるようにして私たちの部屋を見上げていたのだそうだ。

「お父さんの遺産だけでは足りなくてこのマンションまで狙っているのよ。あれはお兄さんに間違いないわ」

そう言う妻の顔は真剣そのものだった。マンションを奪い取るといっても一体どうやってそうすることができるというのか。子供の玩具ではあるまいし。権利証の原本はちゃんと銀行の貸金庫に保管してあるではないか。

「そうだとしても、銀行の人を買収すれば鍵なんて開けてもらえるじゃない」

銀行員がそんなことをするわけがないだろう、と言うと、銀行員だからこそお金に弱いのよと言い張る。

こんなこともあった。私はこれにはあきれたとか驚いたとかいうより、むしろ当惑してしまった。夜の十二時過ぎに誰かが部屋に忍び込んできて彼女の身体に触り、ヘンな臭いがするものを付けていったという。誰かとは兄夫婦が放ったスパイだと。玄関のドアやすべての窓の内鍵は締まっていたのだから、仮に侵入したとしてもどうやって外から施錠したのか、と私が言っても、今はナノテクの時代だからできるのだ、と生半可な知識を盾に言い張り、次の日からは寝る前に玄関のドアの取手と靴入れの横につけられた金属製のフックとを針金で何重にも繋ぎ止めるのだった。その姿には鬼気迫るものがあり、薄気味悪く背筋に冷たいものが走るほどだった。妻が自室に引き上げ、静かになるのを待って私もベッドに横になったが、ナノテクの時代だからこそあんなことをしても役に立たないのに、とその愚かしさがむしろ悲しく、また彼女の必死の形相が思い出されて傷ましい思いに囚われ、なかなか寝付けなかった。

翌日の午後、半日休暇をとって自宅のマンションから歩いて十五分ほどの私鉄の駅に近い精神科の医院を訪れた。メンタルクリニックとか診療内科とか書いてある電柱広告を思い出して、事前に電話を入れておいたのだ。もちろん妻には内緒にしておいた。

「典型的な被害妄想ですね」

四十前後と見受けられた男性医師は私の説明を聞いて即座にそう言った。

「妄想性人格障害といって、疑り深さ、被害者意識、時に攻撃性を特徴とする人格障害です」

「精神分裂病ですか」

「ええ。ただ昔はそう言いましたが今は統合失調症といいます」

「やはり病気なんですね」

「そうです」

医師の淡々とした口調は不愉快だった。医師にとっては珍しくもないことかも知れないが、私にとっては初めてのことであり、しかも妻にまつわる異常事態なのだから少しは同情といったわりを示してほしかった。

「どうしてこんなことになったんですか」

つい詰問するような口調になってしまった。医師は少しも態度を変えず、憎らしいほどの冷静さを保って言った。

「お話を伺った限りでは、奥さんは母親から非常に強いストレスを受けていたようですね。しかも長期にわたって」

「そう……、そうなんでしょうか」

私の答えというか反応に医師は怪訝な顔をした。それはそうだろう。他ならない夫の私がこのような曖昧なことしか言えないのだから。結婚する前の妻と義母との間にどんな葛藤や摩擦、さらに衝突があったのか、私はほとんど知らない。私がそれを知ろうとすると、過去を思い起こして一度は口にしかかるのだが、すぐに唇を固く結んで押し黙ってしまうのだった。私は思い出させるのは酷なような気がして、それ以来話題にはしなくなった。妻の過去の苦しみは封印されたも同然のこととなった。義母は私にとっては普通の人なのだが、妻にとってはそうではないことしか分からなかった。精神的な後ろ盾となっていた義父が亡くなってから一気に表面化したということなのだろうか。

「奥さんをここに連れて来ることはできませんか」

それは無理だ。とてもそんなことは承知しないだろう。彼女自身も自尊心の強さを認識しているくらいだし、病人扱いするのか、と怒り出すに違いない。私はどうするべきなのか分からず、途方に暮れてしまった。

精神科を出て商店街を数分歩き住宅街への脇道に入ると、小さな児童公園があった。そこの鉄棒の脇にあるベンチに腰を下ろした。なにやら重苦しい私の心とは裏腹に、空は青く呑気に白い雲を浮かべている。少し離れたブランコに五歳くらいの女の子が乗り、その背中を母親らしい女性がゆっくり押している。女の子はキャッキャと楽しそうに声をあげ、もっと強く押して、と何度もせがんでいる。

「だめよ。そんなに押したら危ないじゃない」、と言って母親は相変わらずゆっくりと少女の背中を押している。

私はぼんやりとその母娘を眺めていた。私と出会う前、友子は母親とどんな少女時代を過ごしたのだろう。ブランコを見ていると妻から前に聞いた話を思い出した。目の前の二人とは反対に、友子がそんなに強く押さないで、と言っているのに母親はどこにでも飛んでいけとばかりに強く友子の背中を押したため、幼い心に恐怖を覚えたのだった。そんな母親に不信感を超えて憎悪さえ抱いていたとすれば、なんとやりきれない母娘なのだろう。友子から聞くその母親像は権威主義的で、なんでも一流を好み、私が友子と見合いをした時も、私が有名大学出でないこと、しかも上場企業でもない、東京本社の他に大阪支店があるだけの建設会社の社員であることを理由に反対したという。友子はそんな母親に反抗する気持から、二流大学出であるからこそ、有名な会社に勤めているわけでもないからこそ私を選んだのだと、冗談ともつかぬことを言ったことがある。

しばらくベンチに腰掛けてぼんやりしていたが、家に帰るにはまだ時刻が早すぎたので商店街にもどり、カフェに入った。外からは見えない奥まったテーブルで好きなカフェラテを飲みながら妻と義母のことを考えていた。

そういえばこんなこともあったな、と思い出したことがある。娘が中学生、息子が小学生の時だったから、義父が亡くなる五、六年前のことだ。当時私たち家族は私の転勤にともない、大阪の狭い借り上げ社宅に暮らしていた。丁度その年に義母が古希を迎え、義兄の孝司夫婦がお祝いに関西旅行をプレゼントしたのだ。往復の新幹線グリーン席の切符を贈ったから後はよろしく、という電話が友子に入った。事前の相談も断りもなく、私たちの家に宿泊させ観光には付き添うのが当然というやり方に友子は戸惑いを越えて怒りをあらわにし、家には泊めたくないとまで言い出した。

「お兄さんが勝手に決めたんだし、自分だけ親孝行したつもりになっているのよ。面倒見るのは、また私じゃない。いやよ。放っておけばいいじゃない。勝手に来るんだから」

それではあまりに角が立つではないか、となんとか宥めて、泊まってもらうことにしたものの観光はほとんど私がお伴することになり、気まずい思いのまま新大阪駅で帰京する義母を見送った。

当時は、妻の体調がすぐれなかったのか、あるいは虫の居所が悪かったのかぐらいにしか考えなかったが、既にあのころから妻の母や兄との関係はこじれてしまっていたのだろう。

義兄は就職した企業から派遣されてアメリカのハーバード大学に留学した。義母はそれがたいそう自慢だった。帰国後義兄の先進的な研究が全国紙に紹介され、研究所内で実験をしている写真が紙面に大きく載った時には、その新聞社に自ら電話して、写真の焼き増しを取り寄せ、額に入れて部屋に飾っていたほどだ。長男にすべてを賭け、入れ込む反作用で、邪魔になるものは排除しようとしたのだろうか。排除されたという意識を持った妻の友子が見つけた唯一の拠り所が父親の胡坐の中という思い出だったのだろうか。

何ら解決の目処がたたず、糸口さえ見えてこないまま時は流れて行く。この間ゆっくりとだが確実に妻の心の中の妄想は分裂を繰り返して増殖しているように見えた。妄想の出現には波があって、ひと月も穏やかな日が続くかと思えば二日、三日と続けて異様な行動に出ることがあった。その度に私は困惑し、狼狽するだけだった。なす術がない。何も妻のために力になってやることができず、役に立つことが見いだせない。ただ茫然とするばかりの私に、何者かが音もなく忍び寄ってきて妻を何処ともなく連れ去って行ってしまうような不安な日々が繰り返されるばかりだった。思い余って再び精神科の医師を訪ねた。

「前回うかがったところでは、奥さんは母親から強いストレスを受けていたようですが、もう少し詳しくお話し願えませんか。例えば幼いころに肉体的または精神的な虐待を受けていたとか。そういうことはなかったのでしょうか」

私は困惑せざるを得なかった。結婚する前の妻と母親との間に何があったか、詳しいことはほとんど知らない。どれほどの意味があるのか分からないが、妻から聞いたことでブランコの一件の他に思い出せるのは進学をめぐる確執くらいだ。区立の小学校を卒業して、母親に入れられた中高一貫の女子校は戦前に設立された良妻賢母を目指す厳格な校風で、「捨我精進」を校訓としていた。授業開始前と終了後に精進の鐘というのがゴーンと響き、瞑想を強いられ、下校前には精進日誌という一日の反省文を書かされた。それがいやでいやでたまらなかったそうだ。だから、自分で選んだ共学の四年制大学へゆきたいと思ったのだが義母には、女に教育なんていらない、家事さえ身に付けて早く嫁に行けばよい。自分もそうだったのだから、と頭ごなしに反対されたという。何にもできない馬鹿なくせに大学、しかも共学の大学なんてろくなことにならない、と頑なに拒否されたらしい。半年も言い合いを続けたが、義父のとりなしでどうにか短大に進むことまでは義母は譲歩し、そこまでで妻も我慢せざるをえなかったという。義父が四年制に編入することも可能だからとそっと教えてくれたからだ。

「なるほど。やはり母親との関係が大きな意味をもっているようですね。なんとか奥さんに来院してほしいのですが……。対話を繰り返すことで、少しずつですが心が開かれてゆくことがあるのです。どうですか」

前にも言ったようにそれは無理だ。そんな話を持ち出せば、私との関係までがおかしくなってしまう。結局医師は妻を来院させることを無理強いはせず、私のとるべき妻への対応をアドバイスしてくれた。

「奥さんの言うこと、なさることを先ずは否定しないことです。ノーは禁句です。もう大抵のことには驚かなくなっているでしょうが、だめだ、間違っているとか、おかしいじゃないかというような言葉は避け、まずは受け入れることが大事です。そうだね、なるほど、そうなのかというようなことばを返し、それを表情や態度でも表すようになさるとよいでしょう。また、ありがとうのひと言も極めて有効なプラスのメッセージです」

この医師は私の性格をも見抜いているらしい。さらにこんなことも言った。

「最近、奥さんに触っていますか」

咄嗟には何のことだか分からなかった。

「夜のいとなみとまではいかなくても、手を握る、肩を抱くというような身体接触はとても大切なことなのですよ。ヘンな話と思われるかも知れませんが、お尻に触るということだって、この場合にはむしろ必要なんです」

意外なアドバイスが飛び出したので驚いたが、そうなんですかァ、と頷くよりほかなかった。

「受け入れられていないという気持ちが昂じた時に、怪しげな新興宗教が巧みに入り込んだりすることもあるのですよ」

医師が最後に付け加えたことばには、友人の奥さんで、ある宗教に嵌ってしまった話を聞いたことがあるので、そういうこともあるかもしれないと不安になった。

妻には長く続けている趣味があった。フラワーデザインという洋風生け花のようなものだ。

その教室から帰ってきた時は、実に晴れ晴れとした表情でその日の作品を撮った写真を見せて、いろいろ話をしてくれる。

「教室に来ている若い人たちと友達になれて楽しいわよ。わたしは今の若い人たちの感覚の方がぴたりとくるの」

「それはいいね」

「わたしたちと同じ団塊世代はだめね。すぐ夫の不満とか子や孫の自慢話になるから」

「そうなんだ。たしかにそんな話題だけではねえ」

「でもね、数か月前に結婚した方が料理などの家事を初めて経験して、新鮮な喜びを感じているって言うんで驚いちゃった」

「そういうもんなのか。親が家事を躾けないのかね」

「わたしなんか、結婚前に一通りやらされていたから、喜びもなにもなかったけど」

私は次第に緊張してきた。話題をどこかで変えなければと言葉を選び始めていた。

「時代が変わったってことかな」

「そうよ。わたしたち女にとっての結婚って家事労働力の提供なのよ。なんでもお母さんにやらされたのだから」

「若い人の花のデザインって女子の趣味に合うの」

「わたしなんか結婚のためというより、お母さんに女中代わりに使われたのよ」

もう私の言うことなど聞いていない。

「そうだったね。ところで若い友人とどんな話してるの」

「できないのは悔しいから、なんでもやってみせたわよ」

なかなか軌道修正ができない。このまま流れに任せていると、いつ妻の溜め込んだ怒りに火が付くか分からない。爆発しないうちにエネルギーを放出させないといけない。段々焦ってきた。

「友子の料理や洋裁の腕は、確かにスゴイものね」

「子供たちの洋服もほとんど手作りしたんですからね。家計に貢献したのをちゃんと認めてほしいわよ」

「いや全くそうだね。分かってますよ。改めてこの通り御礼申し上げます」

私はおどけて妻に頭を下げて、付け加えた。

「それでは近々ディナーにお誘いしましょうか。僕がご馳走するよ」

「あら、珍しいわね。嬉しいわ。でも、いいの?」

「うん。クリスマスも近いから早めに行こうよ。予約も取りにくくなるから」

「いいわよ。冬物のバーゲンセールが始まっているからデパートにも寄りたいわ。セーターがほしかったの」

短気な私は他人《ひと》の買い物に付き合うのが苦手で、これまでも妻の買い物には、何かのついででもなければ一緒に出掛けたことはなかったが、今回ばかりは違っていた。

「そうかい。それは丁度いい。僕も手袋とマフラーを新調したいと思っていたんだ」

なんとか話はよい方向へそれていったので胸をなでおろした。

当日の朝のことだ。冬らしいキリリと冷たい空気が心地よい。今日一日が無事に過ぎるような気がした。

「時間もあるから美容院に行ってこようかしら。髪をちょっとまとめておきたいから」

デパートで買い物をして、レストランで食事をするくらいで、そんなにめかし込んでどうすると喉まで声が出かかったが、それで妻の気分が晴れるのならそれが一番だ。

妻は都心のあるデパートがお気に入りで、そこは趣味がいいと言う。他店は趣味が合わないので、ほしい物が見つからないのだそうだ。私にはデパートはどこでも大差ないとしか思えないが、妻が気に入っているというならそこへ出かけるのがやはり一番いい。

セーターを買うということだったが、いざデパートに入ると婦人服売り場だけでは終わらず、家具や食器の売り場にまで足を向けては、購入はしなかったが、あれこれと品定めをしていた。スキップでも始めるのではないかと思えるほど軽やかにデパートの売り場を渡り歩いている妻に、私は小さな子供でも追いかけるように付き従った。

時間をかけてショッピングを楽しみ、私がネットで調べて予約しておいたイタリアンレストランで、烏賊墨のスパゲッティやサルティィンなんとかという肉料理を食べながら二人の話もいつになく弾み、妻以上に私自身が楽しい時を過ごせた。

「とても美味しかったわ。ありがとう。また寄せていただくわね」

レストランを出る時に、ドアのところまで出てきたシェフに上機嫌で挨拶した妻のその様子に私は安堵するとともに大いに満足して、久しぶりに妻と手を繫いで地下鉄の駅まで歩いた。冷たい夜風が頰に心地よかった。私はもう妻の問題はこれで解決したような気分だった。こんな些細なことで妻がそれこそ生き返るというなら、昔の明るさを取り戻してくれるなら、毎晩でもイタリヤ料理を一緒に食べに出てもよいとさえ考えた。だが、それは余りにも楽観的な願いに過ぎなかった。

乗り込んだ地下鉄は混んでいるというほどではなかったが空いている席はなかった。私たちは連結部のドアに半ば寄りかかるようにして車内を眺めていた。どちらともなく笑みを交わし、今日一日の楽しかった出来事を反芻していた。電車が走り出すと若い女性が奥の方から歩いて来て、私たちに近い左側のドアに寄りかかり、携帯電話をいじり始めた。私は吊り広告をぼんやり眺めていたのだが、妻がつかつかとその女性の前に進み出て腕を組み、睨みつけるようなポーズをとった。女性は上目遣いに妻をちらっと見ただけだったが、妻が動こうとしないので妻に背を向けてドアの方に向き直った。妻がそのまま女性の背後に立ち続けていたので、それに感づいた女性はすうっとドアの所から離れて奥の方へ戻って行った。その時、次の駅に停車したので妻はホームに降りてしまった。そこは私たちの下車すべき駅ではなかったが私も慌てて飛び降りた。

「どうしたの。この駅に用があるの」

私は何だか分からずに、ただそう訊いてみた。

「あの女の人はスパイよ」

走り去って行く電車を横目で見ながら憤然と言った。

「えっ?」

「わたしの写真を撮っていたでしょ」

「ええっ、そうなの。携帯をいじっていたようだったけど」

「シャッターの音がきこえたじゃない」

そんなものは聞こえなかったが妻はそう言い張る。でも写真を撮って一体何になるというのだ、と言いたいのを抑えた。

「わたしの行動を見張っているのよ。お兄さんが雇ったスパイよ」

「そうなのか。それなら尾行されないように気を付けないといけないね」

そうは言ってみたがなんとも腑に落ちないことで、電車が走り去ったあとの闇を暗澹たる思いで眺めていた。

妻を一人にしておくことには不安を感じるようになり、できるだけ一緒にいるように努めた。ところがそんな私を兄夫婦に買収された監視役ではないかと疑うようになった。そんな馬鹿な、と怒りさえ覚えるのだが、そういう私の反応が増々彼女の猜疑心を深めるようでもあったので、私は沈黙せざるをえなくなっていった。

私が長年勤めている住宅を専門とする中規模の建設会社は数年前から業績が悪化し続けており、経営再建策の一環として管理職の肩たたきや子会社への転属がかなり強引に進められていた。そしてとうとう私も施工を担当する関連会社への転属を打診され、受け入れた。定年後もその会社で働けるという条件だったからである。クビになるよりはずっとましだ。ところがそこでは現場での仕事が多くなり、職人に混じって力仕事もやらなければ仕事が回らないような小さな職場だった。

ある春の夜、慣れない肉体労働を終えて帰宅し、風呂の湯につかって疲れを癒していると、「くれないもゆる……」と、あの歌が口の端に上った。丁度浴室の前を通りかかり、それを聴きつけた妻が「お父さん」と声を掛けてきた。妻は子供たちの前でも私の名前を呼び、けして「お父さん」と、言ったことはないのに。きっと妻は妄想の世界に入っているに違いない。

「お父さん、久しぶりね、その歌を唄うのは」

「……」

「ふるさとのところ歌って、好きなの」

一瞬とまどったが、五番を歌い始めた。

ああ、ふるさとよ野よ花よ
ここにも萌ゆる六百の
光も胸も春の戸に
嘯《うそぶ》き観ずや古都の月

「もういっかい」

ああ…、ふるさとよ…　野よ花よ……

妻の父親になったまま、とぎれとぎれに歌った。
この時、私は初めて妻と心を通わせたような不思議な気持ちに襲われ、この歌があらためて私の胸に沁み通っていった。

「私人」第九二号（２０１７・６）

■根場至（ねんば・いたる）１９４５年栃木県生　２０１２年より「私人」同人

犬猫親子野辺の道行き

春木静哉

1

家の前や通りのどこかで真一が井田老人を見かけるようになったのは、半年くらい前、梅雨の明けたころからだった。老人は初めから真一の眼にとまって強い印象を残したのだが、それは彼の漕ぐ自転車の速度があまりに遅いからだ。それ以上ゆっくり走ったら平衡を失って倒れてしまう、と思わせるぎりぎりのところでバランスを保っている危うさが、真一を落ち着かない気分にさせるのだ。

井田老人はいつも自転車に乗っている。真直ぐ前を向いて低速を保持しながら、低いサドルにどっしりと重心をおろし、本人はなにくわぬ顔で漕いでいく。真一は何度も、盗み見るようにチラチラ老人に眼をやったが、彼はそういう視線に気付いて知らぬふりをしているのか、あるいはまったく気付いていないのかよくわからない。眼鏡の奥の眼窩《がんか》は少し窪み、頤《おとがい》が角張って少しひしゃげた印象の容貌だ。五分刈りの頭髪と口の回りに伸びた無精髭は半白《はんぱく》だった。入れ歯が気になるのか、口角を横に広げたりすぼめたり、厚い下唇の突き出た口をもぐもぐと動かすのが、何か呪文を唱えているように見える。まっすぐ前を見据えたまま頭は少しも動かない。みすぼらしいといえばそうだが、いわゆるホームレスという風体ではなかった。善良で生真面目な雰囲気を、どこか漂わせているのだった。

須永真一は五十半ばになる年齢で家庭を持っている。二十一歳の長男を頭に二男一女と妻、それに八十半ばの老いた母親が彼と暮らす家族である。父親は四年前に他界したが、真一は家長らしい威厳を持たぬように注意しながら、そのかわりに、家族の問題にできるだけ関わらずにすませようと用心している。だから長男が家にこもったまま大学に通わなくなっていることも、そうなって数か月がたち、妻の曜子に聞かされてはじめて知ったのだった。

「亮太ここのところ大学に行っていないのよ。四月からずっと……」

二人きりで車に乗っているとき、曜子がそんなふうに切り出した。べつに言いづらそうではなく、どうせ興味ないんでしょ、面倒なことは全部わたしに押し付けるんだから……、と言っているようでもあった。真一も言訳がましいことは口にしない。やはりそんなことになったかと、どこかあっさり事態を受け入れる気持ちになった。二年半前、なんとか三流大学に亮太が滑り込んだときも、真一には、ただ問題を四年間先延ばしにしただけのことだ、という意識があった。

亮太には高機能自閉症のような発達障害があると、真一は思っている。無事に大学を卒業できたとしても就職先は容易に見つからないだろうし、就活そのものに亮太が精神的に耐えていけるとは思えない。ただのアルバイトですら、亮太にできる仕事はかなり限られているというのが真一の見立てだった。

「それで、本人はどうするって言ってるの。少しは話しているんだろ」

「やめるって言っているわよ、大学。わたしが何言っても駄目なのよ。パパから話してみてくれない」

曜子は何とか説得して、後期からでも大学に戻るようにさせたいようだ。

「しかし、一度言い出したらきかないだろう、アイツは。たぶん自分の中でそう決めてしまったんだと思うよ」

「うん、まあたしかにね、あの子はそういうところあるから……、けっこう頑固よねえ、あの子」

亮太は自分の考えや意思を人に伝えるとか、説明するのが子どものころから苦手だった。あるときからそういうことを放棄してしまったというふうに真一には見えていた。自分の考えをひとに伝えられないから、相手の意見も耳を塞いで聞こうとしない。親の方は熱の入る分どうしても押し売りのような物言いになる。そうなると亮太は苦痛に耐えるような顔つきになって、まったく押し黙ってしまう。

そうはいっても黙って放っておくわけにもいかないので、これから先どうやって生きていくのか、自分でじっくり考えてみろ、というようなことを真一は亮太に言った。

子どもたちがみな、夏休みに入ったころだった。

「人生は長いんだ、なにも焦ることはない」

人生は思いのほか短いものだ、と最近真一はつくづくそう思っていたが、亮太に対しては全く反対のことを口にした。

九月中には後期の授業料を振り込まなければならないので、九月に入ったころ、

「とりあえず、大学はどうするんだ」

と訊くと、やめると亮太ははっきり言った。

「そうか。しかし大学に行かないなら、何か仕事をしなくちゃならないだろう」

「そうなんだ……」

「そりゃそうだろう、ふつう。いつまでも親のすねかじりというわけにはいかないんじゃないか。こっちだって困るし」

そう言いながら、働くといったって亮太に何ができるのだ、と真一は思っている。

そのときも真一は車を運転していた。運転していると、真一は多弁になるところがあった。助手席に曜子が坐り、二列目に亮太がいる。少し前から、週末はたいていこの三人で近所のスーパーへ買い物に行く。曜子が声をかけ、亮太を連れ出すようにしている。亮太は食物にこだわりがあって、自分の口にする物は自分で確かめたいと思っているから、素直についてくる。詰問にならぬよう気軽な会話をするのが暗黙の了解になっているが、曜子はきちんと向き合って亮太と話し合ってほしいと、真一に対して不満を持っているに違いなかった。

「どうしてそんなにあくせくしなくちゃいけないんだろう。何もしないで、まったり生きたいんだけどなあ」

冗談とも、本気ともつかぬように亮太が言った。

「何馬鹿なこと言ってるのよ。仕事もしないでどうやって食べていくの」

曜子はそう言いながら、怒るというより呆れて笑っている。真一は、いい気なものだ、とばかりは思えなかった。

須永家の暮らす郊外の市には家作や地面をいくつも持って、それこそ何もしなくても食べていけるような大地主の家が何軒かある。そういう家の者でも、もちろん内情は知らないが、案外堅い職について地道に働いているという印象がある。しかしもし亮太がそういう家に生まれていたのなら、本当に何もしないで世俗を離れ、周りからは変人に見られるだろうが、それはそれでいい生き方をするだろうな、と真一には思えた。少なくとも貧乏性の真一自身が同じ境遇にいるときよりは、よほどいい生き方に違いないと……。


家の前を井田老人がゆっくりと自転車を漕いでいくのを二度目に見たとき、真一はふと、その老人が亮太の行く末なのではないかという錯覚にとらえられた。将来、真一が死んでさらに数十年がたったとき、亮太はこんな老人になっているのではないだろうか。決して見ることのできない息子の老いた姿を想像して、真一はその姿が今眼前にあることに何か不思議な、因縁めいたものを感じた。

たとえば老人が早くに死んだ父親の夢を見るようなとき、本人はとうに父親の死んだ歳を超えているが、父親は死んだときの年齢のまま出てくる。自分よりずっと若いが父子という関係に逆転はない。それを彼岸の父親の側から見ればこういうことになるのではないかと、真一は妙に納得のいく気がするのだった。

井田老人は悠然と、三途の川を舟が滑るように自転車を漕いでいく……。

亮太は慎重で、動作が遅く愚図なところがある。何をやるにも人よりもかなり時間がかかる上、周囲を無視して自分のペースを頑なに守る。それが彼を無気力に見せ、大人を苛立たせる。

高校生のときは駅まで自転車に乗って通っていたが、サドルの位置を体格とは不釣り合いに低く下げ、のっそりとした速度で、しかしどこか生真面目に漕いでいた。真一が勤めに行くのに駅まで歩いていると、亮太が自転車で横をすり抜けていくことがあったが、その姿にはどことなく若さがなく、不恰好にも見えた。

そんな亮太に、年子の妹やその下の弟は意識的に少し距離を置いている感じがした。べつに毛嫌いしているというふうではないが、神経質で気難しい兄に気をつかうということはあるようだ。そういえばある時期、彼らは亮太のことを「殿」と呼んでいたなと真一は思い出す。

「亮ちゃんは何もしないんだから。それでどこか悠然と構えて、まるで殿様みたいだよ」

なんで「殿」なんだよと真一が尋ねると、彼らはそう答えた。

「そうだな、確かに亮は殿様みたいだな。なあ、殿」

「何が殿よ、殿は殿でも馬鹿殿でしょ。まったくいい気なんだから。何もしないで、文句ばっかり言って」

曜子はそう言ったが、亮太はニヤニヤしながら「殿」と呼ばれることにまんざらでもない様子だった。妹弟たちはなかなかうまいとらえ方をするなと、本人もそう思っていたのかもしれない。いや実際、彼は殿様に生まれてきたかったのかもしれないのだ。そして真一も曜子も、結局のところ亮太を腫れ物に触るように殿様あつかいしているのだった。

そんな家族の雰囲気が伝わるのか、飼い犬のケンタも亮太には遠慮がちだった。ケンタは九歳になる雄の柴犬だった。最初は外の小屋で飼っていたのがいつの間にか家の中で放し飼いになっている。家の中のドアのほとんどは横に突き出たレバーを下に引いて押す構造になっていて、ケンタはそのレバーに前脚を掛けて押す方は簡単にできる。廊下側から部屋に入るときは、どのドアも押す方向になっているからケンタは自由に入って行けるわけだが、亮太の部屋にだけは決して入らない。気難しい、喰えない奴だとケンタは思っているのかもしれない。二男の部屋には勝手に入って行き、ベッドの上やフローリングのクッションの上で寝ていることがしばしばある。高校生の二男が部屋に戻って見つけると、彼は不機嫌に舌打ちをしてから首輪を掴み、邪険に部屋の外へ放り出すとバタンと大きな音を立てて中からドアを閉める。それでもケンタは二男の部屋へは隙を見て入って行く。それを何度も見ている真一は、

「ケンタはチー兄ちゃんは好きなんだな」

と、キッチンで立ち働いている曜子に言ってみる。それからケンタを撫でまわし、

「まったく、大きい兄ちゃんは気難しくって嫌になっちまうよな」

ケンタに話しかけながら、真一は自分が亮太に拒否されている気分になるのだった。

井田老人のことは、曜子も真一と同じころから目につき気になっていたようだ。週末に二人で買い物に行く途中、車でたまたま井田老人にすれ違うと、

「ねえ、ほら今の人知ってる？　家の前よく通るのよ、自転車に乗って……。それが凄いの、その速度が……」

曜子はそこまで話すと笑い出したので、

「知ってるよ。のろいんだろ」

「そうそう。よくあれで転ばないなと思って……わたし見てると何だかひやひやしちゃって。この道けっこう車通るじゃない」

「そうなんだよなあ。あの人何やっているんだろう。最近よく見るんだよ。一日何度もウチの前通ってるぜ」

「この間、駅の方でも見たわよ。やっぱりあの漕ぎ方で……」

一度だけ、老人がスーツを着て自転車を漕いでいるのを見たことがあるので、真一がそのことを話すと、曜子もあっ、わたしもそれ見たわよ、とこたえて二人で首を捻った。

真一は、老人が亮太の行く末に見えるということを口にしようかどうか迷っている。

「あれ何とかいう病気なんだと思うな」

「何とかって？」

「何だっけ、手が震えたり動作がすごく緩慢になる病気あるだろう。カタカナの人の名前の

「……」

「人の名前？　ハンセン病……じゃないわよね」

「馬鹿、ハンセン病はむかしでいう癩病のことだろ」

「じゃあバセドー病？　とか……」

「ああ、それかもしれない」

「嘘、違うわよ。バセドー病は更年期の女性なんかが罹る病気だと思うわ」

「ああそう、じゃあ違うな。もうひとつあっただろう。えーと、パ……なんとかいう」

「うーん、パーキンソン？」

「あっ、それそれ、それだよたぶん」

「本当かしら。パパはなんでもすぐ極めつけるんだから。だいたいパパにかかったらなんでもかんでもすぐ何かしらビョーキにされちゃうんだから」

　またそれを言うかと真一は思った。亮太が中学に入るくらいのころ、いくつか気になる点をあげて、亮太にはアスペルガーのような発達障害があるのではないかと真一が言うと、曜子は泣きながら、あなたはなんでそう極めつけるの、あなたは何でもかんでも病気にすると言って真一をなじったのだった。

「オレさあ、あの爺さんが亮太の行く末のように見えるんだよな。アイツが歳とったらあんな老人になるんじゃないかって。はじめからそう思って、気にして見ていたんだ」

　真一は思いきってそう言ってみた。曜子が感情的になってまた反発するのではないかと、内心びくついていた。

「えー、そんなふうに見てたんだ……。なんか穿《うが》ちすぎじゃない。そうやって極めつけていくのね、パパは何でも」

曜子は案外冷静に、真一の悪癖を突くような言い方をした。

「でもなんだかそれ、ちょっと失礼というか、悪いんじゃない?」

「どっちに対してだよ」

「あら、そう言えばそうね。どっちに対してなのかしら」

曜子はそう言うと、ふふっと笑った。

2

亮太が猫の好きなことを、真一は前から知っていた。家の近くには野良猫がけっこういて、亮太は子どものころから、その辺で見かけるとしゃがみこんでおずおずと手を出していた。真一も曜子も猫を飼ったことがないし、須永家の者は誰も猫のことをよく知らないので、むこうもそれを察知するのか、不器用な近づき方に警戒してみなさっと逃げてしまう。亮太は残念そうな顔をするが、それでもいつもあきらめずに同じようなことをしていた。

柴犬のケンタは三人の子がみな同じ小学校へ通っていたころ、長女の春菜にせがまれペットショップで買ったのだが、仔犬を連れて帰ると、亮太は恐るおそる少しかまっただけで、ぼくは猫の方がよかったんだけどな、と言った。その後もずっと、子どもたちの中では亮太が、一番ケンタとの距離をとっていた。

ケンタの散歩は朝が真一で夜は曜子が多かった。曜子に声をかけられ子どもたちも一緒に行くことがある。曜子のよく通るコースでは、家を出てものの一、二分のところに野良猫のたむろしている一角があり、亮太はそこまで来ると一人しゃがみこんで猫の相手をしていたらしい。彼は持ち前の慎重さと気長なスローペースで、少しずつ猫との距離を詰めていったようだ。いつごろからか、ポケットに小魚の干し物などをしのばせて与えるようにもなっていたが、そんなことはほとんど真一の知らぬことだった。そのうち専門学校へ通っている長女の春菜も亮太と一緒になって猫に餌をやるようになっていたようだ。

夏の終わりころから須永家の庭にそういう猫が頻繁に姿を見せるようになった。いつのまにか猫の多くにはシッポだの、ボスだのミーちゃんなどと名前が付けられ、曜子や子どもたちの会話には、そういう名前がよく出ていた。どうやらそういう名付けはみな亮太がしているらしい。

その猫たちが根城にしているのは、いつもたむろしている路地に面した安藤という家のガレージらしかった。須永家の庭にやってくるのはその内の何匹かのようだったが、実は須永家の斜め裏の横井という家を根城にしているらしい別の一団もあるのだった。真一の家族の間ではいつのまにか、安藤組、横井組という言い方をして、それぞれに縄張りのようなものがあるのではないかという話をしていたが、そういうことを言いだしたのは真一だった。真一は二階の裏庭に面したバルコニーに出てよく煙草を吸っていた。週末の昼間など手摺に肘をかけて煙を吸ったり吐きだしたりしていると、隣家との塀の上や、下屋の差しかけ屋根の上をのっそり通っていく猫を見かけることがしばしばあって、暇つぶしにその様子を眺めていた。

ある日曜の朝、真一がバルコニーに出て煙草を吸っていると、横井家の庇の上に猫が何匹も寝転んでいるのが眼に入った。こげ茶色のトタンの上に東から日が射して、そこが朝の陽だまりのようになっている。どこにあるのか知らないが、寝床から出てきた猫たちはそこに集まり、さっそく日向ぼっこを始めているというふうだ。一匹、二匹と目で追って数えてみると、全部で五匹でどれも仔猫だった。そして五匹とも真っ黒か、白と黒をざっくり塗り分けたようなツートーンの模様かのどちらかだった。あきらかに同じときに生まれた兄弟のようだ。

しばらく眺めているとその中から一匹が起き上がり、尻を突き上げる恰好で前後の脚をゆっくりと伸ばし、それから慎重な足取りで庇から塀へ乗り移った。少し歩いて四方から塀が交叉するところまで来ると、須永家と金田家との境界側へ折れて二メートルほど進み、そこから金田家の庭に下りて行った。すると庇に残っていた猫は、もう一匹、また一匹とおもむろに動きはじめ、それぞれ気の向く順路をたどって次々金田家の庭へと下りて行く。その猫たちは決して須永家の庭へは来ないのだった。それを見ていて、うちの庭は安藤組の縄張りなのだな、と真一は勝手に思ったのだ。

亮太は庭にやって来る猫たちにちょこちょこ餌をやり始めた。曜子に言って不要な食器を出してもらったのか、玄関のポーチや裏庭のテラスに子どもたちがむかし使っていたような絵皿が置かれているのを真一は眼にしていた。

夜、真一が仕事から帰ってくると玄関ポーチに亮太がぼうっと立っていることがあった。

「なんだ、また猫か」

亮太は猫を探して餌を与えようとしているのだった。

そういう亮太を見た何度目かに、

「猫のことはもうここらで止めておいたらどうだ」

いつか言おうと思いながら何か面倒で黙っていたことを、その夜真一は口に出した。

「どうして」

亮太はめずらしく意思を表明するような口振りだ。

「よくないんだよ、こういうのは。最後まで責任を持てないのに、なまじ情けをかけるのは……、猫に対してだって失礼だしむしろかわいそうだろう。それにそのうち近所から苦情が来ることになる」

「責任ってどういうこと?」

「それはきちんと飼うということだ。こんな中途半端じゃなくて」

「だから、ぼくはできれば飼いたいと思っているんだ」

意を決したように亮太は言った。

「それは無理だ」

「どうして」

「うちにはケンタがいるだろ。ケンタには自分のテリトリーがある。そこに違う動物が入ってきたら容赦しないさ。柴犬は特にそういう本能が強いんだ。それにお婆ちゃんだっている」

「何でお婆ちゃんに関係があるんだよ」

「嫌いなんだよ、お婆ちゃんは猫が。知っているだろう」

犬派、猫派というわけ方をするなら、須永家は犬派である。真一がこの家で生まれてから、ケンタは飼い犬としては四代目になるが、猫は一度も飼ったことがない。真一の母親の時子は猫が嫌いである。最近庭に猫がやって来ることにも、庭いじりの好きな時子は、あちこちに糞をする、それが臭いと曜子を相手にぶつぶつ言っているらしい。

「わたしもときどき庭に出てみるけれど、糞なんてほとんど見たことないし、たまにあったってそんなに臭いっていうほどじゃないのよ」

亮太の肩を持つわけでもないのだろうが、曜子はそんなふうに愚痴をこぼす。だが、友達もなく引きこもりがちの亮太が、目下はそれだけが楽しみというように野良猫の餌やりに熱中しているのもよく知っているので、時子の抗議もどこか遠慮がちではあるのだった。

「猫たちは怖い婆さんだとわたしのこと思っているわよ。庭で見かけるたびシッシッって追い払っているんだから。ホント猫は困るのよね。だけど亮ちゃんのこともあるし、わたしの心はちぢに乱れるばかりだわ」

独り言のように、真一がダイニングにいると、時子はそんな言い方をした。何がちぢに乱れるだ、こんなことくらいでと思いながら、真一は知らぬふりを決め込んで口をきかない。彼の母親に対する態度はたいていそんなだった。

「亮太のヤツ、少しは仕事探す気はあるのかねえ」

「ホントよ。大学は行かない、仕事はしないで、猫の相手だけしてそれでいいと思われたらかなわないわよ」

曜子の方とは、そんな会話を真一はした。

「そんなに気になるんだったら、パパ自分で訊いてみたら。何でいちいちわたしに訊くのよ。知らないわよ亮太が何考えているのかなんて、わたしには……。父親でしょ、何逃げ回っているのよ」

少し苛つくと、曜子はそうも言った。

3

井田老人のことはその後少しわかってきた。須永家の前の通りを三、四百メートル東へ行ったアパートに、彼は棲んでいるのだった。通りの北側に、雑木を繁らせた高さ五、六メートルの小山がぽっこり盛り上がって、斜面に古くからの狭い墓地がある。この地に代々続く地主農家のものらしく、墓石に○○家と彫られた姓のどれもが、このあたりを歩いていると表札によく見る名で、それらの家の中には、ああここが本家なのだなと思わせる、冠木門を堂々と構えて離れや納屋、ときには蔵まである広い敷地の邸宅が必ずあるのだった。老人の棲むアパートは、その墓地の隣りの小さな空き地から数件続く家並のひとつだった。二階と一階に一戸ずつ、二戸だけの変わった造りのアパートだった。

建物は道路から一メートル少し離れているだけで、切り妻屋根の玄関が一尺半ほど突き出ているから、入口のドアは通りに面してすぐになる。アパート用の安手の扉が二つ並んでいるのは、左側が二階の部屋へ上がる方、右側が一階の部屋用のようだ。側溝の蓋の先に、U字溝を裏返した階段が一段、そこからもう一段上がった所が奥行きがいくらもない玄関前の三和土になってドアがある。通りから玄関に入るのに急な階段を二段上がることになるのだが、扉を背にしてその階段に腰を降ろし、井田老人が煙草をのんでいるのを真一は見たのである。最初はたしか車を運転していてその前を通り過ぎたのだが、その後週末の昼に、犬の散歩途中にも同じ光景を真一は眼にした。

老人は真っ直ぐ前を向いて物思いに耽るように、ぼんやりと紫煙をくゆらせていた。悠然とした様子はどこか心休まる光景で、初秋の日差しを受けながら吸う老人の煙草は、いかにもうまそうだった。半白の無精髭の横顔を見ていると、まるで想像のつかない老人の来し方というものに、ふと真一の興味は向うのだった。

「ねえ、六所神社の手前にアパートがあるの知ってる？　墓地のちょっと先。れいの自転車のお爺さんそこに棲んでいるみたい。この間入口の前に坐って煙草吸っているの見たのよ」

曜子も真一とは別に、同じ光景を目撃していたのだった。

「パパが変なこと言うから、わたしまであの人のこと気になっちゃって……」

真一に惑わされて、曜子まで老人に興味を持ち始めているようだった。

4

庭にやって来る猫にはだいたい亮太が名前を付けている。次第にわかってきたことだが、猫たちには群れをつくっているものと、単独行動をしているものとがいるようだった。群れをつくっているのはだいたい仔猫たちで、少しずつ力をつけたものから、そこを抜け出していくのかもしれない。須永家の庭へやって来て亮太に餌をもらうのは、安藤組の仔猫の一、二匹と、単独行動をとっている数匹だった。

餌をやっている中に、亮太がボスと名付けている猫がいた。白黒のまるまるとした大きな躰は、ぶよぶよとだらしなく太った中年男を思わせた。顔は横に広く、眼付きは鋭いが精悍というよりふてぶてしい印象だ。口の脇に黒いぶちがあって、それが鼻と口の半分以上にかかっている。肝斑《かんぱん》のようでなんだか不細工な顔に真一には思えたが、よく見るとそれなりに愛嬌があると亮太は曜子に言っているらしい。毛の白い部分はいつも薄汚れていて、しょっちゅう顔に傷をつけてくる。庭でほかの猫と鉢合わせると、たしかにそれなりの風格があって、猫同士の力関係というのもすぐにうかがい知れた。

真一がよく見かけるのはシッポと亮太が呼んでいる、赤味がかった茶色と白の虎柄の仔猫だった。長い尻尾の先が少し曲がっているので、そう名付けたらしい。裏庭のテラスの方ではなく、朝の出掛けや夜の帰宅時に玄関ポーチや門の前で見ることが多かった。

シッポは真一に会うとさっと逃げて、車の下などに隠れてしまう。安藤組の仔猫たちと同じころに生まれたようだが、躰はずっと小さく、群れには属さず単独行動をしているようだった。単独行動をしているのはみな大人ばかりなのに、仔猫の中でも躰の小さなシッポだけが浮浪児のようにうろついているのが、妙な具合に真一の気を惹くのだった。五十数年間生きてきて、そんなふうに野良猫を見るのは初めてだった。知らず知らず亮太のペースに引きこまれているようでもあった。

「なし崩しというわけにはいかないんだぞ。猫を飼うことは絶対にできないからな。だいたい野良猫に餌付けなんかしちゃいけないんだ。そのうち必ず近所から苦情が来るぞ」

いつまでたってもやめようとしない亮太に、真一は少し強い口調で釘をさしたばかりなのに、ほんの数日でそう言った真一自身がかなりぐらついてしまっていた。真一は、自分が良識のある常識人だとは少しも思っていないが、それでも野良猫に餌付けをするなど、心を病んでいる者のすることで、まともな大人のやることではないと思ってきた。亮太がまともだとは初めから思っていないが、オレもそうとうまともじゃないなと、シッポを眺めながら真一は思うのだ。近所の苦情も来るならかかってこいと、どこか開き直った気分になりかけていた。

玄関ポーチの入隅の角にいつの間にか段ボールの箱が置かれるようになった。通販で何か買った時のAmazonの空き箱だった。その中に浴室で使っていた古い足拭きマットがたたんで入れられ、以前から立てかけられていた短い脚立と化粧板が風よけのように据えられた。はじめはどの猫のためというのではなく、雨が降ったときの野良猫のシェルターのようなつもりだったようだ。しかし、シッポは夜になるとその箱の中で寝るようになった。明方ケンタの散歩に出るのに玄関のドアを開けると、シッポは驚いたように箱の上に首をのぞかせ真一の方を見た。真一はケンタが襲いかからぬようにリードを短く持ってさっとそこを抜け、門を閉めながらケンタに気付かれぬようシッポに笑顔を送るのだった。散歩から帰ってくるころには、シッポは箱を出て、どこかへ行っていることが多かった。

猫嫌いの母親の時子もその辺まではなんとか眼をつぶっていたようである。真一と同じで、なんとなく亮太に引きずられながら、少し遠目で観察していると、それなりに猫に興味を惹かれるようだった。猫の仕種をガラス越しに見て、

「可愛いわねえ」

などということもあったが、それはそれで彼女なりに亮太に気を遣っているに違いなかった。須永家はどこか亮太を中心に回っていた。

「仕方ない、シッポは亮太に飼わせることにするか」

真一は、数日考えて曜子にそう言った。

「そんな……、飼うってどうやって飼うのよ、ケンタもいるのに……」

曜子はケンタだけでも持て余しているのだ。畳はケンタの爪でそそけ立つ、家中犬の毛だらけで、いくら掃除をしてもきりがない。洗濯をすると洗濯物にも、洗濯機のドラムの縁にも犬の毛がついている。

「亮太の部屋に閉じ込めてさ、そこからは出さないようにするんだよ。部屋に鍵をつけるとか考えて」

「まったく甘いわねえパパは、こないだは棍棒持って追っ払ってやるって息巻いていたくせに……。亮太それ本気にして怯えていたんだから。パパならやりかねないって……」

曜子は憂鬱を抱えたように、

「ホントに、ウチの男どもはどいつもこいつも自分勝手で無責任なんだから……」

とぶつぶつ言っていた。


それから二、三日して東京に台風がやってきた。それなりの風雨だったが、真一の棲んでいるあたりで特に被害はなかった。しかし、シッポは台風以来姿を見せなくなった。

「あの雨で川かなんかに流されちゃったのかしら……」

曜子はそんなふうに言った。

「誰かが通報したんじゃないか、それで保健所がとりに来たとか」

「保健所に連れて行かれるとどうなるの？」

亮太が訊くので、

「そりゃ、殺処分さ」

「殺されるのよ」

真一と曜子が同時に答えた。亮太を少し引き戻さなければという思いが、夫婦にはあった。

「車に轢かれちゃったのかもしれないし……」

「まあ、お前みたいな誰かが、可哀相に思って家の中に入れて飼い始めたのかもしれないけどな。台風が来たし」

それが一番ありそうなことだと真一は思った。

安藤家の前の路地には、わざわざどこからかそこまで来て、餌を与えている者がいる。夜の仕事帰りだけでも、そんな場面を真一は二度目撃したことがあった。一人は男で、一人は女だった。男は三十になるかならぬかで、女はもっと上の、大の大人である。真一に気づくと、二人とも背を向けてそそくさと立ち去った。夜陰に乗じてという感じがあった。真一には、やはりそういう二人がふつうでない気がした。亮太と同じように周りの人間とうまく関係を持つことができずに、猫を相手に心の虚ろを埋めているように見えて仕方なかった。


「パパ、シッポが戻って来たんだよ」

めずらしく亮太が嬉しそうな表情を見せてそう真一に言ったのは、台風が通り過ぎて一週間近くたってからだった。

「へえ、そうか」

真一も素直に笑顔を浮かべて、

「で、あの箱の中にいるのか?」

「たぶんね」

亮太の返事を聞きながら席を立ち、玄関のドアを開けて上から箱をのぞきこむ。シッポは少し怯えたふうに丸い目で真一を見上げた。

「シッポちゃん、おいオマエどこへ行っていたんだ」

脅かさぬよう、注意深くそう声をかけると、シッポは、みゃあと鳴いた。心の通じた鳴き声のような気が真一にはした。よく見るとどこか薄汚く、やはりいつもの浮浪児らしいシッポだと思った。

「ホントに、どこへ行っていたんだろうなあ」

真一は、嬉しそうな顔をしている亮太に向かってそう言った。

5

事件が起きたのはそれから一日、二日してからだった。

真一が二階のデスクでコンピューターに向かっていると、長女の春菜の叫ぶ声が階下の玄関から聞こえた。

「こら！　ケンタ駄目だって！　誰かあ……ママ来て！」

ガタガタと騒々しい音が響き、

「ケンタ！　やめなさい！」

と、今度は曜子の声だった。何事かと真一が階段を降りて行くと、興奮した曜子が、

「わたしまで噛まれちゃったわよ」

そう吐き捨てるように言って、スリッパを履いたまま玄関の三和土からあがるのと出くわした。曜子は手から血を流し、その血が床に落ちぬように片手を皿のようにあてがって真一の前を通り抜け、リビングを通って洗面所へ足早に去った。

「パパ……ケンタがシッポに噛みついて……」

春菜がケンタの首輪を掴んでいるので、真一はそれを引きとって抱き上げると、

「とにかく上に連れて行く」

と階段を上がって、廊下のケージの中へケンタを放りこんでからすぐに下へ降りた。

亮太は玄関の三和土に立ちつくしたまま蒼白い顔をしている。春菜は上がり框に尻をおろして坐り、足元のシッポを指先で撫でながら心配そうに、

「シッポ、シッポ」

と声をかけている。真一が春菜の肩越しに覗き込むと、シッポは苦しそうに、しかし渾身の力で威嚇する声をあげて、真一を睨み返した。

「どうしたんだ」

顔をあげながら、亮太と春菜に問いただそうとしたところへ、曜子が怪我をした手をタオルで巻きながら戻ってきたので、真一は曜子を押し戻すようにしてリビングへ入っていった。

「どうしたんだ」

ソファーへ腰をおろすと、立ったままの曜子に同じことを尋ねた。

ドアの外の玄関ポーチでシッポに餌をやり終えたところで、ミーちゃんと亮太が呼んでいる三毛の野良猫が、やはり餌をもらいにやって来た。片方に餌をやると二匹は競合して喧嘩をしてしまうので、亮太はドアの隙間から様子を見ていた春奈に、

「ミーちゃんに餌をあげるから、ちょっと持っててくれる」

と、シッポを抱き上げてあずけたらしい。春奈は立ったまま、胸の前でシッポをあやしながらドアの内の三和土に立っていた。リビングにいたケンタがそれを察してしきりに吠えていたが、リビングから玄関に出るにはドアを手前に引かなければならないので、ケンタにはそれができない。ケンタは押す方は簡単にできるが、引く方向にドアを開けるのは無理なのだ。亮太も春奈もそれを知っているから油断していたのだが、興奮したケンタがむやみにドアノブに跳びかかっているうち、何かの拍子でドアが手前に開いてしまったらしい。玄関に出たケンタが春奈の抱いているシッポに吠え掛かると、シッポは驚いて春奈の腕からすり抜けて逃げようと三和土へおりた。そのまま走り抜けようとしたシッポにケンタが跳びかかり噛みついた。小さなシッポを咥えると、激しく振り回したらしい。そこで春奈は叫び声をあげ、曜子が駆け付けた。曜子は靴べらでケンタを叩いて叱りつけたが、ケンタはシッポを咥えたまま離さない。しかたなく、シッポを咥えた口の中へ無理やり手をこじ入れて、ようやく離させたが、そのとき曜子はケンタの牙でしたたか傷を負ったらしい。

「ああ痛い、ズキズキする」

曜子はケガをした手をタオルの上から抑えながら、そう顚末を説明した。

真一は深くため息をついた。

「ねえパパ、シッポ動けないよ。どうしよう……シッポ、可哀相に、大丈夫」

春奈が玄関でずっと坐ったまま心配そうに言っている。

「血は出ているのか？」

真一はソファーに坐ったまま声をかけた。シッポが不憫で、怖くて、とても玄関まで行って見ることはできなかった。

「血は出ていないけど、ぐったりして動かないの」

真一の心はちぢに乱れていた。こういうことになると真一はからっきしダメだった。亮太が何も言えずに玄関で立ちつくしている気配が、真一に伝わっていた。曜子にしろ、春奈にしろ女は強いなと感心した。曜子は夫の心の裡《うち》を見透かして、だらしないわねえ男のくせにという顔で、さっきから立ったまま真一を見下ろしている。

真一はまた深くため息をついた。嫌なことを思い出した。

もう十年以上前、山梨へドライブに行って二男の悠二がヤマカガシに噛まれたことがあった。悠二はまだ幼児でうまく状況を説明できない。山の中を流れる川の河原でしばらく遊んでから、二、三十メートル上の道路に出る林の小径を歩いていたのだが、たまたま一番後ろで少し遅れていた悠二が突然泣きだしたのだった。どうしたのと曜子が訊くと、悠二はただ痛い痛いと右の脹脛《ふくらはぎ》を擦りながら泣くばかりなので、とりあえず負ぶってきたと、先に道路へ上がって待っていた真一に言った。

「どうしたのかしら？」

曜子は首を捻りながらそのまま悠二を抱きかかえて助手席に乗り込んだ。運転席から悠二の痛がる脹脛を覗きこんだが外傷はなく、悠二に訊いてもまるで要領を得ない。

「転んだのかな？」

「それがわからないのよわたしも。春菜と前歩いていたから。突然うしろで悠二が泣くものだから……」

「うーん」

どうしようもないので、真一はエンジンをかけた。車が走り出して五分くらいすると、

「ちょっと、パパ停めて。おかしいわ。だんだん腫れてきたの、ちょっと見て」

曜子が慌ててそう言いだした。真一が車を停めて悠二の脹脛を見ると、先ほどよりもあきらかに腫れている。その膨らんだ真中に、二つ針で突いたように血が滲んでいた。

「うん？　何かに噛まれたんじゃないか、蛇かなんかに」

「えー、どうしよう」

「吸うんだよ、確か。吸って毒を出すんだ」

「吸うって、どうやって……パパやってよ」

え？　真一は一瞬たじろいだ。なまなましい恐怖のようなものが身内を走り、

「お前やれよ」

思わず真一はそう言った。口にしたとたん、不意を突いて出た自分の言葉に驚かされた。自

分の弱さと酷薄さに今さら気づかされたような気がした。

「わたしにやらせるの！」

曜子がきっと真一を睨みつけた。嫌悪のこもった眼だった。

……

真一はそのときのことを思い出していた。

曜子はそれから今日にいたるまで、どれだけ真一の裡の弱さと、酷薄さを感じとってきただろう。ふだんなにげなく忘れていても、妻の心の奥底には夫に対する不信が、どっしりと腰を据えているに違いなかった。

しばらく、真一はソファーに坐っていた。須永家の家族はみな同じ姿勢のままだった。母親の時子はダイニングの椅子に坐りながら、何か言いたそうな顔で黙っていた。

「あ、シッポ大丈夫」

玄関から春菜の声が聞こえた。二十分くらい経っていただろうか。シッポがようやく立ち上がり、前脚だけの力で下半身を引きずるようにして玄関を出て行くと、ポーチの箱の中に転がり込んだらしい。後ろ脚は動かなかったと春菜は言っていた。

真一はそれをしおに立ちあがった。二階の部屋に戻るのに玄関を通りかかったとき、

「とりあえず明日の朝、パパが動物病院に連れて行ってやるから」

そう言って、亮太のほうを向き、

「箱ごと持って、今晩はお前の部屋で寝かせてやれ」

「ううん。かえってシッポ怯えて興奮するから。今晩はこのままここで寝かせるよ」

「そうか……」

真一はそうこたえながら、少し変だなと思った。ある疑念が、真一の頭をよぎった。

翌日、真一は曜子と亮太と、シッポを箱ごと車に乗せて動物病院へ向かった。ケンタが毎年春に狂犬病の注射をして、フィラリアの飲み薬をもらっくる医院に行くつもりだった。春菜が小学生のころ通っていたピアノの先生が、あそこは安くていいわよと教えてくれた病院だった。

ところが病院の前まで来ると、ドアには鍵がかかっていて、何日から何日まで都合により臨時休診と貼紙がしてあった。

「今日何日だっけ……。ああ、休みだな、まいったな。仕方ないからあそこへいくか」

あそこというのは、そこから車で五分くらいのところに、何年か前に引っ越してきた動物病院だった。前の場所にあるころから、あそこは高いと言われている病院で、今度の所は前に五、六台の駐車場が整備され、奥の建物はまるでエステサロンか美容院のようなしゃれた外観になっていた。

「ペットのこととなると金を惜しまない馬鹿がいるから、そういのを相手にぼったくって儲けたんだろう」

車で前を通ったとき、真一が悪態をついていた病院だった。

しかし今真一たちがやっていることも、そうとう馬鹿げたことなのであった。

「どうしよう、この箱ごと持っていくの？」

エステサロンにボロ着で入るような気まずさを感じたのだろう。車を降りるとき、曜子がそう言って躊躇するので、

「とりあえずシッポは置いて、事情を説明して診てもらえるか訊いてきたらどうだ」

と、真一が言うと、

「そうね。どうせパパは来てくれないんでしょ」

曜子は亮太を連れて建物の中に歩いて行った。しばらくすると洗濯用のネットのようなものを持って戻ってきて、

「これに入れて連れてきてくれだってさ」

曜子はそう言って、亮太がファスナーのついた口を広げたネットの中へ、シッポをそっと抱き上げて入れ、また二人して建物へ戻って行った。

真一は自分が社長を務め、曜子が事務をやっている会社へ電話をし、私用で今日は午後からになる、曜子も一緒だと告げ、通話を切るとカバンの中から文庫本を取り出して読み始めた。

三十分くらいすると、曜子と亮太はシッポを抱きかかえて戻ってきた。

「何だって？」

真一が訊くと、曜子は首をかしげながら、

「脚は脱臼も骨折もしていないって。だけど、骨盤が砕けているかもしれないし、内臓が損傷

しているとかそういうのはあるかもしれないって……」

詳しくはレントゲンを撮ってみないとわからない。たぶん手術をしなければならないし、それで助かるかどうかもわからない。そんな話だ。

「野良猫でしょ、そこまでやりますか？」

そう医師に訊かれ、亮太はやらなくていいと答えたそうだ。

「一応、点滴だけしてくれたわ。体温がかなり下がっているんですって。温かくするようにだって」

「そうか」

「最初に聴診器あてたとき、首ひねってたわ。よくないみたい」

「まあとにかく」

と言って真一は車を出した。

「ユニディで必要なものを買っていこう」

「そうね。でも亮太の部屋にどうやって鍵つけるの？」

「まあ、いろいろ見て考えてみるさ」

ホームセンターで餌や、食器、トイレ砂、湯たんぽなどを買った。亮太の部屋にかける鍵には先にフックのついた、荷物を括り付けるのに使うゴムの太いロープと、木ねじの頭に輪のついた吊り金具とを選んで亮太に説明した。

「お前が部屋の中にいるときは椅子か何かで押さえておくだろ、だから部屋の中にいるときはいいとして、出たときにケンタが入れないようにしなきゃならないわけだ」

「そうだね」

「この金具をドアの枠か壁に捻じ込んでおくだろ、それからこのゴムをノブに縛りつけるんだ。それで部屋を出るときはこのフックを輪っかにかける。どう思う?」

「それでいいんじゃない」

「じゃあ、それはお前がやるんだぞ。できるな」

「たぶんね」

亮太の受け答えはそんなだった。

家に帰って買ったものをリビングでごそごそ広げていると、時子が、

「どうだった?」

と訊いてきた。真一は首をかしげながら、

「駄目かもしれないけれど、亮太には看取りまでさせようと思うから」

時子は少し考えると静かに笑みを浮かべて、

「そうね。それがいいわね」

と言った。

看取りというコトバが、時子の心に触れたようだった。

シッポはそれから二日して死んだ。

明方ケンタの散歩に行ってから、朝飯を自分で作って喰い、二階に上がってバルコニーで煙草を吸っていると、

「ねえ、シッポ逝っちゃったわよ」

さっきまでキッチンで弁当を作っていた曜子が引き戸を開けて顔を出し、そう言った。

「え、そう」

真一は煙草をもみ消し、曜子のあとについて亮太の部屋へ入っていった。シッポは小さな毛布の敷かれた箱の中で、四本の脚をまっすぐ伸ばしたまま横になっていた。ビー玉のような眼はまだ透き通って濁っていなかった。曜子はシッポをさすりながら、

「ほら、もうこんなにかっちかちになって……」

真一も手を出して触れた。死後硬直が進んで、はく製のように固くなっていた。おそらく夜中に死んだのだろう。亮太が気配を察してベッドの中でもぞもぞと動いて眼を開けた。

「ほら亮太起きなさい、シッポちゃん逝っちゃったわよ」

「え……」

亮太はゆっくりとベッドから起きてきた。髪はぼさぼさで、寝ぼけた顔だった。動揺している様子はなかった。

「シッポ、可哀想にな」

「ホント、うちなんかに戻って来なければ、こんなことにならなかったのにね」

真一が言って、曜子がこたえた。台風のあとにシッポが戻ってきたときの、何とはない家族の幸福感が、真一には恨めしかった。本当に浮浪児のような死に方だと思った。

亮太は黙ったまま、真一の背後から箱の中をのぞいていた。

「でも、これどうしたらいいのかしら」

「うーん、クリーンセンターに持っていけば燃やしてくれるんだけどな」

車で三十分以上かかる埋立地にある清掃工場に、ペット用の小さな焼却炉があって、有料で燃やしてくれるのを真一は知っていた。たぶん希望すれば遺骨も少しもらえるはずだ。しかし、クリーンセンターまで行けば、なんだかんだで午《ひる》になってしまう。野良猫のことでそう会社をあけるわけにもいかない。

「このまま庭に埋めるんじゃだめなの?」

亮太がそう言った。

「埋めるったって、もうそんな場所ないだろう」

須永家の庭には、これまで飼ってきた三匹の犬の遺体がすべて埋められている。三匹目の年老いたビーグル犬の遺骸は、亮太と春菜が幼児のころ、庭の主である時子が決めた場所に、曜子が穴を掘って埋めたのを亮太は横にいて春菜と見ている。真一家族がアパートから、父親と母の時子が二人で暮らしていたこの家へ越して来てすぐのことだった。

真一自身もそのときの亮太と同じ年齢のころ、飼っていたスコットランド産の犬の遺骸を、父親と時子がこぶしの木の下に土葬するのを姉と見ていたのだった。二人で盛りあがった土を掌で叩き、真ん中に墓標を置くと、その廻りにタンポポをいくつも植えて手を合わせたのをよく覚えている。そういう情景は半世紀たった今も鮮明な記憶として残っているのだった。

曜子が時子にシッポの死んだことを話し、遺骸のことを相談すると、それなら市役所に電話をすれば取りに来てくれるわよと言ったそうだ。わたしがあとで電話してあげるから、心配しないで会社に行ってらっしゃいとのことだった。

夜になって曜子づてに真一が聞いた話では、時子が市役所に電話をすると、箱に入れ、「市役所連絡済」という貼紙をして門の前に置いておいてくださいと職員は説明したようだ。庭に咲いていた花を時子が摘んで箱の中へ入れ、言われた通り置いておくと、チャイムも鳴らさずに黙って持って行ったらしく、いつの間にかシッポの遺骸はなくなっていたそうだ。

6

亮太が八木靖子の会社で数日アルバイトをさせてもらったのは、九月の中ごろからだった。

靖子の会社は福祉分野の小さなシンクタンクのようなところで、真一が以前に勤めていた印刷会社のときからの顧客だった。初めて出会ったのは十数年前で、ある顧客との絡みで直接取引をするようになったのだが、真一が靖子と打解けて話をするようになったのは、四年前に二十数年間勤めた会社を辞めて独立したのがきっかけだったかもしれない。

四年前、靖子の会社の近くの店で酒を飲みながら、真一は勤めを辞めて小さな会社を作る話を打ち明けた。数人の協力者と密かに進めていたことで、外部の人間にその話をするのは初めてだった。独立の成否をうらなうメインの顧客との話はこれからだったが、真一としてはその前に靖子と話をして協力を取り付け、弾みをつけておきたかった。これから始めようとしている小さなブローカーでは、はじめから手の内を見せて、親身に付きあってくれる顧客が重要だと真一は考えていた。靖子の会社はそういう顧客になると踏んだわけだが、靖子に対する真一の個人的な感情もあってのことだった。

そのとき真一はちょうど五十で、靖子は四つ歳下だった。靖子の会社はバブルの時代にある大学教授がサイドビジネスで興したもので、彼が急逝したあと、実務を担っていた靖子が引き継いで社長に就任したのだが、それからほぼ十年だった。

靖子の一人息子はちょうど亮太と同学年だった。靖子とはプライベートな話もしていたので、亮太の問題も靖子は知っている。大学に通わなくなっていることも、真一は隠さず話していた。

喫茶店で打ち合せをしたときだった。仕事の話は簡単にすみ、いつものように世間話をしているうち、靖子が亮太のことに触れてきた。真一が近況を話すと、

「そう、大変ね、須永さんも。……そういえば来週調査票の発送の仕事があるって川上が言っていたから、亮太くんアルバイトにうちの会社によこさない？」

「しかしなあ、八木さんに迷惑かけちゃうから」

「迷惑って？」

「使いものにならないと思うよ、アイツ」

「大丈夫よ、簡単な仕事だもの」

「それがさ、アイツ愚図だし……」

「大丈夫、大丈夫、わたしがビシビシ鍛えてあげるから。いいわよね」

真一がアルバイトの話などを持ちかければ、亮太は何か画策しているのではないかと警戒するに違いなかった。そういうところは妙に敏感なのだ。

「日にちのこととか、川上から電話させるから」

「そう、じゃあ本人に訊いてみるよ」

と、真一はこたえた。

案の定、亮太は警戒しているようでなかなか返事をしなかった。真一も急かさずに、

「嫌なら嫌で断るけど……、ただ向こうも人の手配があるだろうから、オマエが駄目ならほか当たってもらわなきゃならないし……」

「あら、もったいないじゃない」

曜子もうまく口裏を合わせた。

「簡単な仕事だし、女性ばかりの職場だから、気楽でいいと思うんだけどなあ」

「女性っていくつくらいの人たち？」

「小母さんばっかりだけどな、まあ、ママかプチママみたいなものだ。ああ、一人だけ若い女《こ》がいたなあ。何ていう女《こ》だっけな、可愛い女なんだよ……」

真一はわざと曜子の方を向いてそう言った。

「ほら亮太、可愛い女がいるんだって、いいじゃない」

「可愛いっていうのは、パパの基準でしょ」

「そりゃまあ、そうだけど。まあいいや、とりあえず考えとけよ」

亮太を可愛い女で釣るのは難しいだろうと思いながら、真一はその日はそれで話を切り上げた。

それから何日かして、曜子がなんとか亮太を説得した。

亮太は曜子にも手伝ってもらいながら、早起きをして自分で弁当を作って持っていった。真一も亮太もはじめは二、三日のつもりでいたが、他にも仕事があるからと、その後も何日か通っていた。靖子から会社に電話があって、

「おたくのご子息のことなんだけどさ、一応本人にも話をして、もう少し来てもらうことにしたから。かまわないでしょ」

「もちろんかまわないけど、申し訳ないなあ。迷惑かけて」

「ううん別に。ちゃんとやっているみたいよ、川上の言うこと聞いて」

「そんなことないだろ、きっと川上さんも困ってるよ」

「ふふ、まあそういうことだから」

靖子はそう言うと電話を切った。

数日のつもりだったのが、日にちが伸びて、亮太は少し警戒しているようだった。アルバイ

トの日数が増えて身入りがよくなるのは、もちろん亮太にとっていいことなのだが、周りの大人たちが何か画策しているのではないかという疑念は持っているようだ。このまま大人たちのペースでレールに乗せられてしまいそうなのが、不安でもあり不快でもあるらしい。そんな亮太の心理は真一にもわかる気がした。

ある日、

「須永くんいつまで来られるかなあ」

と靖子に訊かれると、十月の幾日までと亮太は答えたらしい。彼としてはほんの数日というつもりで来たのに、あまりずるずるいつまでもというのは気が引けたようだ。たまたま大学に通っていたときの定期が途中まで使えたので、その期限の切れる日までを答えたのだ。曜子はそれを聞いて、

「馬鹿ねえアンタ。せっかく使ってもらえるんだから、仕事がなくなってもういいって言われるまでいればいいのに」

と、残念がった。曜子はそのままずっと靖子の会社で使ってもらえることになれば、それが一番いいと思っているのだ。

「八木さんと話してもうそう決めちゃったから……」

亮太もそう言われると失敗したかなと、少し後悔しているようでもあった。

真一はそんな様子を黙って見ていた。

約束の期日が過ぎたころ、靖子から仕事の用件で電話があった。

「ああそれから、わたし須永さんにはいろいろ話したいことがあるんだわ。今度ゆっくりね、外で会ったときにでも……」

靖子は最後にそう言った。当然亮太のことについてというのはわかった。須永さんも聞きたいでしょ、という口振りだった。

「そうだね、今度ゆっくり」

真一はそう言った。

それから二、三週間して、靖子と外で会う用事ができた。御茶の水駅の改札を靖子は指定してきた。顔を合わせるとすぐ前にあるビルの地下の店に入って、中央の広場が見えるガラスに面したカウンターに並んで坐った。仕事の話はたいした用件ではなくすぐにすんだ。

靖子は、ふふっとひと息つくように笑ってから話しはじめた。真一は何か試験の結果を聞かされるような気分だった。

「こちらが言うことを理解して、言われた通りにやるというのはふつうにできると思うわよ。ただ自分からわからないことを訊きに来るということはしないわね。それから話をするときは、ちゃんと相手の顔を見てほしいわ」

どことなく教師のような口調だった。靖子は週に一度専門学校で講師も務めている。福祉関係の法律の講義だという話だった。

「いつだったかなあ、一度ある仕事でトラブルがあってね、とりあえず急いでチェックしなきゃならないから、みんなで手分けして見ましょうってテーブルに資料広げて見はじめたのよ。ちょうどお昼になっちゃったんだけど急いでいたから、そしたら彼、みんなが資料広げてバタバタしているテーブルでお弁当広げて食べ始めたの……。みんな唖然としちゃって……」

靖子はそこで思い出したようにうすら笑いを浮かべて、

「そのテーブルはね、たしかに一番最初にお弁当はここで食べてねって言った場所だったのね」

「わかるよ」

真一も笑っていた。

「空気が全く読めないって言うか、ああやっぱりこの子アスペルガーなんだなってそのときは思ったけど」

「そうだろう」

「わたし専門家じゃないからわからないわよ、本当のことは」

それから、一度遅刻したことがあったがそのときに電話をしてこなかったことを注意したとか、昼休みが終わってもいつまでもテーブルに突っ伏して寝たままなかなか仕事を始めなかったとか、細かいことをいくつか靖子は言った。

「コンビニとか飲食店とかでも客商売はちょっと無理よねえ、あれじゃ。たぶんどこかに勤めたとしても……」

「どこも採っちゃくれないさ。まず面接が無理だ」

「そうねえ、面接が難しいわね。でも仮にどこかに入れたとしても、周りがね……気持ち悪がられたり、アイツおかしいとか、スポイルされちゃうと本人がキツイと思うのよね。それで一度引き籠っちゃうとむしろ……」

「うーん」

「だからウチみたいな仕事はまだ向いているかもしれないわね。一日の大半は誰とも話さないで、コンピューターに向かっていればいいわけだから」

靖子の会社はいつ行っても物静かだった。真一などから見ると、もう少し話をしてもいいのにと思うくらい、皆ほとんど私語を交わさず黙々と仕事をしている。亮太はおそらく、なんでもない世間話などを人とすることはできない。人と話さずにすめば、それにこしたことはないのだ。

「まあ、大変よね、須永さんも。どうするのこれから。大学やめちゃったんでしょ」

「ああ」

「言っとくけど、今が肝心よ、このまま引き籠って時間がたてばたつほど社会に出れなくなるわよ。わたし前にあるカウンセラーに聞いたんだけれど、男の子は二十歳すぎると難しいって、まだ女の子のほうが変われるんですって……」

そう言われても実のところ、真一にはどこか人ごとのような気もしていた。亮太の人生は亮太のものだ、真一がどうにかできるものではない。そんなふうにも思っていた。

「話変わるんだけれど、わたし会社たたむことにしたの」

「えー、いつ？」

「三月までで」

そんなような話は数年前にも靖子から聞いたことがあった。それから今までずるずると会社を続けているが、今の仕事は早くやめたいとときおり言っていた。

「しかし、川上さんとか、星野さんとか、どうするの。彼女たちだって困るだろ」

「それは、どこかほかの会社に勤めるんじゃない。それかどこか引き取り手をわたしが探すとか。それなりに退職金を出すとかして、それで何とかしてもらうわ」

「彼女たちには話したの？」

「ううん。川上とかには言わないでね、絶対。彼女動揺するから。ホント、須永さん言わないでよ」

「ああ、わかったよ。言わないよ。アナタはどうするんだよ、それで」

「人材育成のほうがやりたいのよ。今教えている学校、実は前から言われていたんだけれどずっと断ってきたのね。でもこの間話をして、今までは一コマだったのを四月からは、とりあえず三コマに増やすことにしたの。そうなるともう会社の方は無理だわ」

「アナタ今五十だよな」

「そう、ちょうどよ」

「オレも会社作ったのちょうど五十だったんだ」

「あら、そうなの」

「五十って何かやるのにちょうどいい歳なんだよな。何かを変えるのに。ある意味、ラストチャンスという側面もあるし」

「でしょ。わたしも変わりたいのよ。わかるでしょ、須永さん」

真一は五十で独立をして、本当によかったと今は思っている。ものの見え方というのが、ずいぶん違ってきたという気がしている。四年前、独立をするにあたって協力を求めるため、仕事関係のさまざまの人と真一は話をしたが、十歳年上のある人に年齢を訊かれて五十だとこたえると、ああちょうどいい歳ですねと言われたことがあった。そういう言われ方は真一には励みになったものだった。

「須永さんいい弁護士知らない？　会社たたむのに……」

「知らないな、そういうのはむしろアナタの方が……」

真一はこれまで見聞きしてきた会社の倒産や、廃業の仕方の例をいくつか靖子に話した。黙って聞いていた靖子はある話のときに、

「それね、うちは。そのパターンがいいわ。ねえ、その弁護士紹介してよ」

靖子は何か妙に嬉しそうに弾んでいた。

「知らないよ、そんなの。しかし、そんなたたみ方をしたらいろいろシコリが残るだろう」

「シコリって？」

「だからこれから先、川上さんや星野さんとも顔を合わせられなくなるし……」

「そうね。でもそれは仕方ないじゃない。それぐらいは……。でなければ何もできないわ」

「まあ、それはそうなんだけどさ」

靖子くらいの年月仕事を続けていれば、それなりのしがらみが当然ある。どこかで鉈を振るって断ち切らなければ、靖子は先に行けないのだ、とも真一は思った。

「それとも須永さん、うちの会社引き継いでくれる?」

冗談とも本気ともつかぬふうに靖子は言った。もしかしたら、いろいろ話をしたいと言ったのはそのことだったのかもしれないと真一は思った。

「無理だよ、それは。オレには福祉分野の専門知識なんてないし。それにおたくの要になるような仕事を回してくれているのは、みんな八木さんのファンじゃないか。八木さんがいなくなれば、そういう人たちは必ずそっぽを向くよ」

ひとつひとつの仕事の額はチマチマしているかもしれないが、靖子の顔で持ってくる仕事が彼女の会社を支えているに違いなかった。額は大きくても、自治体の競争見積の仕事などだけで商売が成り立つ筈はない。それは真一の会社も同じだから、容易に想像できた。

「それじゃあ、しばらくはわたしも手伝うから。はじめの何か月かは二人でお客のところ回るようにして……。川上がね、須永さんなら一緒にできると思うのよね。たぶん他の人だと駄目なような気がする……」

靖子と一緒に顧客回りをするのは確かに楽しいことだろうと真一は想像した。それは好意を抱いている女性と行動をともにするという、単純で素直な楽しみである。しかし靖子の言っている話は、ビジネスとしてはとても無理だ、と真一は思った。

店に入ってからもう二時間以上たっていた。二人の頼んだ飲み物はとうに空になっていた。

「その辺、散歩でもしよう」

真一はそう言って立ち上がると、空の容器の載ったトレイを持って、靖子を促した。

7

店を出てから聖橋を渡り、本郷通りから湯島天神にぶつかる道を歩いた。

「まあ、ちょっと考えてみてよ」

靖子はどこまで本気で言っているのか真一にはわからなかった。

「無理だよ。無理……」

真一にはどう考えても、靖子の会社を引き継いでうまくいくイメージが浮かばなかった。だがもっと別な、専門知識を持ったやり手の人間が引き継いだとしても、川上律子や星野麻耶とうまくいくとも思えなかった。

「じゃあ、川上だけでも須永さん引き取って面倒みてよ」

「ウチにそんな余裕ないよ。今でいっぱいいっぱいだ」

それは真一の実感だった。

蔵前通りを渡る信号の前まで来ると、

「ああ、ここなんだ。ほら、あそこ、幟の出ているところあるでしょ、あの鰻屋さん美味しいのよ。わたしときどき来るの」

蔵前通り沿いの歩道に立っている幟の方をさして、靖子が言った。以前、お茶の水に美味しい鰻屋さんがあるのよ、今度食べに行きましょ、と言っていた店のことだと真一は思った。

真一と靖子は清水坂の急な上りを少し前かがみになって歩いた。そろそろホテルが建ち並ぶ界隈だった。坂を上り切って少し歩くと反対側の歩道の方に看板が見えたので、真一は通りを渡ろうと立ち止まった。

「何？　そっち行くの」

と、靖子が言うのを聞いて真一は少し気が変わった。

「ああそうだ、湯島天神に行こうか？」

「そうね、わたし湯島天神好きなの。ときどき行くのよ、梅の時期とか」

「そこの鶏屋、鶏刺とか出すんだよな。むかし誰かに連れてきてもらったことがある」

「鶏刺？」

「別に旨いもんじゃないよ。ウチは新鮮な肉使っているから、こんなものも出せるんだって言っているようなものだろ」

「ふうん」

鳥居をくぐって石畳を歩き、本殿に向かって手水場《ちょうずば》を通り過ぎようとすると、

「あら、手っ洗っていかないの？」

と靖子が言うので、

「え、ああ」

真一は手水場へ寄って柄杓《ひしゃく》で水をすくった。右手ですくった水で左手を洗い、左手ですくった水で右手を洗った。それからもう一度右手ですくった水を左手に溜め、口をゆすいだ。向かいにいる靖子は口まではゆすがなかった。

これでいいんだろ、という態で真一は本殿の前まで歩いて行き、

「どうするんだっけ……、二礼二拍手だっけ？」

靖子の方を振り返ると、

「さあ、一礼二拍手でいいんじゃない？」

というので、真一は靖子の言うようにして、賽銭を投げた。

靖子はそこらに掛かっている絵馬をめくって見ていた。

「これ見て、こういうのいいじゃない」

母親が、息子の合格祈願を書いた物だった。靖子は一枚一枚めくっては、にやにや笑っていた。

「ほら、これ全部梅の樹なの、須永さん咲いているころ来たことある？」

「いや」

そのとき真一の電話が鳴った。表示を見ると会社からだった。もう五時を過ぎていた。曜子は五時までが勤務時間だから、もう帰ったはずである。

「今、大丈夫ですか？」

一人で留守番をしている竹内からだった。

「ああ、ごめんごめん。今日はこのまま直帰するから。何か入っている?」

一件、顧客が電話をほしいと言っているようだった。

「わかった。それは電話しとくわ。じゃあ悪いけど今日はこれで、アナタももう帰れるんだろ。お疲れ様」

「何、竹内さん?」

靖子は笑みを浮かべながら言った。

「ああ、悪いけど、一件だけ電話するから」

真一は寒々とした梅の枝を眺めながら、電話をした。真一より一つか二つ歳上の、前に勤めていた会社時代からの女性の顧客だった。靖子は少し離れたところで、メールをチェックしていた。

階段を下りる手前に瓦斯灯について説明の書かれた立札があった。泉鏡花の「女系図」の中の会話が紹介されていた。「女系図」に湯島天神でのそんな場面があったかなと、記憶を手繰ってみようという気になりかけたが、靖子が少し離れたところに立って待っているふうだったので、真一は記憶に蓋をしてそこを離れた。靖子は文学などにはまるで興味が無いようだった。

そういえば彼女とは、そんな話は一度もしたことがなかったなと思った。

「こっちが男坂で、こっちが女坂って言うのよ」

「へえ、そう」

真一が真っ直ぐ男坂を下りかかると、

「あら、男坂を下りるの？」

と靖子が言うので、

「え？　ああ、向こうにする」

真一が振り返って階段をあがって戻ろうとすると、

「ううん。いいの、いいのこっちで」

靖子が少し慌てたふうにいうので、二人はそのまま男坂を下りた。坂とは言うが、どちらも階段だった。男坂の方は真っ直ぐで急だった。だから男坂というのだとむかし聞いたような気もするが、記憶は曖昧だった。

階段を下りると天台宗の小さな寺院があり、その隣りに小ぢんまりした美術品店のような店があった。路地に向いて扉の左右に飾り棚のようなショーウィンドーがある。店の中は喫茶もやっているようで、そんな看板も出ていた。ショーウィンドーの前に大きな瓶が置いてあり、金魚が何匹も泳いでいる。

靖子は立ち止まってしばらくショーウィンドーをのぞいていた。真一も背後からそれを見た。張り子の人形や小さな小物、花器や抹茶茶碗など、種類も値段も雑多なものが並んでいる。店の中から赤い灯りが、そろそろ暗くなりかけてきた路地に零れ出していた。店の前には縁台が置かれ、庇の下には藍染の暖簾が下がっている。風情のある店構えだった。

五分くらい眺めていて、二人は歩き出した。真一はすぐの路地を左へ曲がった。春日通りの広い道路が先に見えたが、真一は路地をまた左に曲がりかかった。女坂の方への小路だった。その路地の左手にホテルがあるのを思い出したからだった。先程、女坂の方へ戻ろうとしたのを靖子が押しとどめたのをふっと思い出した。

「あら、須永さんそっち行ったら戻っちゃうわよ」

さっきまで黙ってついてきた靖子が立ち止まり、先を行く真一と一、二メートル距離ができた。

「ああ、ちょっとそこ寄って休んでいこう」

「そこってどこ」

「ホテルだよ」

「いいわよ」

「じゃあ、部屋だけでも見ていこう」

「いやよ」

「どうして」

真一の口調が今更どうしたんだよ、ここまで来てというふうになった。

「わたしそういうのはちょっと……」

眉間に皺を寄せた顔で靖子はそう言った。そうか、と真一は思った。真一には確信があって靖子とここまで歩いていたわけだが、実はまったく見込み違いだったことになる。どこで読み違えていたのか、真一は何か狐につままれたような気分でもあった。

仕方なく、真一は靖子が立っている方へ戻った。靖子は真一が戻ってくると、

「馬鹿ねえ、何考えているのよ、アンタ」

真一をなじるような口調だった。

「何って、別に大したこと考えちゃいないんだけどなあ、オレは」

お互い、健全な男と女じゃないか、真一はそう言いたい気分だった。

二人は春日通りの歩道に出た。

「じゃあ、さっきの鰻屋へ行こうよ」

「え、鰻屋？　まだやっていないでしょ」

「いや、そろそろ開く時間だよ」

真一は湯島の交差点を昌平通りへ曲がった。二人は何もなかったかのように、また話し始めた。

「さっき息子からメールがあったのよ。今日は彼女の家に泊まるんだってさ。だから、向こうのお母さんによろしく伝えてねってメール返しておいたの」

靖子の息子は亮太と同い年で、一流の音楽大学に通っている。彼はピアニストになりたいそうだ。彼女は同じ大学でバイオリン専攻だという。二人は互いに相手を家に連れて行って、お互いの両親に紹介もしている。靖子は相手の母親と何度か飲みにも行っているようだった。靖子の家庭の話を聞くと、真一の家庭とはまるで別世界だった。

靖子の家のことに限らず、真一は外で聞いてきた夫婦や子どもや家庭の話などを、車を運転

しているようなときに曜子に話すことがあったが、曜子は、

「ねえ、そんな立派な家の話はもういいわ。そんな話聞きたくない。わたし落ち込むばっかりだわ」

と言った。曜子はむしろいろいろ問題のある家の話を聞きたいようだった。うちだけではないと思って安心したいのだ。インテリ夫婦の話なども彼女にはうんざりのようだ。曜子にはそんなところがあった。

「あの子たち付き合っているって、どんなふうに付き合っているのかしら?」

靖子がふっと言った。彼女の言っているのは、きっと息子とその彼女の性関係のことなのだ。

「そりゃあ、ふつうに付き合っているんだろ」

二十歳を過ぎた男女が、お互い彼女、彼氏と公然と言っているのだから、それがあたりまえだろうと真一は思うが、靖子は自分の息子が、彼女だと言って連れてくる目の前の若い女とそんな関係にあるというのが、どうしても想像がつかないようだった。

「わたし息子に向かって、好きよっとか言うのよ」

「えー」

「愛してるわよとか、肩抱いたりしながら。彼女の前とかでも、そういうの平気でやるの」

アメリカのホームドラマで見る情景のようだと思った。

「しかし、それどうなんだろう。オレは男だからわかんないけれど、彼女そういうの見てどう

思うんだろう」

「さあ、どう思っているのかしら」

「アナタ女だろ。自分がその彼女ならどう思うんだよ」

靖子はそれには答えず、曖昧な笑顔を見せた。

妻恋坂の交叉点の信号を渡ってから、本郷に向かってだらだら上りはじめる蔵前通りに面したビルの地下に鰻屋はあった。

神田明神の裏参道の上り口がすぐ脇だった。

扉を引くと店の中はがらんとして誰も客がいないので、

「いいですか？」

と靖子が訊くと、着物を着た女将らしい女が、

「どうぞどうぞ」

と言って二人を席に案内した。

女将がお茶を持ってきたので、

「肝焼きはないの？」

メニューに見当たらないので真一がそう尋ねた。

「ああ、ございますよ」

「じゃあそれと……」

「ビール」

靖子が弾んだ声で言う。

「じゃあ、生を二つ」

「白焼きを一つと、鰻重……須永さんも食べるでしょ」

「いや、オレはいいよ。靖子ちゃんのを少し分けてもらうよ」

「そうね。じゃあ鰻重を一つ」

「鰻重は後になさいますね。よろしい時に声をかけてください」

そういうと女将は下がった。

真一はふだん靖子を八木さんと呼んでいたが、ときどき靖子ちゃんと言うときもある。はじめてそう呼んだとき、靖子は口に手を当てて笑い、

「靖子ちゃん、ね」

と言うと、真一の腕の上に掌を置いた。靖子はたまに軽いボディタッチをしてくることがある。

二年以上前、何人かで酒を飲んだ後、靖子と二人だけで二軒目に入ったときだった。真一はそろそろ酔いが回っていた。店内がうるさかったせいもあるが、カウンターに並んで坐った靖子の声が少し聞きづらかった。靖子は自分の息子の話をしていた。ピアノのコンクールがどうのこうのという話だった。声が聞きづらい分、話しながら動く靖子の手が、やけにうるさく酔った真一の眼についた。

ふっと真一の手が伸びて、靖子の手を捕えた。真一はその手を自分の膝の上まで引き寄せ両

の掌で包み込んだ。靖子が驚いたような顔で真一の方を向き、

「どうしちゃったの、須永さん」

と言ったが、捕えられた手はそのまま真一にあずけていた。

しばらくして二人は店を出た。真一は歩きながら靖子の肩に手を回して引き寄せた。靖子は曖昧な作り笑いを浮かべていた。タクシー乗り場を通り過ぎるとき、真一はそのまま靖子を車に押し込んでホテルまで連れて行こうかとも思ったが、ベッドに横になった途端、真一がそのまま眠りに落ちてしまいそうな気がした。

二人は改札を抜けてホームに立った。乗る電車は反対方向だった。

「須永さん大丈夫？」

真一はそう言う靖子の手を取ってまた握りしめた。靖子はその手を振りほどくと、

「ううん、もう」

と吐き捨てるように言い、突然真一に抱きついた。

衣服をとおして少し汗ばんだ感じが真一に伝わった。どっしりとした何か凝り固まったような硬い躰だった。腰が痛い、脚が痺れると言ってときどき整体に通う曜子と同じような躰だと思った。真一が靖子の背に手を回して引き寄せると、靖子は二人の間に掌を差し入れ押すようにして躰を離した。

そのとき、真一が帰る方向のホームに電車が走りこんできた。靖子は、さあこれで我慢してさっさと帰りなさい、と言っているようだった。

「じゃあ」

二人揃ってそう言うと、真一はふらふらと電車に乗り込んだ。

その日から真一は、生きてきた時間と相応に痛んでいく靖子の躰を、いつか素肌で抱きしめたいと思うようになった。

……

鰻屋から駅まで歩く途中にワインバーのような店があったので、真一は靖子を促してその店に入った。靖子は少し面倒くさそうな顔をした。

背の高い小さな丸いテーブルに二人は向き合った。床からだいぶ高いスツールがおちつかなかった。脚を組みかえるとき、真一の靴が靖子のヒールにこつんと当ることが何度かあった。

「アナタは男に気を持たせるのがうまいんだよな」

真一は笑顔でそう言った。

「あら、そうかしら」

「まあオレたちみたいな仕事の仕方をしていると、それも大事なスキルのひとつなのかもしれないけれど」

「そうね、ふふ、でもそう言えば、先週出張に行って会った先生……広島の大学の偉い先生でもうお爺さんなんだけど、うるさいのよ、メールか電話ですむ用件なのに来い来いって。わたし無視してずっとほっといたんだけれど、先週しょうがないから行って来たの。でも、実際会ったら食事のときとか、わたし何々先生だーい好きっとか、つい言っちゃうのよね」

「ほらみろ」

アンコンシャス・ヒポクリットという言葉が、真一の頭に浮かんだ。

「そしたら本当にうれしそうな顔でニコニコして」

真一にはその光景が目に浮かぶようだった。靖子は水商売をやっても成功する女だと思っている。彼女の仕事上の人間関係には、大学の教授や、中央官庁から天下りして公益法人の理事や役員になっているような人も多い。社会的にそれなりのステータスがあって、ちやほやされることに慣れている初老の男などは、靖子が最も取り入りやすい人種なのかもしれない。靖子に同行して、真一は仕事の打ち合わせに行ったことが何度かあるが、その中にやはりそういう初老の男がいて、彼は本当に靖子が可愛くて可愛くてしょうがないというふうだった。真一と靖子には共通の顧客も多い。真一の知る範囲では、靖子にいつも仕事を出す男の担当者は、たいてい靖子のファンである。あきらかに靖子に恋心を抱いていると見える者もいた。

「オレ、靖子ちゃんのこと本当に好きなんだけどなあ」

笑いながら、真一はそう言った。

靖子は困ったような苦笑いを浮かべた。

真一は靖子の瞳を見つめた。地毛がボロボロ抜けるから、最近はエクステンションをやめたという靖子だが、確かに睫毛は少し薄かった。しかし大きな眼の靖子には、睫毛が長かったときより、むしろ今のほうがいいと思った。目尻の皺の一本一本が、真一には愛《いと》しかった。

「五十になった靖子ちゃんをね、慈しむように愛したいんだ」

そんな破廉恥な言葉が、恥ずかしげもなく、素直に口を突いて出た。

靖子はしばらく黙っていた。それから、

「須永さん、アナタそんなバカなことばっかり言っていないで、亮太くんのこととかもっと考えてあげないとダメよ」

少し真顔になって、たしなめるようにそう言った。

8

シッポが死んだ後も、亮太の餌やりは続いていた。ミーちゃんと呼んでいる、白と黒と黄土色の三毛猫が、実は亮太のお気に入りのようだった。シッポがケンタに襲われたとき、亮太が玄関ポーチで餌をやっていた猫である。

真一はいつか、

「本当は、ミーちゃんが本命だったんだろ」

と訊くと、亮太ははっきりとは答えなかったが、否定はしなかった。

「そうだとすると、なおさらシッポは不憫だよな」

独り言のように、真一がそう言い、

「うん」

と、亮太が下を向いたままこたえた。亮太が頷いたことで、真一は少しだけ救われた気がしたのだった。

　ミーは大人の猫で躰も大きかったが、この界隈に十数匹はうろついている野良猫の中で、唯一の三毛だった。慎重で、少し臆病な感じの猫だった。臆病でおとなしく、あまり人になつきそうもないところが、亮太の気に入っているところなのではないか、と真一は秘かにそう思っていた。どこか自分に似た猫を、猫社会の中で探している亮太が何か面白かった。そういう猫を可愛がりたいというのはひとつの自己愛のあらわれのはずで、真一はむしろほっとする面もあるのだ。

「しかしミーちゃんは野良経験が長いからなあ、今さら人が飼うのは難しいと思うよ。飼うんなら仔猫のうちじゃないと……。彼女だって人に飼われるより野良のほうが幸せだよ」

　真一は曜子にそう言った。

「彼女って、ミーちゃん雌なの？」

「そうだろ、三毛猫の九十パーセント以上は雌だとか、テレビコマーシャルで言っているじゃない。見たことない？」

「あるけど、あれ本当なのかしら、パパは何でもすぐ極めつけるんだから」

「本当だろう、たしかそういうの伴性遺伝《ばんせいいでん》とかいうんだよ。筋ジストロフィーの子がほとんど男というのと同じだよ」

　ミーの大きな躰は少しだぶついた感じで、子どもを産んだことがあるのではないかと、真一は勝手に思っていた。子を産んだ女というイメージから、そんな猫が、男として未熟な亮太の手に負えるものかという気もしていたのだが、さすがにそれは、曜子にも言えなかった。崩れるにまかせた曜子の、どこかふてぶてしい感じの躰が、真一の頭にちらついていた。

そのミーに触手を伸ばそうとする見も知らぬ男が、真一や曜子が留守の昼間に現れたという話を聞いて、真一は少し驚いた。それは、曜子づてに聞いた話だった。

亮太が玄関ポーチでミーに餌を与えていたとき、その猫はお宅で飼っている猫なのかと、たまたま通りかかったという感じの男が、門の外から訊ねてきたというのだ。亮太がそうではなく野良猫だと答えると、男はそれでは自分もその猫に餌をあげてもよいかと重ねて訊くので、亮太は野良猫なのだからそれはあなたの自由だというふうに素気なく言ったらしい。どうも男は前からその辺でミーを何度か見ていてずっと気にかけていたようだ。亮太が野良猫に餌をやっていることも知っていて、ここはよく猫がやってきますねえと親しげに話しかけてくる。亮太はそれで、男が自分と同類の人間だと思ったのか、見も知らぬ男の問いかけに、いちいち真面目に答えたらしい。男は実を言うと自分はその猫を飼いたいのだが、かまわないかと深入りしてきた。亮太はそれにも野良猫なのだからあなたの自由だと答えたそうだ。そこまで話を聞いた曜子は、

「馬鹿ねえ、アンタ。ミーが好きで本当はアナタが飼いたいんじゃないの？」

と言うと、亮太は、そうだとしても野良猫なのだからぼくが駄目だという権利はないじゃないかと、曜子に答えたという。曜子からそう聞いて、真一は、いかにも亮太らしい物言いだなと思った。亮太の言うことは一見理屈にかなっている。彼は簡単に物事を諦める。いや、自分

には欲しいものは決して手に入らないのだと思っている。これまでの二十年間で、彼はそういうふうに自分を慣らしてきたのだと、真一は思った。

「でも、本当にアナタそれでもいいの」

曜子がしつこく訊くと、亮太は可愛がって育ててくれるのならそれでいいと言ったそうだ。

「でもミーちゃんは、そんな簡単には捕まえられないよ。あの子すごく臆病なんだ。人間のことまだ信用していないし」

曜子にそう言い、同じことは男にも伝えたという。すると男は、自分もちょこちょこ来て餌付けをしてならしてみるが、もしあなたのところで捕まえることができたら譲ってくれないか、そのときは連絡をしてほしいと電話番号まで伝えていったという。

「なんか、ずいぶんずうずうしい人ね」

と、曜子はすこし憤慨したような口振りだった。しかし、真一にはその男が誰なのか、ということの方が気になった。

「あのさあ、その男ってもしかしたらあの、自転車の爺さんなんじゃないか」

「まさか……」

「なんかさあ、オレあの爺さんと亮太に何か因縁めいたものを感じるんだよ」

「始まったわ、またパパの極めつけが」

「まあ、いいさ」

真一が不機嫌そうにこたえると、曜子は立ち上がって亮太の部屋へ行った。ドアを開けたままの部屋の中から、曜子の声が真一の耳にとどく。

「亮太さあ、ミーちゃん欲しいって言った男の人って、ひょっとしてお爺さん？」

「お爺さん？　うーん、小父さんじゃないかな、よくわからないけど」

「小父さんって、それじゃあパパと同じくらいの歳の人？」

「パパよりは上だと思うけど」

「それじゃあお爺さんじゃない」

おいおいと真一は思った。曜子の言っていることはめちゃくちゃで、口調は詰問をしているようだ。

「あれ、そうなの。パパより上だって、少ししか違わなければまだ小父さんじゃない」

「じゃあ、自転車に乗っていなかった」

「ああ乗っていたよ、たぶん」

曜子はそれで戻ってきた。

「よくわからないけど、まさかね……」

少し気味悪るがっているようだったが、それは言い出した真一も同じだった。三途の川を滑るように舟を漕いでいた船頭の老人が、岸に上がってこちらに近づいて来るみたいだった。

数日後の週末に男の正体はわかった。真一と曜子と亮太と、いつものように三人で買い物に出かけようと門の外の車に乗り込もうとしたとき、自転車に乗った老人が例のスピードでゆっくりと通り過ぎようとしたのだった。いつも真直ぐ前だけを見て漕いでいた老人が、こちらの方に顔を向けながら軽く会釈をしたのだ。

真一と曜子は思わず顔を見合わせた。真一の背に、ふっと冷たいものが走った気がした。

「あの人だよ、ミーちゃんを欲しいって言ったのは」

亮太がこともなげに言った。

「何が小父さんよ、お爺さんじゃない」

老人が通り過ぎると、動揺した曜子は亮太のほうを向いて叱るように言った。

「だから言っただろ」

真一の声も少し上ずっていた。

「亮太あの人の電話番号教えてもらったんでしょ」

「うん」

「それじゃあ、そのとき名前も聞いたでしょ。何ていう人だった？」

「なんだっけなあ、えーと、ああ、確か井田さんていう名前だったな」

「井田さん？」

曜子と真一は声を揃えて鸚鵡返しにその名を口に出し、また顔を見合わせた。

井田老人はそれから毎日のようにやってきて、須永家の隣りの小さな空き地にある平たい石の上に、餌を撒いて行くらしい。袋に入ったキャットフードで、カリカリとした硬いやつだ。

たまたま亮太が表に出ていると、ひと言ふた言くらいは言葉も交わすらしい。あの猫は来ますか？　というような話だろう。

母親の時子も一度、庭いじりをしていて顔を合わせたことがあるそうだ。自転車から降りてきた老人は軽く頭を下げ、猫の餌を置かせてもらってもいいかと時子にも訊ねてきた。曜子から話を聞いていたから、ああああの人かとすぐにわかって、ええどうぞと答えたのだ。時子はこのころになるともう諦めて野良猫を受け入れていた。真一と同じで、少し離れて観察しているとそれなりに猫も可愛いのだ。それに、引き籠りがちの亮太がひと言でも口を利くことのある貴重な他人なのだから、邪険にしてはいけないという意識も働いていたに違いない。

「あの人いくつくらいなのかしら？」

あるとき時子が真一にそう問いかけるので、

「うーん、七十……。前半くらいじゃないかな」

「そうよねえ、やっぱり七十は超えているわよねえ。わたし最近人の歳って全然わからなくなっちゃった。すごく若く見える人もいたりして……」

真一は井田老人とは口を利いたことがないからわからないが、亮太がはじめ小父さんと言ったことや、時子がやっぱり七十超えているわよねえと今言ったことから、思っていたより本当は少し若いのかもしれないという気もした。時子が言うように、むかしと違って今は見た目の年齢の個人差が大きく、本当の年齢がわかりづらくなっている。

しかし風貌から言えば、やはり井田老人は老人と呼ぶべきだと、真一は思った。

師走に入った。今年は例年よりも寒い日が続いた。

野良猫の中から一匹だけ気に入った猫を選び、部屋の中で飼っていいという話は曜子から亮太に伝えられ、慎重でスローペースな亮太はそれなりに思案を巡らせ準備を始めているようだった。靖子の会社で働いた給与もとっくに振り込まれているはずで、ケチな亮太も猫の物入りに彼なりの覚悟を決めたようだ。

シッポのことは可哀相なことをしたが、もう過ぎたことだ、あれはあれでいい勉強になったと家族の中ではなんとなく割り切られていた。真一が感心したのは、子どもたちが誰もケンタを責めなかったことだった。

「しょうがないよね、ケンタだってただ自分のテリトリーを守ろうとしただけだもんね。オマエは番犬でもあるのだし……」

春奈はケンタを撫でながら、ケンタを相手にそう言っていた。


猫のものをいろいろ見るのに何軒か店を回りたいから、週末に車で連れて行ってほしいと、亮太が曜子のところへ言ってきた。

真一たちはいつもの三人で車に乗って、郊外のホームセンターなどを何軒か見て回った。亮太がまず買おうとしているのは、自分の部屋に置く猫用のケージと、医者などに連れて行くときのキャリーバッグだった。どの店にもそれらはあったが、慎重な亮太はどれを見てもこれにするとは言わなかった。事前にインターネットでいろいろ調べていて、値段を含めてどうもそちらの方に気に入ったものがあるようだった。

「まあ、今は何でも店舗で買うよりネットショップの方が安いからな。それじゃあ今日はやめて、ネットで買えよ」

半日無駄にしたが、真一は別に腹は立たなかった。こうして亮太を連れ出し、つまらないことでも会話ができるのは悪いことではないと思った。

数日後、亮太がネットで買ったケージがとどいていた。亮太はコンピューターをデスクの方へ移してそれまであったラックを廊下に出し、その場所にケージを置いていた。ステップフロアーのように左右交互にトレイの敷かれた三段式のケージで、高さは一八〇センチくらいある。品物も値段も確かに店舗で見たものよりこちらの方がいいと真一も思った。

「へえ、なかなかいいじゃないか」

真一は亮太の方を向いて、笑顔で言った。

それから亮太の猫捕獲作戦が始まった。ケージと一緒に買った黒い布製のキャリーバッグを玄関ポーチに置いておき、餌を入れた容器をその中に入れるという単純なものだった。猫は狭いところが好きなので、それでたぶん大丈夫だと亮太は言っているらしい。

「それでどの猫に決めたんだ」

真一が曜子に訊くと、クリちゃんという猫なのだと教えてくれた。

「クリちゃん?」

　真一ははじめて聞く名前で、たぶん見たこともない。曜子によると茶色と黒の斑の仔猫で、栗のような色をしているからクリちゃんなのだという。地味で目立たなく、臆病だから、餌をもらいにやってきても、他の猫がいると物陰に隠れてなかなか近づいてこないらしい。それでパパは見たことがないのだと、曜子は説明した。話を聞いていると、ミー以上に亮太に近い猫のように真一には思えた。

　どの猫にも餌をやりながら、餌を食べている仲間を遠巻きに見ているような気の弱い猫に、亮太の眼は向いているのだ。おそらく、先に来た猫たちが帰ったあと、ゆっくりとクリに餌をやって様子を眺めているのが、亮太が一番心の休まるときなのだろうと真一は想像した。

　意外にも、亮太の仕掛けに一番初めに嵌まったのは慎重なミーだった。夜、部屋でコンピューターに向かっていた真一のところへ、珍しく少し興奮気味の亮太がやってきて、

「パパ、ミーちゃんが捕まったんだよ。どうしよう井田さんのところ」

と言った。

「えー、ミーちゃんが。よく捕まったな。それでどこにいるんだ、今」

「バッグの中、玄関に置いてある」

　時計を見ると、十時少し前だった。

「オマエ、井田さんの電話番号知っているんだろ。電話してこれから持って行こう。パパも一緒に行ってやるから」

一晩でもいったんケージに入れてしまって、亮太の気持ちが動いては困ると真一はそう思った。井田老人に渡すならすぐがいい、それで引き取らないというなら逃がしてしまえと亮太に言うつもりだった。亮太はわかったと素直に言い、番号を書いたメモを取りに部屋へ戻った。真一はそのまま階段を下りて玄関へ向かった。

春奈が玄関の三和土にしゃがんで、キャリーバッグの網目を指でさすりながらミーをあやしていた。そこへ亮太がメモと電話を持って下りてきた。

「電話してみろ」

真一は亮太に言った。亮太が電話をすると相手はすぐに出た。

「あの須永ですけど、ミーちゃんを、あ、いや三毛猫を今捕まえたんですけれど……バッグの中に入っています……はい、はい………」

真一はちょっと代れという仕草をした。

「え、ああ、ちょっと待ってください、今親と代りますから」

亮太はマイクをおさえながら、スマホを真一に渡した。真一はそれを受取りながら、

「何だって?」

「明日朝取りに来るから、そのまま今晩預かってくれだって」

「それじゃ駄目だ」

真一は電話に向かって、

「ああ、夜分にすいません。一晩は預かれないんでね、すいませんがこれからお持ちするん

で、引き取ってもらえませんか」

それなら、こちらから引取りに行くと井田老人は言ったが、

「いやいいです、近くだから。これからすぐ出ますから、すいませんが外に出て待っていてもらえますか」

と真一が言うと、井田老人はわかりました、と言った。電話の受け答えは見た目よりも若い、ごくふつうの人という感じだった。真一がなぜ井田老人の住まいを知っているのか、訝しむふうも伝わってきた。以前はふつうに勤め人をしていたことのある人なのだろうという気が、真一にはした。

真一はちょっと思い立って、二階に上がって部屋にいたケンタにリードを付けて階段を下りてきた。それから捨てていいような小さな器に少しだけ餌を入れて春奈に持たせ、亮太はミーの入ったバッグを持って、三人で家を出た。

真っ直ぐ家の前の通りを井田老人の棲んでいるアパートへ向かって歩いて行った。ケンタは二度目の夜の散歩で、嬉しそうに真一を引っ張った。亮太の持っているバッグの中から、ときおりミーの鳴き声が聞こえてくる。少し歩くと、街燈の仄かな灯りの下で、煙草をのんでいるときのように、出入り口前の階段に腰を降ろしている井田老人が小さく見えた。

かなり近づいて井田老人は真一たちに気付いた。真一はケンタが一緒なので、通りの反対側の電信柱の横に立っていた。井田老人はゆっくりと立ち上がり、亮太のほうへ歩いて来た。手には古いが猫のキャリー用のバスケットを持っている。井田老人は少し蟹股《がにまた》で、ゆっくりとし

ているがパーキンソン病を患っているという歩き方ではなかった。通りのまん中あたりで亮太に会うと、どうもと言ったようだ。老人が手に持ったバスケットの扉を開けるのを見て、亮太は神経質そうな顔をして、

「外じゃ逃げちゃうから、ちゃんと家の中で渡しますから」

と、案外きっぱりそう言った。老人は少し気圧されたように、そう、と応えると春菜が持ってきた餌の容器を受け取り、部屋の入口まで戻って外にある何かの台の上にその容器を置いた。それから扉を開けて亮太だけを中へ入れた。春菜は通りを渡って真一の横へ戻ってきた。

なんだか、怪しげな夜中の取引のようだった。

老人と亮太がドアの中へ消えてから、ゆうに三、四分経ってから、ようやく亮太が出てきた。亮太はドアを閉めてこちらへ振り返ると、さっき老人がそこに置いた餌の容器を持って戻ってきた。

「ああ、それは渡してこないと」

真一が言うと、

「いいんだよ」

と、少し邪険に亮太は答えた。

「他にも猫飼っているんだよ」

「え、あそこに?」

「そうだよ、二匹いた」

真一は、井田老人が持っていた少し古い猫のバスケットを思い出した。

「そうか、井田さんは猫を飼いなれているんだな、うちなんかよりずっと。……でも、よかったじゃないかそういう人で。そういう人ならちゃんと飼ってくれるさ」

歩きながらそう言うと、

「けれど相性もあるから。今いた猫ちゃんたちとミーちゃんがうまくやって行けるかどうかもあるから……」

臆病なミーが、古参の猫たちにいじめられないか、亮太は心配のようだった。


翌日か翌々日が土曜日で、真一は明るいうちに井田老人の棲んでいるアパートの前を歩いて通った。ミーがどうしているか、真一にも少し気になっていた。それまで気に留めていなかったが、前から二匹の猫が棲んでいたのだと聞かされて、アパートの間取りがどんななのか、余計な興味も湧いてしまった。

立ち止まって見るのも怪しげなので、真一はできるだけゆっくりと歩きながら井田老人のアパートに神経を集中するようにした。

その部屋はドアの横に一間弱の格子のついた高窓があり、おそらくそこは流しになっているのだろう。その隣りが一間の掃出しの引き戸で、半間の雨戸の戸袋のついた壁が建物の角になる。二階へ上がるドアも含めて間口は都合三間半になるわけだ。

引き戸のサッシは下は型ガラスだが、上半分は透明で中の様子がうかがえる。四畳半か六畳の和室で、奥は押入れだがなぜか襖ははずされごちゃごちゃ物が置かれているようだった。

人の姿も猫の姿もないが、部屋の奥の角にデスクらしい家具があるのが見え、その上から戸袋のある側の壁に向けて一本の突っ張り棒が据えられ、それに洋服が何着も掛けられている。洋服のどれにもクリーニング屋から引き取ったときに覆われているビニールが被せられているが、それはいかにも古かった。猫の毛がつかないように老人が考えた工夫なのだろう。質素な生活でも、案外几帳面な性格なのかもしれない。

通りを進むと建物の側面が見えた。そちら側は狭い空地になっているから、塀のある通りに面した方よりよく見えた。半間の壁があって、一間の肘掛け窓にやはり半間の戸袋、その先にも半間の壁があるから奥行二間半になる。それがこの建物の大きさだった。

流しの裏側はおそらくトイレと風呂場になっているはずで、一人暮らしの老人の住まいとしてはこれで充分なのかもしれないと、真一は思った。

ゆっくりとした歩調だったが、狭い空地を過ぎ隣りの建物の陰にアパートの側面がかくれようとしたとき、真一はふと、肘掛け窓のガラス戸が十五センチくらい開いているのに気がついた。ちょうど猫が出入りできるような隙間である。

「なるほどな、こういう飼い方をしているんだ」

と、真一は納得した。亮太が見た二匹の猫というのは、半分野良なのだ。

家に帰って曜子と亮太のいる前で、真一は見てきたことを話した。

「パパが子どものころなんかは、どこも猫はあんな飼い方だったんだ。サザエさんちのタマみたいなもんだ。首輪がついてれば飼い猫で、なけりゃ野良みたいな……。むかしはそんなで、どこからも文句なんて出なかった。しかしあの飼い方じゃ、ミーちゃんは戻ってくるんじゃないか」

真一にはそんな気がした。

三、四日して、やっぱりミーは須永家の界隈へ戻ってきた。

仕事から帰ってくると、真一はキッチンで調理していた曜子にそれを聞かされた。

「井田さん、ばつが悪くてしばらくウチの前通れないんじゃない？」

曜子は嬉しそうに言った。真一も何だか愉快だった。

「で、亮太は？」

「さっそく、餌あげてたわよ」

「だろうな」

しかし井田老人は翌日も、翌々日もなにくわぬ顔で須永家の前をいつものように通っていたようだ。何日目かに亮太が餌をやっているのに出くわすと、逃げられちゃってねえ、こっちに来てるでしょ、もうあの猫はそちらにまかせるからと言ったらしい。そのかわり、いつもの石の上に餌を撒くのは続けさせてほしいと亮太に乞うて、それはかまわない、あなたの自由だと亮太はこたえたそうだ。

9

靖子の会社で、もう一度亮太を働かせてもらえないだろうかと真一は考えていた。亮太に野良猫を飼わせることとの交換条件というわけでもないが、猫を飼うことで亮太も少し気が落ち着くのではないか、何でもいい、とりあえず毎日仕事に行くという習慣だけでも徐々に身につけられないものだろうかと思っていた。

真一は亮太に、

「猫のことが一段落したら、オマエも少し仕事を探してもらわないとな。オマエが真面目に毎日行く気があるなら、八木さんのところ、使ってくれるかはわからないけれど、パパから頼むだけ頼んでみてもいいぞ。どうする」

と訊いてみた。

「それはアルバイトでということ?」

「もちろんそうだ。仕事のある間だけだけれど、向こうが毎日来てくれと言えば毎日でなければだめだ」

「うーん。どうしようかな、……それじゃ頼むよ」

「わかった。パパはただ最初に頼むだけだからな、あとはオマエが直接話をしなくちゃだめだ。ただ、この間は半分お客さん扱いだったけれど、今度はそうはいかないぞ。八木さんは仕事に関してはなかなか厳しい人だからな」

真一は一応そう釘をさしておいた。亮太は真一にそう言われて、ちょっとキョトンとした顔をしていた。やはり亮太はわかっていないんだな、と真一はそのとき思った。

「ちょっと相談したいというか、八木さんにお願いしたいことがあるんだけれど、一度時間とってもらえないかな」

真一は電話口でそう言った。

「何？　仕事の話じゃなくて……」

靖子は少し警戒しているふうもあって、面倒くさそうな受け答えだった。

「愚息のことなんだけれどさ」

「グソク？　……ああ、愚息なんかじゃないじゃない」

近々仕事のことで打合せたいこともあるので、じゃあそのときに、日時は靖子の方から連絡するからということになった。

神田駅近くの喫茶店で靖子と話をした。以前にも入ったことのある店だった。

「それで」

仕事の話が一段落すると、靖子が言った。真一は単刀直入に話をした。

「うーん、だけどわたしもう会社やめるのよ、前にも言ったけれど」

「それはわかっているけれど、少しの間だけでもいいんだ」

ひと月でも、ふた月でもいい、一歩だけでも進めれば、それはスローペースの亮太にとっては大きな一歩だという気がした。それに靖子のやめるという話も、現実的には三月などというのは不可能だろうと踏んでいた。

「本人は何て言ってるの、亮太君は……」

「お願いしますって言ってたよ」

「本当に？　本人がそう言ったの」

「そうだ」

「奥さんはどう思っているのかしら……」

「女房は最初から、八木さんのところで面倒みてもらえればと考えていると思うよ。ただ八木さんのところだって大変なんだ、費用対効果の合わない人間を使っている余裕なんてないはずだって、そうは言ってある。それはわかっていると思うよ」

「そうよ、うちだって大変なんだから」

「もちろんわかっているさ」

靖子は少し考えていた。

「わたしひとりじゃ決められないわ。明日川上とも相談してみる。二、三日中に返事をするわ、それでいい？」

「ああ、申し訳ないね」

亮太のこれまでのことについて、真一は思い出すように少し話しをした。幼児のころから小学生時代など、亮太が周りの子とどう違ったのか、そのときはあまり気に留めなかったようなことでも、思い返すとああそうかと思うようなこともあった。

「でも、養育環境というのもあると思うわよ」

靖子は真一の話を遮るようにそう言った。あれができない、これができなかったとあげつらって、真一が少し自嘲的に言うのが耳障りで、靖子は少しイラついたのかもしれない。

「私の知っているアスペルガーの子、女の子なんだけれど、その子はすごくポジティブよ、ポジティブなアスペルガーの子だっているのよ」

障害の有る無しは関係ない、親がどう真剣に子どもと向き合って、どう自信を持たせ、伸ばそうとしてきたのか、どう工夫して子どもの興味を惹きつけようとしたのか、そこでしょうと靖子は言いたいようだった。それは真一には耳が痛かった。面倒なことはほとんど見て見ぬふりをして曜子に押し付け、逃げ回ってきたのは事実だった。

母親の問題も大きい、いやむしろそっちの方が本質だと靖子は言いたいようでもあった。そんな話を曜子が聞いたら泣き出すに決まっている。

そうでしょ、みんなわたしが悪いんでしょ。どうせパパや八木さんから見ればわたしなんか馬鹿な女なんだわ。そう感情的になってめそめそする姿が眼に浮かぶようだった。

もちろん、真一には曜子を責めるつもりなど少しもなかった。子どものことに関しては、どんなことでも夫婦は同等の責任を負っているはずだった。

靖子は正義感の強い完璧主義者だ。長年彼女の仕事をしてきて、真一には靖子の性格がよくわかっているつもりだった。靖子は自分自身や物事に対し、いつもあるべき姿というものを思い描く。理想に近づくための努力を惜しまない。向上心があって、上昇志向の強い人だった。そんな靖子から見ると、真一夫婦は物事の本質から逃げ、やるべきことをやっていないというふうに見えるようだった。

靖子はそれなりにオブラートに包んで、ひとわたり言いたいことは言ったという感じだった。こんな言い方で須永さん本当にわかっているのかしら、そんな顔もしていた。

そのあとも、真一と靖子は少し世間話をした。靖子はマスクをかけ、マフラーを巻き、毛糸の帽子を被って帰り支度をしたが、それでもしばらく席を立とうとしなかった。帽子から少しはみ出た前髪を気にして、話をしながら指先でそれを左右に分けて何度も撫でていた。マスクの上の大きな眼が真一を捕えていた。渋いピンク色の帽子を被り、マスクで鼻から下を隠した靖子の顔が、真一には可愛らしく見えてしかたなかった。

「もし亮太君に来てもらうことになったら、わたしびしびし厳しくやるからね」

「ああ、かまわないよ。頼むよ」

真一はそうこたえた。

「二、三日中には必ず返事するから」

靖子はそう言うと、今日はわたしが払うわと伝票を持って立ち上がった。

二日後に靖子から電話があった。仕事の簡単な用件を話し終えると、

「ああ須永さん、こないだの話なんだけれどね、結論から言うとやっぱりちょっと難しい

「……」

と、切り出した。

「わかった。そのことはもういいよ」

真一はすぐにそう、あっさりとこたえた。靖子はまだ何か言いたそうだったが、真一はその話はもうやめようというふうに、わざと話を仕事に戻した。靖子もそこにはもう触れなかった。真一は仕事の話をしながら、今靖子が何を言おうとしたのか考えていた。いくつか、靖子の言いそうなことが頭に浮かんだが、どれが正解なのかよくわからなかった。

電話を切ると、真一は前に坐っている曜子の顔を見たが何も言わなかった。社員の竹内がトイレに席を立ったとき、

「亮太の件だけど、八木さんちょっと無理だってさ」

と、言った。

「そう」

曜子はそうこたえた。

「八木さんのところだっていろいろ大変なんだよ。それにうちとの関係だって、あまりズルズルになりたくないという判断もあると思うよ……一応顧客と業者の関係だから」

「そうね、そうよね」

曜子は冷静に自分を納得させようとしているふうだった。

「亮太にはオレが話すから。今はバイトさん頼むような仕事がないからって……」

真一はそう言いながら、結果として、真一も、亮太も、靖子から拒絶されたのだという思いを、やはり拭い去ることはできなかった。

ふと、世間の片隅で、ひっそり身を寄せ合っている自分の家族の姿が、真一の眼に見えるような気がした。それはふだん何気なく思っているよりも、ずっと矮小で、閉じた家族だった。

10

夕餉のとき、真一が父親を見たのは、一周忌を過ぎたころである。真一はもう食べ終わって、時子と曜子はまだ箸を動かしていた。子どもも一人か二人、テーブルに残っていたのではないか。何ということもない会話を大人三人でしていて、その晩はめずらしく真一が席を立たずにダイニングでくつろいでいたのだ。

真一は少し饒舌になりかけていた。何を話していたかは覚えていないが、喋りながらふっと横を向いて立ち上がろうとしたとき、真一の視線の先に、死んだ父親が椅子に坐っているのを見たのである。

真一は、ああ、と思った。それほど驚きはしなかった。実際には一メールも離れていないところに食器棚があるから、そこに椅子を置いて坐るようなスペースは無いのだが、食器棚と重なるように確かに父親は椅子に坐って、皆の話を聞いていた。別に笑っているわけでも、怒った顔をしているわけでもない。生きていたときと同じように、ほとんど無表情で、しかし話には耳を傾けているというふうだった。真一と眼が合うと、父親は軽くうなずくといったような顔をした。真一も同じような表情で視線を送ると、父親の姿はすうっと消えてなくなった。

真一は、死んだ父親の妻である時子の方を振り返った。母親は何も知らぬふうに、少し背をかがめてまだ箸を動かしながら、嫁の曜子と話をしていた。真一は今見たことは何も言わずに、また二人の会話に加わった。


父親が風呂場で倒れたときも、真一はデスクのコンピューターに向かっていた。二男の悠二が突然ドアを開け、

「パパすぐに来て、早く、大変なんだ、お爺ちゃんが……」

そう急きたてられ、バタバタと階段を走って下りたのだった。リビングでおたおたしながら、

「お爺ちゃんがお風呂場で倒れていたの、わたしここでテレビ見ながらつい眠っちゃって、あんまり遅いからって曜子さんが見にいったら……」

時子がそう説明するのを聞きながら浴室に入ると、曜子がようやく舅を浴槽から引き揚げたところだった。

「パパ、お爺ちゃんが……」

駆けつけた真一に向かって、曜子は今にも泣き出しそうな顔で言った。

真一の父親は脳梗塞の発作で倒れたのだった。二年くらい前から、小さな発作は何度か起し

ていた。いつか二卵性双生児の兄と電話で話していたとき、

「こっちは爆弾を抱えているからね」

と薄ら笑いを浮かべ自嘲的に言っていたが、その爆弾がついに炸裂したのだ。

曜子が引き上げた裸の父親の躰は、背を丸め、膝を曲げた恰好で洗い場に横たわっていた。

脱力したようにまっすぐ伸びた腕の手首から先は、膝頭の上あたりにあった。父親は浴室に入り、扉を閉めてすぐに発作を起こして倒れたようだ。浴槽の縁に顔をぶつけ、湯の張られた浴槽の中に顔を埋めたまま、曜子に発見されるまでの数十分間そうしていたのだろう。真一が見たとき、父親の白い肌には少し赤味がさしていた。膝を曲げ、背を丸めた恰好はどこか大きな胎児のようにも見えた。まるで母親の子袋に還っていくために、自らそういう格好に身を縮めているようだった。

葬儀までの数日、真一は父親が最後に体験した、死の瞬間というものに思いを巡らせていた。

後ろ手で浴室の扉を閉めたとき、父親の背後にすうっと死神が立ったのだと真一は思った。死神はどこか優しく、労をねぎらうように背後から肩に手を置くと、

「もういいだろう」

と囁くのだ。死神に手を置かれた者は背筋が凍りつき、抗《あらが》うことも、振返って死神の顔を見ることもできない。前を向いたまま、あとは死の世界へ踏み込んでいくだけなのだ。

……真一はそんなふうに考えた。そうして、自分自身もいつかそう遠くない日に、同じように背後から死神に手を置かれるのだと思った。曜子ふうに言うなら、そう極めつけたのだっ

た。

しかし、真一の思い込みはあるときから少し変わった。

夕餉の食卓で父親を見てから数か月後、ふと、真一はなぜ父親が現われたのかがわかったような気がしたのだ。

父親は、オレがお前を迎えにくる死神の遣いに決まったと、そう言いに来たのだ。それが死神界の決まりなのか、それとも父親が勝手にやって来たのかは知らないが、ともかく彼は、

「そういうことになったから」

と伝えに来たのだ。真一はそう思った。

考えてみれば日本だけでも一日に数万人だか数十万人の人は死んでいるわけで、死神一人でそんな死のひとつひとつに、いちいちかかずらわっているわけにも、きっといかないのだ。死神から見ても人間にはそれなりのランクがあって、真一のようなその他諸々の者のところには、遣いっ走りをよこすのだ。そういう考え方はいかにも合理的なように、真一には思えた。

それから真一は、今度父親を見たときが、つまり自分自身の人生の終焉なのだと思うことにした。そういう覚悟の決め方は、悪くはないと思った。

ミーが須永家の界隈に戻ってきたころ、真一と曜子は二人で歩いていて井田老人の自転車とすれ違ったことがある。曜子は真一の方を向いてニヤリと笑い、

「あのさあ、井田さんってたぶんあちこち野良猫のたむろしている溜り場に行って、餌まいて

回っているのよ、きっと。今、前籠の中に何か袋が入っていたけれど、あれキャットフードよ」

と、そんなことを言った。

「ああ、そうか……」

真一は曜子の洞察力に驚かされた。言われてみれば曜子の言う通りに違いなかった。毎日、何度も自転車に乗ってうろうろしているのはそのためだったのだ。

たいていそういう洞察力の発揮の仕方は真一の方が得意で、曜子は、ほら、またそうやって極めつける、というのが常だったが、曜子もかなり井田老人を気にしていたということの表れなのだろう。それは、真一が井田老人を亮太の行く末のようだと言ったことと、おそらく関係している。

曜子には、この二十数年の間に、少しずつ真一に感化されている部分もあるのだ。

＊　＊　＊

真一はある夢を見た。

真一自身の野辺送りの葬列の夢だった。夢の中で出てきたような景色は、実際には真一の家の近くにはないし、もちろん野辺送りののどかな習慣もない。どちらかといえば曜子の田舎の里山の風景が近いかもしれないが、それでもなかった。曜子の父親が死んだときは、たしか壇払いの日に集まった十人くらいの親族と僧侶で、村はずれの斜面の墓地まで遺骨を持って歩いたが、その情景ともあまり似ていなかった。

きっと何かの小説を読んでいるときに頭の中で描いた情景が、記憶の中に残っていたのだろう。緩やかな斜面に路が一本通っていて、僧侶を先頭に二、三十人の人が喪服を着てそこを歩いている。道の両側は、下が田圃で、上が野原だった。真一はその野原を、父親と少し離れて歩いていた。

真一の夢には真一自身の姿も映っている。父親と真一の姿はぼんやりとして、おそらく草原の地面の上数十センチの空中を軽い足取りで歩いている。真一は歩きながら、自分の遺骨を墓へ運ぶ人々の葬列を見ている。何かのどかな風景で、真一は安らいだ気分だ。

生きていたときと同じように、父親は真一には何も言わない。ご苦労だったと、ひとこと言ってもよさそうなものだと思うが、それも言わない。父親はときどき真一のほうを振返って、こっちだと言うようにまた前を向いてゆっくりと歩いていく。笑うでも怒るでもない、いつもの静かな無表情の顔だった。

真一は生きている間も、父親とはほとんど会話らしい会話を交わしたことがなかった。

葬列の人々は真一の親戚や家族たちだが、家族の中にはなぜか母親の時子もいた。老若男女が混ざり合った一団は、みな三々五々に少しずつ離れてかたまり、それぞれ勝手に話をしながら歩いている。何を話しているかはわからないが、春ののどかな日差しを受けて、何か愉快そうに見えた。

……ただそれだけの夢だった。ただそれだけの夢だが真一には印象深く、彼は時折その夢を思い出しては反芻する。そうして、その情景の中へ、真一の心は入りこんでいく。

真一はふだん、自分自身を酷薄で不道徳な人間だと考えている。その酷薄さは他人に対してというより、むしろ父母や妻や姉や子どもといった家族や血族に対してという意味である。彼の不道徳は自身のコンプレックスに、いささか偏っているかもしれない読書体験が絡みついたようなものだ。だから結局のところ、馬鹿に知恵がつくと始末におえないといった類なのかもしれない。水清ければ魚棲まずだ、人間も社会も少し汚れているくらいがちょうどいい、彼はそんなふうに思っている。あるべき自分の姿など思い描いたことは真一にはない。人はただ、生きるために生きている。あるがままを享け入れるしかない。

考えてみれば亮太は小さな躓《つまず》きの連続だったのだ。彼は躓くたびに何かを諦め、捨ててきた。それを二十年繰り返してきたのが今の亮太だった。何でもいい、そういう子が熱中できる何かを探し出し、自信を持たせるのが親の務めだと言うなら、真一は親の務めを何も果たしてこなかったことになる。見て見ぬふりをして、ただ手をこまねいてきたのだ。しかし、亮太の人生は亮太のものだ、真一がどうこうすることはできない、彼はそうも思っている。

「まったりでも何でもいい、好きなように生きたらいいじゃないか」

真一は、そう心の中で亮太に語りかける。

そしてまた、自身の野辺送りの葬列を反芻する。

真一の道案内が父親なのだから、亮太の野辺の道行きは真一が先導役になるのだろうと、彼は勝手にそう決めている。

自身の葬列で、一人ぽつんと最後尾を歩いている亮太に、

「あと何十年かたったら、オレが死神のパシリになって迎いに来るさ。オレにできるのはそれだけだ」

そう声をかけてやりたいと真一は思っている。いつか何もないこの草原を、何も喋らず、亮太と二人軽い足取りで、井田老人の待つ三途の川のたもとまで歩くのが、何か楽しみでもあるのだ。

そんなことを想っていると、草原の草いきれが、真一の鼻腔を快くくすぐっていくような気がするのだった。


「こみゅにてぃ」第九二号（2015・3）

■春木静哉（はるき・せいや）1960年千葉県生　1982年より「こみゅにてぃ」同人

どんぶく

水澤世都子

年末に帰省した折、新幹線から降りたその足で、英子は両親に連れられて特養老人ホームに祖母を訪ねた。今年は弟の仕事が忙しくて、年始にならないと帰ってこられないというので、英子ひとりでの帰省だった。いつもは駅まで小一時間かけて迎えに来る父のことを考慮して、なるべく一緒に帰ってくるのだが、弟は三十前にしてもう自分の会社を起こしていて、なにかと忙しそうにしており、予定が狂うことも多かった。

地方公務員をしていた父は、三年前に退職するまでこの特養に勤務していた。そのおかげで、祖母は秋口に希望を出すとすぐに入ることができた。特養はなにしろ安いので人気が高く、常時何人も入所を待っているような状態だが、父のかつての同僚がなにかと世話を焼いてくれたのである。家族は胸をなで下ろした。特に祖母の面倒を見続けてきた父はどれだけ肩の荷が下りたかわからなかった。これでもう祖母のあの、取り乱したむかむかするようなあわれな顔つきを見ないですむのだし、その言動にいちいち振り回されることもなくなるのだから、ほんとうならさっぱりした気持ちで祖母を送り出せるはずであった。だがなぜだかどこかすっきりしない、きまりの悪いような感情が皆の中にあるように、英子には思えてならなかった。

今年のはじめ、この家族から祖父が欠けたが、そのときには誰もこんな妙な感情を抱きはしなかった。祖父は老衰のために食事ができなくなり、脱水を起こして病院に運ばれ、しばらく点滴で露命をつないだが、年が明けてすぐに息を引き取った。以前から衰えが目立ってきていたので、家族はとうに覚悟ができていた。祖父の死はすっきりと自然なことで、与えられた寿命を全うし、終わったということにすぎなかった。悲しみも特になく、家から火葬場へ向かって棺が送り出されるとき、この地方の習慣にならって近所のひとたちが集まってきて、玄関前からずらっと左右に列を作って見送ったが、雷と強風とみぞれの悪天候の中で、列を組んだひとびとはなにか晴れやかな顔をしていた。年寄りが順当にいなくなってくれるのは、まったく幸いなことだとでも云うように。

特養はコの字型のような形をした平屋の建物で、小豆色に塗られた屋根の上に、ずっしりと雪が積もっていた。夏場は色とりどりの花を咲かせているはずの花壇も雪に覆われていて、寄せられた雪が建物の周りに高い壁を作っていた。この除雪作業は、三年前まで父の仕事であった。父は工業高校を出ていて、ボイラー技士や大型運転免許などの資格に加えて、一般にエンジンのついたものを扱うのが好きであり得意だったから、公務員というより用務員みたいな働き方をしていた。雪をくわえこんでかき集めるための、オーガと呼ばれる鉤爪のようなのがぐるぐる回る、怪物じみた除雪機の運転台に飛び乗って、父は煙草をくわえて鼻歌を歌いながら除雪作業をするのだった。ほかの職員が出勤する前に道をつけ駐車場をならして仕上げなければならないので、冬場は明け方に起き出して出勤するような生活をしていたが、ぜんぜん苦ではなさそうであった。父の退職後は、若い職員と中堅職員で交互に除雪作業をやっているらしいが、除雪のあとを見れば誰がやったかわかると父は云っていた。若い職員のほうはまだ攻めこむ度胸が足りないらしい。ハンドルを回して機体を旋回させ、雪を吐き出すシューターの向きを状況に応じて調節しながら進む除雪機での作業は、高度な技術を要するらしくて、くわえ煙草で鼻歌が歌えるようになるまでには何年もかかるらしかった。

若い男性職員が、つららを落とす作業をしていた。つららはまだ小さいもので、櫛の歯のように細いものが幾筋も、屋根にかぶさった雪からぶら下がっていたが、男性は真っ赤なスコップを突き上げて、こそげ取るようにしてかき落としていた。母がその男性職員に声をかけた。男性は振り返って、いかにもひとが良さそうな、ちょっと照れたような感じの笑みを浮かべると、ああ、どうも、と軽く会釈をした。

「いっつもばあちゃん世話なって……ご苦労さんだす」

と母が云うと、男性はますます照れたように目を細め、いや、なんもだす、ともごもごと云った。

「おばあちゃんさお見舞いだすか」

「んだあ。せっかく帰ってきたもんだもの、孫の顔見せねばねえべと思って。これうちの娘」

母は英子の服をつまんで男性の前に引き出した。ふたりはぎこちなく会釈をした。

駐車場に車を停めていた父が追いついてきて、その男性に「おう」と気さくに声をかけた。男性の笑みが母に向けられたのとは違った、親しみのこもったものに変わった。

「あっ、澤野さん、ちょうどいがった。おれ聞きてえことあって」

男性は母に、ちょっとお借りしていいすぎゃ、と断りを入れてから、父を引いて話をしながら建物を回りこんで、どこかへ行ってしまった。なにが楽しいのか、男ふたりの大きな笑い声が聞こえてきて、英子と母は思わず顔を見合わせた。父にはいつまでもおどけた子どものようなところがあって、特に目下の人間に懐かれやすかった。その反動なのか家では無口で気むずかしい面を見せるから、母はあのひとは外面がいいのだと云って、よくこぼしていた。

ガラスの自動ドアをくぐり、建物の中へ入った。すぐ左手に事務所があり、中年の男性がひとり仕事をしているきりであったが、気配を察して顔を上げ、母だとわかると出てきて挨拶した。母は慣れた様子で靴を脱ぎ、スリッパに履き替えて、正面のロビーに置かれた椅子に腰を下ろした。小さなテーブルも置かれており、簡単な応接ができるようになっていた。面会希望があると、職員がそこまで入所者を連れてくる仕組みになっているらしい。両親は二週間に一度は顔を出しているそうで、いつも水筒に入れたお茶と茶菓子を持ってきて、祖母に与えることにしていた。以前に見せてもらった入所の手引きのような冊子には、入所者へ食物を与えるときは食中毒や栄養管理のことがあるため事前に知らせてほしいようなことが書いてあったが、誰も気にしていないらしかった。

ロビーの左右に廊下が伸びており、右手は認知症用の施設に通じていて、左手は寝たきりや重度の介護を要するひとたちのための施設になっているということだった。ロビーの壁には、寄贈された絵や、イベントの写真、施設からのお知らせや本日の献立などがべたべたと貼られている。首にタオルをぶら下げ、腕まくりをした女性職員がやってきて、いま連れて来るんし、と笑いながら、右手に伸びた廊下へ小走りに消えていった。施設内は暑いくらい暖かく、身体を使って働いていればすぐにタオルであちこち拭う必要が出てきそうだった。

しばらくすると、きりきりという車椅子の車輪の回る音が聞こえてきた。英子は立ち上がって迎えようと思ったが、思い直してやめてしまった。ふいに祖母を見るのが怖いような気がしたからである。祖母が特養へ入ったという連絡を受けた晩、英子は夢を見たのであった。祖母が暗く薄汚い、臭気のする廊下を歩いて、気味の悪い建物の中へ消える夢である。なにかで読んだだか見たかした、恐ろしい精神病院のイメージがこびりついたような夢であった。英子は祖母を引き戻そうとして、大声で叫びながら追いかけていたのだが、声は喉に絡まっていっこう出ず、足は重りをつけられたように重たくて、がに股の痛む膝でのろのろと歩く祖母にすら追いつけないのだった。絶望的な気持ちになって、泣き叫んだあたりで目が覚めた。動悸がしていた。英子はひと晩じゅう、眠ると見てしまう夢の続きと、息苦しい浅い眠りの中で過ごした。

先ほどの女性職員が車椅子を押してきて、ふたりの座る椅子の前で止めた。祖母は車椅子の上にちょこんと座っていた。最初に目を引いたのは、祖母の肌の白さときめの細やかさであった。農作業に明け暮れてきたので、祖母の肌はいつも日に焼けて黒かった。化粧水だとか乳液だとかにもとんと縁がなく、おしろいをはたいたことなど、結婚式のときくらいだったはずである。それがいいところのお婆さんのように白い肌になっていて、といっても不健康な青白さではなく、本来の肌の色が戻ってきたというふうだった。祖母と風呂に入ったときに見た尻や腿のあたりの肌は、確かにこんな色をしていたと英子は思った。もともときれいな肌をしていたが、日焼けがとれたことで、九十三にしては驚くほどしわが少なく、なめらかに見えた。祖母の右のこめかみには、ぽっこりと膨らんだ茶色いイボのようなほくろがあるのだが、全体に色白になったためにこれが目立っていた。

「ばあちゃん、このひとたち誰だかわかるか」

と車椅子を押してきた職員が身をかがめ、からかうような声で訊ねた。祖母はぱちぱちと数度まばたきをして、

「はあ、ああ、あれだべ、ヒロコだべ」

と母を見ながら、一番末の妹の名前を出した。二十近くも年が離れたその妹のことを、祖母は昔からかわいがっていたそうだが、生まれつき身体が弱くて、ずいぶん前に亡くなっていた。

「せば、このひとはよ」

と母が英子を指差した。祖母は黒々とした目で英子を見つめた。祖母は目が大きく、ぱっちりしていて、濃く深い、いつも濡れているような光を帯びた黒目をしていた。この目のおかげで、祖母は八十になっても九十になってもどこか少女めいた印象があって、ひとからは「めんこいばあちゃん」だと云われていた。祖母はその目でしげしげと英子の顔を見つめた。相変わらず大きな目であったが、どこかぼんやりしていて、妙に空虚な感じがした。祖母はその目で

だいぶ長いこと英子を見ながら、はあ、とか、さあ、とかつぶやいていたが、やがて、さあ、わからねえ、どちらさんだんすべ、と云った。

女性職員がごゆっくりと云って下がると、母は祖母に持ってきたお菓子を与え、水筒のコップにお茶を注いで手渡した。祖母はコップを持ったままぶつぶつ云って、なお英子が誰であるか思案しているようだった。だが英子のほうを見るでもなく、うつむきがちな目は自分の頭の中にごちゃごちゃとしまわれたものを見ているようだった。

父が入ってきて、無言で椅子のひとつに腰を下ろし、じろりと祖母を見た。祖母は父を見ると、ぱっと顔色を明るくした。黒目に一瞬輝きが戻った。ほう、おめえかと祖母は快活に云って、家のひとたちは皆元気かと訊いた。母がすかさず、家のひとたちって誰のことよ、と訊き返すと、祖母は自分の生家を継いでいる弟一家の名前をずらずらと上げて、嫁や娘や息子、皆元気だろうか、爺さまと婆さまはどうか、稲刈りは無事に終わったのか、などを次々に訊ねた。父はうん、うん、とうなずいて応じたが、どこか投げやりに見える態度だった。

祖母はひとしきり質問を終えると、ほうほう、いがった、皆元気だばいいのだ、と云って、満足そうに大きな音をたててお茶をすすり、むしゃむしゃとお菓子を食べた。それからもう誰にも内容が理解できないようなことを、ひとしきりぶつぶつと云って、小さく声をたてて笑った。英子は祈るような気持ちで祖母を見つめていた。なにかひとことでも自分に理解できるようなことを云いはしまいか、会話の糸口になりそうなものが出て来はしまいかと思ったのだが、祖母は脈絡のないおしゃべりとひとり笑いを気の済むまで続けた。そして最後にひとときわ

おかしそうな様子で、

「こんた所で暮らすとは、夢にも思わねえんだ」

と云って、ほほっ、と口をすぼめて笑った。母がちらりと気遣わしげな目を英子に向けてきた。英子はもういいというようにうなずいた。皆立ち上がった。母が廊下の向こうに声をかけると、先の女性職員が小走りに出てきて、気を利かせて玄関先まで祖母の車椅子を押してきてくれた。

「ところでよ」

靴を履いていると、背後で祖母が急に改まったような口調で云った。

「今度来るときぁ、裁縫箱持ってきてけれ。おれ今年ひとつも針仕事さねえもんだもの、なんと、はあ」

母は一瞬なんのことかと疑るように顔をしかめたが、すぐにそれをゆるめて、はいはい、裁縫箱なんしな、とあやすように云ってうなずいた。そうして職員に目で合図した。職員はうなずき返して、車椅子を押して建物の中へ消えた。

「裁縫箱だと。またなにして急に裁縫箱なんて思い出したべな」

いぶかしげにそう云った母の後ろで、自動ドアが静かに閉まった。透明なガラス戸の向こうには、もう祖母の姿はなかった。ガラスはばかにきれいに磨かれて、ぴかぴかと光っていた。ふと祖母にまつわるあらゆるものが、この向こうに閉ざされてしまったように英子は感じた。祖母が入所した日に見た夢の印象と感覚が、身体の中によみがえってきた。

若い男性職員がまだ玄関のあたりにいて、スコップを手にうろうろしていた。父が近づいていって、二言三言話をすると、男ふたりでまた大笑いした。

「話なのひとつも出来ねかったべ、んだから云ったべ」

と母は英子をいたわるように云った。英子は食器棚から湯呑み茶碗を取り出して、お茶を煎れはじめた母のところへ持っていった。風呂場のほうで、ボイラーがぼーっというなにやら眠たげな、のろまな音をたてて動いているのが聞こえた。

「特養さ入ってからはもう、あの調子だ。みんな忘れて、おとなしいばあちゃん、ちゅう感じだと。ほんとに、なんだかこう、憑き物落ちたみてえに急にな、なあ、父さん」

母は同意を求めるように、父へ顔を向けた。

「……家のこと気にさねえで良くなって、あと頭さなんにもなくなったべえ」

と父はゆっくりと云った。

「父さんを自分の弟だと思っていたっけな」

英子が云うと、父は少し考えこむような顔になった。そのあいだに母が、

「このあいだまでは、ちゃんと息子だと認識していたっけどもなあ。最近だば、ずっと自分の実家のことばっかしだな」

と先に話しはじめてしまった。父はなんにつけゆっくりだが、母は全体に反応が早くてせっかちなところがあり、父の話を奪ってしまうことがよくあった。父の云いたいのとは違うこと

を述べたりもするのだが、父は別に訂正するわけでもなく、そのままにしておくのが常だった。

「それだって、なんとだかわからねえ。あの婆さまの頭さあるのが、どこの家の誰のことだもんだか、あと定かでねえべ」

父は頭の後ろで腕を組んで、のろのろと云った。そしてからかうような口調で、

「家事も気にさねえだっていい、客も来ねえ、電話も鳴らねえ、上げ膳下げ善で湯っこさも入れてけるんだもの、天国みてえなもんだべえ。家さいるのとじゃあ大違いだべものなあ。こんた事だば、もっと早く施設さ入れるんだったなや」

とひとつひとつ数え上げるように云うと、苦笑を浮かべた。母はあきれたような顔を作って、

「このあいだまで、おばあちゃんなんとする、ってわたし云ったたって、うーん、うーん、なんて云って本気にしねかったくせに、なに云ってらんだか」

と云って鼻を鳴らした。父はそれを聞いているのかいないのか、頭の後ろで腕を組んだまま、宙を見つめていた。父はあまり母親似とは云えなかったが、そのぱっちりした黒い目だけは、しっかり祖母から受け継いでいた。

「……しかし長かったたんしな、父さん」

母がふいに口調を改めて云った。んだんしな、と父は云った。

祖母が認知症を発症してから特養に入るまでに、ちょうど十年かかった。十年前、英子はも

う大学を卒業するというころで、四つ下の弟は大学入試を控えていた。ふたりとも結局東京に居着いてしまい、田舎へ帰らなかったので、両親が祖父母の面倒をすべて見てきたような形だが、特に父が退職してからのこの三年は大変だった。母がまだ働いていたので、父は日中ひとりで祖母を見ていたのだが、祖母は家のひとたちに迷惑をかけまいとして、かえって父を非常に苦しめた。自分の役割を忠実に果たそうとして、そのために家族をいらいらさせ、疲弊させた。

認知症になると、自分が一番充実していた時代に戻るというような話も聞くが、祖母の場合は自分が六十くらいの、現役の主婦だと思っていた。ちょうど英子や弟を育てていたころである。家事と孫の世話を一手に引き受ける主婦だから、炊事洗濯などはもちろんのこと、宅配便の配達、新聞の集金などの来客にも対応しなければならない。それを一分前のことも覚えていないような、いまが昼か夜かもおぼつかない人間が、そのときどきの思いつきのままにやろうとするので、いろいろなことが起きた。風呂の湯があふれていたり、真夏に暖房が入っていたり、干してあった洗濯物はいつの間にかどこかへ片づけられてしまい、靴下など小さいものはたいがい二度と見つからないか、とんでもないところから突然出てきた。物の置き場が変わるくらいならいいほうで、鍋だろうがなんだろうが祖母が触るとどこかへ行ってしまって、家じゅうを引っかき回して探さねばならなかった。

祖母は昔のひとらしく、仕事をしていないと罪悪感を感じてしまう人間だったから、始末が悪かった。ちょっと目を離すと必ずろくでもないことをしでかしたので、父は一日じゅう祖母を見張っていなければならず、そのうち神経過敏のようになってしまった。いらいらと怒りっぽくなり、祖母を大声で怒鳴りつけるようになり、しまいにはコピー用紙に筆ペンで、いかにも怒りにまかせたという筆づかいで、「風呂さかまうな」、「ボタン押すな」、「まんま（ご飯）炊くな」、「フタ開けるな」などと書いた張り紙を作り、狂ったようにあちこちに貼った。紙はどんどん増えてゆき、あるとき祖母の部屋の壁に、

「キサ殿。飯炊き、掃除、洗濯など、いっさいするな。自分が何歳かわかっているか。九十の大年寄りだ。黙って休んでいろ。わかったか」

と書いてある紙が貼られているのを見たときには、英子は笑ったらいいのか、どうしたらいいのか、わからなくなってしまった。

祖母はまた、子守をしていた子どもを見失ってしまうという妄想にも取りつかれていた。突然ものすごいような顔で出てきて、大変だ、おれぁ、童子いなくしてしまった、いままで子守していたんだども、いなくなってしまった、と騒ぎ出し、父にすがりついて詫びを云うのであった。

「おれ馬鹿でだ、確かにさっきまでおれ背負っていたんだども。どこさ行ったもんだか、とんとわからねえ。おれ馬鹿でだ、おれ目離してだ。父さん、迷惑かけて申し訳ねえんし。なんとしたらいいべえ。頼むんし、探しに行かせてたい」

一度この妄想に取りつかれると、興奮が鎮まるまで、祖母は童子が、童子がと訴え続けて倦むことがなかった。あれは気違いの顔だ、と母が吐き捨てるように云ったことがあった。眉を

下げ、憐れみを乞うような、相手に媚びすがるような目つきをして、祖母は必死に父にとりすがった。なんとしたらいいべえ、父さん、大変だ、大変だことしてしまった……こんなことを日に何度もされたら、たまったものではない。父はそのうち、情けない顔をした祖母を見ただけで頭に血が昇ってしまい、大声で怒鳴るようになった。黙れ、やかましい、おめえの話なの聞き飽きた、面も見たくねえ、このくそたれ婆あ、死ね、早く死ね、せばなにも気にさねえでいいんだ、うんと楽なっていいんだから、いいから早く死ね……

そうやって父が怒鳴りはじめると、祖母はとたんにしおらしさをかなぐり捨て、ふてぶてしいような態度をみせて、食ってかかった。

「あいや、んだって、ほんとにいねえんだもの。嘘だと思うんだば、探してみてけれ、どこさもいねえんだから。なんだってわからねえったら、この父さんだば。鬼みてえに荒けねえったっていいべよ」

父はもう火がついたように怒ってしまい、いまにも祖母をぶん殴るのではないかとひやひやさせられるような剣幕であったが、手を上げるということは絶対になかった。祖母を無理やり部屋の中へ押しこめ、ドアを乱暴に閉めて、怒りで目をぎらつかせ、ときには肩で息をしていた。やるせなくて暗い憤りだった。気の狂ったような自分の母親をどうにか抑えつけて、父は気分を変えるため、外へ煙草を吸いに出ていった。一時期ずいぶん我慢を重ねて禁煙に成功したはずだったのに、このころには父は一日ひと箱も吸うような愛煙家に逆戻りしていた。

喫煙場所は勝手口を出たところにあって、アウトドア用の小さいパイプ椅子と灰皿代わりのお菓子の空き缶が置かれていた。パイプ椅子に腰を下ろし、空き缶にときどき灰を落としながら緩慢な仕草で煙草をふかす父の背中を見ていると、英子もなにやらつらかった。父の煙草はきつくて、ひどく臭かった。いっそ殴ってしまえれば楽でいいのではないかと英子はときどき考えたが、父は女子どもに、まして母親に手を上げるなどということは、どうしたってできないひとだったし、だからといって目の前の祖母から目を背けることもできなかった。決定的な態度に出るとか、なにかに思い定めてしまうとかいうことが昔から苦手なひとであった。母は合理的な考えをするほうだったから、父のその態度にいらいらして、「みのごなし（臆病者）」だと怒ったが、怒ったからといって父が変わるものでもなかった。

「あの婆さまぁ、ひとりだけ苦労してるんだよ、きょうだいの中で」

父はいつだか、パイプ椅子の上で背中を丸めて煙草を吸いながら、英子に云ったことがある。

「婆さまの親戚に、海軍さ入って横浜さ住んでいたひといたんだな。婆さまぁ昔、まだ結婚する前だども、そこの家さ手伝いに行かされたんだ。嫁さんが、ぼーっとした、なんにもできねえようなひとで、そのくせして童子だけはぼろぼろと産むような母さんでよ、手伝い必要だとって、連れて行かれたんだよ。たぶん、そこの家の童子のことでねえべかと思うんだ。これが手に負えねえような童子たちだったらしくてよ。そんた童子何人も押しつけられたんだもの、婆さまぁ、泣くだけ難儀したべぇ」

父はふーっと煙を吐き出した。白い細い筋がいくつもたなびいて、ゆらゆらと絡まり合っては消えていった。祖母に似た大きな目で、父はじっと煙の行く先を睨んでいた。

「そのあと東京の別の親戚のところさも、手伝いに行かされたんだ。婆さまのきょうだいの中で、ひとの家で手伝いできるようなの、婆さましかいねかったものなあ。それであの性格だべ、意地っこあるもんだから、やり通すわけよ……そらあ、いいように使われたべえ」

父はため息をつくようにして、鼻から口からひときわ大きく煙を吐き出して、煙草を吸い終え、吸い殻を空き缶に投げ入れて立ち上がった。いいように使われたべえ、ということばがいつまでも英子の耳の中に残っていた。

英子はその晩祖母のことを考えて、なんだか眠れなかった。祖母のきょうだいたちのことを思い起こしたり……みんな実にのんびりした無邪気なひとたちだ……あるいは祖母が子守をしていた子どもたちのことを想像したりした。ぼんやりした母親のもとで、野放図にわがままに育ってきた子どもたちは、祖母が必死になって責任を果たそうとすればするほど、ますます手こずらせるようなことをしたのに違いない。不慣れな田舎娘など、格好のおもちゃだったはずである。子どもの姿が見えなくなるたびに、祖母は心臓が止まるような思いを味わい、ほとんど泣きながら探し回ったかもしれないが、それを見て子どもたちはわっと喜び、得意げな顔でうなずきあっていたかもしれない。祖母は標準語など話せなかった。都会のしきたりや風習などなにも知らなかった。祖母が持ち合わせていたのは、まだごく真面目でひたむきな、初々しい責任感だけであった。子どもたちのありふれた悪戯やからかいは、思いがけず祖母の非常に深いところを打ってしまったのだった。

結局、祖母が施設に入ったのは、ふらふらと子どもを探して家を出ていってしまうようになり、自宅に置いておくのも限界になったからで、特養のひとたちからは、よくいままで家に置いていたものだと呆れられたらしい。すぐに入所が叶ったのは、そういう事情もあったようである。

「んだって童子いねえんだもの、いままで背負っていたんだ、おれ預かっていたんだもの、探して連れて帰らねばねえ」

父が家に引き戻そうとすると、いつも祖母は抵抗して叫んだそうである。

そしていまようやく祖母は父の手を離れたのだが、じっと宙を見つめる父の目からは、なにを思っているのか読みとれなかった。祖母がいなくなったことに安堵しているのか、そうでないのか、ほんとうのところはよくわからなかった。一日じゅう仕事を探したり、突然騒ぎ出したりする祖母がいなくなって、家の中がひどく静かになったことだけは確かであった。

その晩、英子は祖母のベッドで眠ることにした。英子が昔使っていたベッドは東京へ進学するときに向こうへ送ってしまい、帰省したときはいつも客間に布団を敷いて寝ていたのだが、せっかく空いているのだからベッドのほうが楽だろうと母が云ったのである。年が明けたら弟も帰ってきて、隣の祖父のベッドに寝る予定であった。正月の三が日を終えてから祖父の一周忌をやることになっていたので、弟はそれまでにはなんとしてでも帰ってくると云っていた。

弟の帰省にあわせて、東京にいる伯母も一緒に来ることになっていた。父は四人きょうだいで、この伯母が長女に当たるが、次女はすでに病没しており、次男の叔父も東京に住んでいるのだが、心臓を悪くしていて、長距離の移動やなにかにあまり耐えられない身体だった。そのため一周忌といっても、英子たち家族のほか外部から来るのは伯母と別家のひとたちだけで、神道なので家に禰宜を呼んで小ぢんまりとやる予定だった。

祖母の使っていた寝具はすべてはぎ取られて、祖父のベッドの上に積まれていた。使い古したらくだ色の電気毛布、くたくたになったパットやシーツ、毛布などが取り去られむき出しになったマットレスは、寒々しく、もう寝るひとがいないことを生々しく訴えているようで、英子は急いで新しいシーツでそれを覆い、上に毛布や綿布団をかぶせて横になった。

その晩、英子は夢を見た。

英子はおんぶひもで祖母の背中にくくりつけられている。薄桜の色をした、きれいなひもである。それが乳房をとりかこむように十字に祖母の身体にまわしてある。祖母は大きな、ごわごわした生地の外套で自分と英子とをすっぽりとくるんでいる。祖母の手製の半纏かもしれない。たっぷりと綿の入った、どっしりと重たくて湿ったような半纏である。祖母は農道らしい細い道を歩いているが、道の両側はひとの背丈ほどもある高い雪の壁である。空は白みがかった濁った灰色で、どこまでも同じ真っ白な景色が続いている。牡丹雪が降っている。風がないので、音もなくひたむきに降っている。風のない雪の日は、怖いくらい音がない。しんと静まり返って、みんな雪にうずもれてなくなってしまったのではないかと思うくらいだ。そしてそれが不思議な安堵をもたらすのだ。なにか重さのあるものに包まれ、くるまれて出られない、沈みこむような安堵である。

祖母は薄紫のスカーフのようなもので頬かむりをして頭の濡れるのを防いでいる。雪の降る地域の人間は、雪の日に傘を差さない。邪魔になるだけだし、手がふさがってかえって危ない。ずり落ちないように英子の尻に手をそえて、少し前屈みになって、祖母は黙々と歩いている。フーッ、フーッ、と音をたてて白い息を吐きながら、一歩ずつ踏みしめるように歩いている。履いているのは、もうだいぶくたびれてきている白い長靴で、歩くたびにぎゅうっ、ぎゅうっ、と祖母の体重を感じさせる確かな音がする。祖母が足を踏み出すたびに、英子はほんの少し揺さぶられたが、その小刻みな振動が心地よかった。長靴の先が泥で少し汚れている。冬のあいだには、こんなほんの少しの土の色でもなにかたまらなくなつかしい。

祖母の背中でうつらうつらしながら、英子はどこへ運ばれて行くのだろうと考える。身体が熱っぽいような気がする。とすると、風邪を引いたのだろうか。それとも突然原因不明の熱が出たのだろうか。英子はたびたびそれをやって、祖母をあわてさせたという話だった。急に高熱が出て苦しみだすので祖母はすっかりうろたえてしまい、あわてて父の職場に電話する。のんきな職場なので、父はすぐに家に帰ってくるのだが、そのころにはもう嘘みたいに英子の熱は引いているのである。祖母はそのたびにばつの悪い思いをし、嘘でねえ、と父に云いわけしなければならなかった……すると英子は、いま病院へでも運ばれているのだろうか。それともその帰りだろうか。

おそらくは自分の熱と、祖母の体温とで半纏の中は不快なほど暑かった。湿布の匂いがした。祖母は膝が悪いのでいつも湿布を貼っている。祖母のたんすに入っている樟脳の、鼻につく匂いもする。夏のあいだ樟脳のたっぷり入った衣装ケースにしまわれていた冬物の衣類は、秋口に取り出すと臭くてしようがなかった。祖母はそれらをみんな一度軒先に干して、匂いを抜かなくてはならなかった。母がいまどきは無臭のものがあると云っても、祖母は昔のがあるからそれを使い切ったら、と云ってきかないのだった。

それにしても半纏の中は暑かった。英子は息苦しいような気がしてきた。いやいやするか泣いてしまおうか、というとき、ふいに小刻みに続いていた振動がやんで、冷たい風が頬に当たった。祖母が立ち止まり、半纏の襟口を広げ、首をねじってのぞきこんできたのだ。英子の額に、爪の中が真っ黒になったざらついた手を当て、なにかぶつぶつ云ってから、祖母は半纏を少しゆるめてまた歩き出した。顔の周りに風が通って気持ちよかった。英子は眠くなってきて、うつらうつらした。祖母が低い声で歌をうたいだした。子守歌のようなものだった。昔は、歌うたいのようないい声をしていたと祖母が云っていた。学校の音楽の成績がよかったとも云った。連れ合いの耳が遠くなり、大声で叫ばなければならなくなった、おかげでこんな声になってしまった、歌っこ歌いみてえな、いい声だったども、しゃ……低くかすれたような、しゃがれた声がなにか懐かしい歌を口ずさんでいる。ゆるんだ半纏の隙間から、雪が落ちてきて頬に当たる。すぐに冷たく溶けて気持ちがよかった。まつ毛に雪が乗って、長いこと時間をかけて水滴になり、目のふちを通って流れていった。

……目が覚めたとき英子は泣いていた。静かにさめざめと泣いたあとのような感じがあり、青ざめたような、押しつぶされたような胸の苦しさがあった。寒いからと寝間着の下にあれこれ着こみすぎたせいで、ほてって寝汗をかいていた。頭が重くだるかった。

これは英子の一番古い記憶だが、夢にまで見たのははじめてだった。英子の親戚には身体の弱いのが多かったが、英子もまた喘息持ちであまり丈夫でなく、子どものころはしょっちゅう医者通いをしなければならず、また動くとすぐに息が切れてしまって、小さいうちは祖母がよくおんぶしてくれた。母は生まれつき少し脚が悪くて、子どもをおんぶして歩くようなことは向いていなかったので、英子はもっぱら祖母に背負われて育った。それでなくとも両親は日中働いていたから、祖母と過ごした時間が一番長かった。なにかあったときに飛びついていくのは、母の胸でなくて、祖母の豊かな尻だった。英子が尻にかじりついていると、祖母は英子をあやすように、なだめすかすように、ゆらゆらと軽く尻を揺さぶりながら、野菜を洗ったりしていた。そういうとき、祖母はよく低い声で歌を歌った。畑仕事だとか、洗い物だとか、仕事をするとなると、調子を取るために歌を必要とするひとだった。

明け方だった。もう眠れそうにないという予感がしたので英子は起き出した。ひどく静かなので、カーテンを開けて外をのぞいてみると、やはり雪が降っていた。水分を含んだ、粒が大きく重たそうな雪で、夢の中と同じく愚直に落ちていた。それが黒い闇の中に、無数の白い筋を描いていた。雨には音があるが、雪には音がないというのは不思議だった。雪は綿かなにかのように、音や衝撃を吸収してしまうのだろうか、と昔考えたことがあった。英子は冬生まれで、やっぱり自分の生まれた季節が一番自分にしっくりくるものだと思っていた。雪はとりわけ好きだった。英子のような内気な人間には、雪は頼もしい友だちで遊び相手だった。雪の上に寝転がっていると、雪は英子を楽しませ、喜び迎えるように次々に降ってきた。かまくらを作ってその中にもぐりこめば、そこは薄暗く静まりかえって、周囲から守られた厳かな空間であった。口に含めば優しい甘さを持っていて、触れば冷たいくせにどこかふわふわして温かい感じがした。春になって雪がなくなってしまうと、英子はなんだか風景が急にのっぺりしてしまったように感じて、寄る辺ないような、満たされない気持ちを味わうのだった。

まだボイラーが動かないので、寒かった。英子はハンガーラックにかけてあった綿入りの半纏をとって、身体に巻きつけるようにして着こんだ。この半纏は祖母の手作りだった。暗赤色の生地でできていて、祖母の昔の、もう着なくなった着物で作ったのだという。中にはたっぷりと綿が入っているので、分厚くて手応えがしっかりしており、心地よい重さがある。尻のあたりまで覆うほどの丈があり、大きめの作りである。この手の半纏のことを、英子のところでは「どんぶく」といった。英子はこの「どんぶく」という語感が子どものときから気に入っていて、秋口になるとどんぶくどんぶく云いたてて、祖母に着せてもらった。当時着ていたどんぶくは、女の子らしい明るい赤の、かわいらしいものだった。重たいどんぶくに袖を通すと、英子はその包まれて少し圧迫されるような感じに安心したものだった。

このどんぶくを、家族は全員持っていた。すべて祖母の手作りで、男ものは暗い青や鼠色の生地でできており、女ものは赤や明るい茶色だった。英子はいまだに冬場帰省したときには欠かさず着ているが、ほかにいくらでも軽くて暖かい服があるいま、こんな着物を好んで着たがるひとはあまりいなかった。祖母自身も年をとってくると重いのをいやがって着なくなり、毎年義務のように着続ける物好きは英子と、死んだ祖父くらいのものだった。

祖父が死んだときにも、祖母の手製のどんぶくを着ていた。晩年の祖父はほとんど骨と皮ばかりになって、いつも寒がっており、裏起毛になった肌着を何枚も重ね着し、その上にさらにセーターなどを何枚も重ねて、一番上にどんぶくを羽織っていた。夏の暑い盛りをのぞいてほとんどいつもどんぶく姿で、最後に入院したときもそうだった。祖父のどんぶくは藍鼠色の生地でできており、もう長いこと着続けていたので、肌色の裏地がすっかり茶色く変色しており、祖父の体臭が染みついて落ちなかった。

祖父は別に、祖母の手作りのどんぶくに対して、愛着めいたものを持って着続けていたのではなかった。祖父は愛情深いたちではなく、そんな感傷など入りこむ隙のないひとであった。ひと嫌いの気があり、なんでも自分ひとりでやることを好み、人間関係のわずらわしさをひどく嫌っていた。祖母に対しては夫としての愛情を持っていたというよりも、いろいろと心のうちに溜まったものを遠慮呵責なくぶつけられる相手と見なしていて、よく祖母に癇癪を起こして怒鳴り散らした。怒鳴り、罵り、見下したような目つきで見ていたが、暴力を振るうことはなかった。そんな勇気などなかった。祖母も祖父の底にある臆病さを見透かしていて、あるいは許していて、なにを云われてもはいはいと云っていっこう意に介さなかった。だから祖父は自分のどんぶくを、ただ着慣れたものだったために、そして暖かいものだったために着続けていたに過ぎなかったが、そのどんぶくは祖父の棺に入れられて、一緒に焼かれた。祖父が長いあいだ愛用していたものといえばこれきりで、家族にとってそれが祖父だというような印象を与えるものだったからである。

英子は無意識になにかを求めるようにどんぶくの袖をなでさすった。生地のざらついて冷たい感触が心地よかった。英子はベッドに戻ると、膝を立てて座り、その上に顎を乗せ、ぐっと丸まった。そうするとどんぶくの中にすっぽりくるまれるようになった。自分の呼気で、顔全体が暖まってきた。少し眠たいような気がしてきて、英子は目を閉じた。祖母はいまごろ、特養にいて、どんなベッドで眠っているのだろうとふと思った。それから特養の暖房が利いた変な暑さを思い出した。祖母が入所するとき、母は寒がるといけないからと温かい衣類を持たせようとしたが、必要ないと断られたということだった。あんなに夏のように暑いのでは、確かに必要ないに違いない。そう云えば、祖母のどんぶくはどこにあるのだろう……英子はうつらうつらしながら考えた。祖母のどんぶくは明るい茶色だった。おそらくは物置のどこかにしまってあるはずだ。あとで探そう、と思った。

祖父が年のはじめに亡くなったから、今年は正月はなかった。暮れの大掃除をすませ、神殿の飾りつけを終えると、あとはすることがなかった。英子の家はよくある小さな神棚ではなく、床の間の奥に神殿専用の部屋がある。小さい部屋だが、祭壇が組んであり、上に鏡や幣束、三方などひととおりの祭具が乗っている。新年が来る前に榊をそろえ、幣串につける紙を新しく切って準備しなければならない。それは昔から家長の仕事ということになっていて、いまは父がやっている。何年か前までは祖父の仕事だったが、こんなちょっとした仕事にも性格があらわれるので、祖父は紙の切りそろえ方や飾り方などいかにも律儀に、非常にきっちりしていたが、父はどちらかというと大雑把で、それなりに見えればいいという感じだった。

ぼんやりしていると、母がやってきて、祖父のベッドの上のものをどこかへ寄せてほしいと云ってきた。

「いまのうちにそっちのベッドも準備しておくべえ。父さんさ訊いたら、とりあえず小屋の二階さ置いたらいいべ、って云ったっけもの、英子、悪いども持ってってけれ」

英子は窓の外を見た。もう夕方で、暗くなりかけており、雪が降っていた。面倒だなとも思ったが、しようがないので、英子は祖父のベッドの上に乗っていた祖母の毛布やシーツ類を袋にまとめ、上着がわりに自分のどんぶくを羽織って、外へ出た。

日の暮れかけた薄紫色の中に、雪がとめどなく降っていた。小さな丸っこい粒が威勢よく落ちてきて、どうも止みそうにない降り方だった。家から突き出したボイラーの煙突が、ぼーっという例ののんきな音をたてて煙を吐き出していた。英子の息も白く煙のように口の周りにわだかまりを作っては消えていった。ボイラーの音や煙は、冬にはとても頼もしい感じを与え、安心感をもたらした。そいつを治したり、そこらの雪をみんな吹き飛ばす除雪機を操る父も、冬場にはひどく頼もしいものに思えた。

実家には小屋がふたつあった。除雪機など大きなものをしまっておける小屋と、一階が車庫として使われていた古い、木造の小さい小屋とである。小さい小屋の二階は不用品置き場のようになっていて、ひどくきしんで揺れる、おっかないような木組みの階段を上ってゆくと、千歯こきや大きなふるいなどの昔の道具があって、どれもほこりをかぶってすすけたようになっていた。昔の蓑や編笠、使わなくなったこいのぼりや祭のときの旗、英子が小さいころに遊んでいたおもちゃやぬいぐるみ、なにが入っているかよくわからない茶箱や桐箱、風呂敷包みなども置いてあった。壁には熊手や鎌、鍬などの農具がずらりとかかっていて、どれもみんな古く、鉄の部分は赤サビに覆われていて、たががゆるんでいたりした。不要になった古いものが、処分するのも面倒でみんなここに集められ、ただ打ち捨てられているという場所だった。小さい窓がひとつあったが、一部にひび割れが入っていた。ずっと以前に、ばかなカラスだか鳶だかが激突したときにできたもので、上からテープで補強してあったが、黄色く変色して、べとついていてもう剥がれそうになかった。

入り口のシャッターを開けて小屋に入ると、湿ったカビ臭い、鰹節のような匂いがする。英子はこの匂いがとりわけ好きで、鰹節もそのまま食べてしまうほど好きだった。小屋の匂いが好きだから鰹節が好きなのか、鰹節が好きだから小屋の匂いが好きなのかはわからなかった。一階には、以前は祖父の小型車が置いてあったが、祖父が免許を返上したときに廃車にしてしまったので、いまは空っぽで、コンクリを打った床が冷え冷えとしていた。祖父はその小型車で農道を時速八十キロで驀進するために、神風タクシーと呼ばれていた。

きしんで揺れる階段を上がって二階へ行くと、ものがごたごたとつめこまれた、見慣れた景色が英子を迎えた。階段の脇にあるスイッチを押すと、天井からぶら下がった裸電球がぽっとついて、あたりを暗い橙色に浮かび上がらせた。明かりがつくことによって明るくなるはずなのに、部屋の隅や物陰の暗がりはますます濃くなるような気がするのは、昔から不思議だった。

英子は空いていた一角に袋を下ろすと、ひと息ついて小屋を見回し、ふと昔を思い出して、窓際に置かれた茶箱のひとつに腰を下ろしてみた。

英子は子どものころよくこの小屋に閉じこめられた。たぶんなにか悪さをしたために、母に懲罰がわりに閉じこめられたのだが、たいていは、悪さをしたのが原因というより母の虫の居所が悪かったことのほうが原因だった。母は普段は気のいいひとだが、気分の変化が非常にはっきりしており、たまたま機嫌が悪いときに英子がなにかやらかすと、もう専制君主のような顔つきになって、ほとんど喜び勇んで英子に小屋行きを命じ、シャッターをおろしてつっかい棒をかって閉じこめてしまうのだった。昔から、母が怒りにまかせて乱暴に扱えるのは英子だけであった。

一度小屋へ閉じこめられてしまうと、しばらくは外へ出してもらえなかったが、英子は不思議とそれが怖いとも、不安だとも思わなかった。どのみちいつかは外に出ることができるとわかっていたし、母が意地になったように英子を閉じこめ続けているあいだ、家でどんな顔をしているかということを考えると、悲しいながらなにかおかしいような気がしたので、そのおかしみだけで慰められ、小屋にじっとしていられるような気がしたのである。それでほとんどの時間を、窓辺に置かれた茶箱のひとつに腰かけて、あたりを眺めたりして過ごした。

英子は小屋に親しみを感じていた。正確には、この小屋にある古びていじけたような、不要のものどもに親しみを感じていた。そのころから英子はもう、自分があまり必要とされる種類の人間でないことを自覚していた。集団が嫌いで、ほかの子どもたちが夢中になっている遊びにもあまり興味がなかった。小屋にひとりでいるときには、そういうものに巻きこまれる心配がないのでかえって安心なくらいだった。

窓のすぐ下に年老いた梅の木が植わっており、花が咲いて実がなる時期にはいつまでも眺めていることができた。緑の葉に包まれているときにも、葉を落として裸木になっているときにも、梅はごつごつして黒ずんだ老いた肌をさらして、いかにもどっしりして長持ちのしそうな格好をして立っていた。それを見ると英子は慰められ、安心できた。それは永久に変わりない姿勢で、いつまでもそこにいそうに思えた。

梅の木の先に細い用水路が流れており、それが隣家の敷地との境界線の役割を果たしていた。田圃があるので、集落じゅうに用水路がはりめぐらされているのである。そのためどこにいても、いつもちょろちょろと水の流れる音がした。雪解けの時期には、それはどうどうと威勢のいい音になり、雪の下に埋もれていた草くずやごみのようなのを巻きこんで、勇ましく突き進んでゆくのであった。

小屋の裏には防雪用の杉の木が植えてあって、その前に薪が積まれて青いビニールシートがかけられていた。そのあたりの土には、なんのためにやったのか知らないが、瓶や瀬戸物のかけらがたくさん埋められていた。そのため日が当たると茶色や緑や透明に光って、美しかった。特に夕暮れどきには、そのあたり全体が夕日にまともに照らされるので、独特の赤く暗い感じに光った。

杉の向こうにはつきあたりの山まで延々田圃が広がっていて、その一角が英子の家の田圃だった。田圃は季節ごとにさまざまな色をしていて、そこで働くひとたちの姿を見ることができた。たいていは各家の年寄りたちで、かがみこんでなにかしていたり、あぜ道に立ってじっと田圃を見つめていたり、皆思い思いに、好き勝手なペースで仕事をしていた。稲刈りを終え土がむき出しになった黄土色の田圃の上には、もう働くひともなくて、その枯れたわびしい、誰にも顧みられない寂しげな感じは英子にかえって親しみを感じさせた。収穫が済み役目を終えたというような、満ち足りた豊かさも感じさせた。

ある晩秋のことであるが、英子はずいぶん長いあいだ小屋に閉じこめられていたことがある。おそらく母が特別いらいらしていたのだと思うが、その日午後まだ明るいうちから小屋の中にいたのが、日は山のかげにどんどん傾いてゆき、強烈な夕暮れの光をあたりにばらまいて、やがて沈んでしまった。真っ赤な夕日の色にかわって淡い薄紫色が静かにあたりをひたしはじめた。英子は無性に寂しくなってきた。そして寒くなってきた。時計がないので、どれくらい時間がたったかわからなかった。ふと小屋の中を見渡すと、あたりは知らぬ間にひたひたと濃い黒い影に覆われつつあって、それが茶箱の上に乗った英子のすぐ足下まで迫ってきていた。茶箱の周囲だけは、まだ窓から差す光の余韻に包まれて無事で、いまやそこが唯一の犯されない聖域のようであった。英子はふいに恐怖におそわれた。小屋全体を飲みこもうとしている闇の中から、壁にかけられた鎌や熊手や鍬、いろいろな古いものが、急に自分に向かってきそうな気がしたのである。そういう連中が、闇に紛れてこちらの様子をうかがっているような気がしたのである。英子は無事な部分にすがるようにあわてて茶箱の上に足を引き上げ、膝を抱えてぐっと丸まった。窓の外を見ると、あたりは薄紫から濃い暗紫色に変わっていて、最後の日の名残りももう幾許もなく消えようとしていた。

そのとき、小屋のシャッターが開く音がした。シャッターは古かったので、開閉時にキーキーと耳障りな、小さい獣の叫び声のような音を立てる。英子はびくりと身体をふるわせ、茶箱の上で身をひそめた。祖母が英子を呼ぶ声がした。

「英子、なにした、おとなしいこと、寝ってらが、降りてこい。ばんばぁ、膝悪いして階段上ったりなんだり、できねえから」

祖母の声はいつもと変わりなかった。それどころか、「膝の悪いばんばあ」を揶揄しからかうような、陽気な響きすらあった。その響きが、祖母の低い、老い枯れた重みのある声が、英子の恐怖を一気に消し去った。影のことは頭から消えてなくなってしまった。英子はぱっと立ち上がって、安堵に満ちて階段を駆け下りていった。階段の薄っぺらい板は英子のすばらしい勢いにたわんだかに思えた。

祖母は料理をするときの格好をしていた……割烹着を着て、手ぬぐいで頭を覆い、長靴を履いて立っていた。祖母はひどいがに股で、しかもやや左に傾いでいて、バランスをとるためかちょっとのけぞって腹が突き出たような姿勢をしていたが、その姿には不思議と安定感があった。歩くときだってがに股でゆさゆさ、のろのろと歩くのに、祖母がぐらついたりよろめいたりしたところを、英子は見たことがなかった。

祖母は左手に英子のどんぶくを持っていた。祖母に飛びかかっていくと、祖母は英子の頭をざらついた黒い手でなでて、英子にどんぶくを着せて、お腹の上でひもをちょうちょ結びにした。それから割烹着のポケットに入っていたジュースとどら焼きを出して、英子に差し出した。英子はすぐに食べはじめた。自分が空腹だったことにそのときはじめて気がついた。祖母はなにも云わないで、英子が食べ終えるのを待っていた。慰めのことばひとつなく、いたわるような気配もどこにも見出せなかった。それで英子は満足した。小屋行きは英子のというより、母の問題だったから、別に気にする必要はないのだった。そんなことで騒ぎ立てるのは無意味だったし、みっともないことだった。英子と祖母はそれを知っていて、その秘密を共有していた。そして誰にも云わなかった。英子は祖母とそんなふうに、ほかにもたくさんの秘密を共有していた。英子との秘密だけでなく、祖父のや、自分の娘息子のや、いろんな秘密を祖母は抱えていたはずだが、その重さを感じていないかのように、祖母はいつでもどこか軽やかだった。

英子がどら焼きを食べ終わると、祖母は英子の手を引いて、家へ連れ帰った。

「寒かったべえ」

のろのろと歩きながら祖母は云った。うん、と英子はうなずいた。

「小屋さ入る前に、どんぶく着せてやればいかったんだどもなあ」

祖母は素朴に反省するような調子でそう云って、振り返って小屋を見上げた。英子も振り返った。小屋の外側を見るのは、内側にいるのとぜんぜん違った。黒ずんだ木でできた小さい小屋は、別に怖い場所のようには思えなかった。電気をつけたらよかったんだ、と英子はこのとき気がついた。そしてばかだったなと思った。英子はもう気を取り直していた。どんぶくを着て暖かく、腹が満たされていて、祖母がいるので云うことがなかった。だいたい英子は単純なたちで、その三つがそろっていれば、あまり文句も云わないでいられた。

……英子は茶箱から立ち上がって、きしむ階段を下りて小屋を出た。雪の降り方が激しくなっていた。小走りに家へ向かうと、父が防寒着を着こんで出てくるのとぶつかった。

「おお、ちょっと雪寄せしに行ってくるでえ。いま頼まれてよお」

父は近所の家の名前を上げて、足早に除雪機のしまってある小屋へ入っていった。その家は年とった夫婦と、障害のあるひとり息子がいるきりで、冬場になると雪かきに困るので、集落のひとたちが交代でやっていた。仕事ができて嬉しそうな顔をしているな、と英子は思った。エンジンのついたものを動かすなら、中身がなんでも父は喜んで引き受けるのだ。

除雪機のエンジンがかかる音がし、父が運転台に乗って出てきた。ヘッドライトが煌々と除雪機の前方を照らしていた。その明かりの中に、雪が速い速度で落ちてくるのが浮かび上がって見えた。英子は除雪機が家の前の道を横切り、どこかあぶなっかしい感じで角を曲がって、農道へ出てゆくのを見送った。雪の勢いがすごいので、除雪機はその向こうにぼやけたように見えた。正月はずっと雪かもしれないと英子は思った。

年が明けてから、弟と伯母が連れ立ってやってきた。伯母は迎えに出た英子のどんぶく姿を見て、いつまでもそんなもの着ておじいちゃんみたいね、と云って笑ったが、すぐにどこかなつかしそうに目を細め、英子のどんぶくに触った。それから靴を脱いで上がり、神殿に入っていって、長いこと出てこなかった。様子を見に行ってみると、伯母は祖父の写真の前で背中を丸め、じっと頭を垂れていた。

英子はふと、火葬場で祖父が焼かれているあいだ、伯母と一緒に火葬炉の前で待っていたのを思い出した。伯母は「お父さん、熱いでしょう」と云って何度も茶碗の水を取り替えに行ってては新しいものを持ってきた。それを眺めながら、英子は稲刈りの終わった枯れ草色の田圃でゴミを焼く祖父を思い出していた。ドラム缶を持ち出して設置し、下のほうに空けた窓から薪をつめて、新聞紙を丸めて火をつけ、缶の中へ放りこむ。火ははじめじりじりと薪を焼き、なかなか盛大には燃え上がらない。だが辛抱強く待っていると、少しずつ勢いが強くなってきて、やがてドラム缶の上からもうもうと煙がたちこめるようになる。むせ返るようなけぶい匂いがあたりに広がり、一面の煙で景色がかすんでしまう。祖父は小さな折りたたみ椅子に腰を下ろして、ときどき火ばさみを窓から差し入れ、中を器用にかき回した。

英子は火が燃えるのが見たくて、よく猫車にゴミを積んで運ぶのを手伝った。祖父は無口で、孫にすら愛情めいたものを注げるようなひとではなかったが、英子を邪険に扱うわけでもなかった。英子がおぼつかない足取りで猫車を押しているのを見て助けるでもなく、転倒してゴミをぶちまけてしまっても叱るわけでもなく、英子が猫車を起こし散らばったゴミを集めてやり直すのをじっと待っていた。英子は気の小さいたちなのに、祖父の前では失敗して焦ったり、恥ずかしがったりする必要を感じなかった。祖父はしょぼくれた小さな目をしていて、それをちょっと動かして英子を見ると、もう関心がなさそうにそらしてしまうのだった。祖母の大きな目からは良くも悪くも逃れられないような感じがしたが、祖父からはそういう感じを抱かなかった。英子が猫車を押してよろよろとやってくると、祖父はゴミを火ばさみではさんで、ドラム缶の中へ次々に投じた。それから折りたたみ椅子に腰を下ろして、ゴミが燃え尽きるのをじっと待っていた。

ほんとうは祖父は存外気が長いほうなのではなかったか、それとも子どもだからと辛抱してくれていたのだろうか、と英子は祖父が焼かれるごうごうという音を聞きながら考えていた。祖母によくかっとなって怒鳴っていたから、皆祖父は気が短い人間だと思っていた。母など、なにが祖父を怒らせるかわからないのでずいぶん気を遣っていた。だがほんとうにそうだったのだろうか。祖父は最後まで、祖母以外の誰にも自分を明かさなかった。葬式のあとの会食でも、祖父の思い出を話すひとは誰もいなかった。祖父の秘密を理解していたはずの祖母は、祖父が入院するとすぐにその存在ごと忘れ去ったようになってしまって、あるじのいなくなった隣のベッドを数日のうちに自分の着替え置場のようにしてしまった。祖母の着替えが広がったベッドを眺めていると、祖父の藍鼠色のどんぶくのことが、なぜかしきりと思い出されたものだった。それがここにあったらどうだったろうと、考えてもしようのないことを考えたりしたものだった。

弟と伯母が増えると、家の中が急ににぎやかな感じになった。酒が入った騒がしい夕食を終え寝る段になって、伯母は腰の具合が悪いから、できたら客間の布団でなく祖父のベッドに寝たいと云い出した。それで英子の横に眠ることになった。

英子も伯母も、酔いがまだ少し残っていた。真っ暗だと眠れないという伯母のために、部屋の豆電球をつけてあった。薄暗い明かりの中で布団をかぶって、ふたりはどちらからともなく話し出し、とりとめもないことを話し合った。

「さっき英子のどんぶく見てから気になっていたんだけどねえ、わたしも持ってるのよ、おばあちゃんのどんぶく……もう何十年も前、東京に出るときにくれたの……あれ、どこいったのかしらと思ってねえ……重いし、なんだか田舎くさくて、そのときは、なによこんなもん、なんて思ってさ、着たことなんてあったかどうか……だけど捨てた覚えもないし、どっかにしまってあると思うんだけどねえ……」

帰ったら探してみようかしらね、と伯母は云った。そしてふいに思い出したように鼻を鳴らして笑った。

「わたし、昔身体が弱くてね、いつもどんぶく着せられてたのよ。風邪引くとひどいからって、暑いったって無理やり着せられてね。脱ぐと怒られたんだから。覚えてないけど、死にそうになったこともあったみたいで、それでおばあちゃん神経質になってたのかしらね。信じられないでしょ。ひとりだけどんぶく着てるなんて、なんだか恥ずかしくて、あれはいやだったわねえ」

伯母はなつかしむように云って、ため息をついた。自分が小さいときもそうだったな、と英子は云った。英子が風邪を引かないようにと、祖母は過剰なほど気を配っていた。ちょっと寒くなってくると必ずどんぶくを着せられて、帰ったらうがいと手洗いをやらされた。伯母はあまり好きではなかったようだが、英子は祖母にどんぶくを着せてもらうのが好きだった。その気遣われている感じが好きだった。風邪を引くと必ず喘息の発作が出て、英子はぜえぜえと死ぬような思いで息をするはめになったが、そんなとき祖母はまるで自分の責任だとでもいうように、英子の枕元についていて、しきりと英子の胸に手を当ててなでさすったり、励ますように布団の上から叩いたりするのであった。

伯母がもう寝ましょうと云ったので、英子も黙った。話すのをやめると、耳鳴りがするほどの静けさが寝室に広がった。英子はしばらく目が冴えていたが、布団の中の温みに誘われるように、やがて眠りに落ちていった。

そうして英子はまた夢を見た。

祖母が前屈みになって、赤ん坊を背負って雪道を歩いていた。雪が深かった。一歩ごとにずぶずぶとめりこんでいってしまう足元の雪に難儀をして、祖母は左右に身体を揺すり、力をこめて一歩ずつ足を引き抜くようにしながら慎重に歩いていた。

あたりは暗かった。花びらのような大ぶりな雪が、ひとをからかうようにひらひらと舞っていた。空気が澄んで冷え切っており、どこか朝まだきの、一日がはじまる前の静かな、厳かな気配があった。それなら、道がついていないのもうなずける。だが祖母はこんな雪かきもまだの、ほとんど夜も明けていない時間に、どこへ行こうというのだろう？

　祖母はいつも雪の日に出歩くときにかぶるスカーフではなくて、小屋にある編笠をかぶって蓑を着ていた。英子はそれが使われているのを見たことがなかった。小屋の二階にひっそりとぶら下がっていて、誰にも見向きもされていなかった。それをなんだって祖母はわざわざ出してきたのだろう。

　祖母は英子の見たことのないところを歩いていた。雪の向こうに民家がちらほらと見えたが、どれも現代ふうの建物ではなくて、古い茅葺きの、平屋の農家のようだった。以前近所に一軒だけそういう家があったが、維持管理が大変だというので、もうずいぶん前に壊されて現代的な家が建ってしまっていた。

　祖母は難儀をしながらのろのろと、一歩ずつ確実に踏みしめながら歩いていった。進むにつれて陽の光が少しずつ差しはじめ、闇をはらって、朝が来た。祖母は辛抱強く雪をこいで歩き続けた。すると鉄道の線路に出た。それは祖母の歩く道を横切ってゆるやかなカーブを描きながら、雪原の向こうへ伸びていた。祖母はそのはるかな先をちらりと見やると、また首をもとへ戻して線路を越え、黙々と歩いた。

　線路を過ぎると、景色はしだいに閑散とした農村から、町場へ移っていった。積もった雪もだんだんとかさが減ってゆき、広々とした景色から、民家や商家が櫛比する、息苦しいような町並みへと変わっていった。ひとびとは起き出していて、一日の活動がはじまっていた。あちこちの店に思い思いののれんがぶら下がっていた。祖母はときどき道を訊ねながら、べちゃついた細い路地を幾度もあっちへ曲がり、こっちへ曲がりして、やがて一軒のいかにも裕福そうな、門構えの立派な家の前に着いて足を止めた。

祖母はしばらく思案するようにその場に突っ立っていた。だがやがて意を決したように門をくぐり、屋敷の中へと足を踏み入れた。雪をかぶった庭を過ぎて家の前まで来ると、「どうも、どうも」と声を上げげた。

重たそうな引き戸を引いて、中から女中らしき若い女性が出てきた。女中はいぶかるような顔をして祖母を見やった。祖母はなにやらそのひとに頼みこむような口調で話をした。女中は驚いたように目を見開いた。疑わしげな態度が消えて、顔に同情するような色が浮かんだ。祖母の話を聞き終わると少し考えていたが、すぐにうなずいて家の中へ引き返した。

しばらくたつと、その女中がふたたび出てきた。そうして祖母に駆け寄って、家の中へ引き入れた。入った先は、広い土間になっていた。祖母はそこで若い女中に云われるままに編笠を取って、上に積もった雪を外へ向かって払い落とした。笠の下から現れた顔は、たしかに祖母に違いなかった。だがうんとうんと若かった。白黒の古い写真で見た祖母よりももっと若く、出迎えた女中とあまり変わらないくらいの若さだったが、右のこめかみにあるイボのようなほくろが、たしかに祖母であるのを物語っていた。日に焼けた頬は上気していて、大きな目が思いつめたようにぎらぎらと輝き、口元が不安げに引き締まって、長い距離を歩いてきたために、髪の毛が乱れ汗で湿って、しわのないなめらかな額に幾筋か貼りついていた。頭から湯気が出ていた。

編笠に続いて蓑を脱ぐと、その下から祖母がいつも着ていた、明るい茶色のどんぶくがあらわれた。祖母はそれで背負った子どもごと自分の身体を包んでいた。

家の奥から、年配の、恰幅のいい男が出てきた。肩幅が広く、権威や威厳というものを示すことに慣れたような身ごなしであったが、眼鏡の奥の細い目はどこか剽軽そうな、親しみやすい印象を持っていた。祖母は男の姿を見ると、深々と頭を下げた。女中がその男に取次をした。男はうなずいて、祖母に向かって両手を差し出した。祖母は背中に背負っていた赤ん坊を下ろして、なにやらぐったりと力ない塊のような赤子を男に手渡した。それからまた深々と頭を下げたが、男は祖母が顔を上げるのも待たずにすぐに身を翻して、家の奥へ消えていった。

女中が祖母の袖を引いて、ついてくるようにうなずきかけた。祖母はどこか気が抜けたようになっていて、袖を引かれるままに長い廊下を歩いて、部屋のひとつへ連れて行かれた。客間のようで、テーブルと座布団が置かれていた。女中は祖母の肩を押して座布団の上へ座らせ、急いで出ていって、お茶とおにぎり、漬物の小皿の乗った盆を手に戻ってきた。そして祖母に食べるように勧めた。祖母ははじめ遠慮していたが、歩き通しの疲れと空腹が勝って、やがてお茶をすすり、おにぎりを食べだした。女中は嬉しそうな、しかし心持ち心配そうな顔つきで、祖母の食べるのを見守っていた。

食事が終わると、ふたりはぽつぽつと話しだした。

「はじめての童子なんしもの」

と祖母が云った。

「なんぼ身体弱えたって、黙って死なせられねえすべえ。村のひとたちぁ皆して、見舞いに来ちゃぁあ、これぁだめだ、とても助からねえ、なんて笑いながら云うんしもの、おれぁ、腹悪いして、腹悪いして。家の婆さままで、この童子はとてもだめだ、いま助かったたって、こんたに身体弱えんじゃぁあ、まともに育つもんだか、育ったたってこの先なんぼ銭こかかるもんだか、わからねえ、この童子は諦めれ、こいつぁだめになる童子だったんだ、って云うもんなんし。そうは云ったたって、おれぁ、とてもでねえども黙ってられねかったのす。はじめての童子なんしもの。それで、なんぼ銭こかかるか、おれぁわからねえ、んだども、まず、町の先生さ見てもらえば、もしかせば、助かるかもわかんねえ、それでまず、行ってみるべと思って、こんたなりで、百姓で、はあ、銭こもねえども、なんとでもするつもりして、来たもんなんし」

女中は同情の色を顔いっぱいに浮かべて、祖母のいかにも話し慣れない、朴訥な、内気な話し方に耳を傾けていた。

「いいんだんし、母さん、それでいいんだんし」

と女中は云った。

「大丈夫なんし、きっと助かるんし」

女中は親切な、感情のこもった口調でそう云って、励ますように祖母の肩を叩いた。

そのうちに、女中は呼び出されてどこかへ行った。女中の姿が見えなくなると、祖母はほうとため息をつき、それから居住まいを正して、じっと宙を睨んだ。真っ黒い目が、底知れぬ決意を秘めたように揺れ動いた。

間もなく、女中が祖母を呼び出すために戻ってきた。祖母ははっとして顔をあげると、立ち上がり、女中に従った。ふたりは母屋から離れた、診療所らしきところへ向かった。医者は机に向かってなにか書きつけており、その横に、やや年配の、助手か看護婦らしい女性が立っていて、赤子を抱いてあやしていた。その女性は祖母を見ると微笑んで、その腕に子どもを返した。祖母は腕の中へ帰ってきた子どもの顔をまじまじとのぞきこみ、それからほっとしたように全身の力を抜いた。子どもはよく眠っていた。

女たちは医者を残し、診療所を出ていった。祖母は繰り返し何度も礼を述べてから、ようやく部屋を出た。医者はそっけなくちょっとうなずいただけで、また机に向かった。

看護婦は土間まで祖母についてきて、薬袋を差し出しながら、先生が銭こはいらねえ、って云っていたんし、んだから、いらねえんし、と声をかけた。祖母はこれを聞くとはじめぽかんとしたような顔をしたが、すぐにその顔に怒りの色が差した。

「それだばだめなんし、払わねばだめなんし、なんとして、そんたことできるもんでねえんし」

祖母は声を荒げて早口に云い、「なんぼかかってもいいんし、なんとか、云ってたい。なんぼなるか、云ってたい」と看護婦へ詰め寄った。看護婦は半ば祖母に気圧されて、困ったような顔をしてもごもご云っていたが、どうしても祖母が引かないと悟ると、金額を告げた。祖母はちょっとつまったように一瞬表情を硬くし、それから金額を自分に云い聞かせるようにつぶやいた。その数字は祖母から非常に遠いところにあって、うまくつかめないようであった。祖母は試みに同じ数字を何度か続けてつぶやいた。そしてやっと理解したようであった。祖母は顔を引き締め、うなずいて、看護婦をまっすぐに見つめた。どこか満足そうな表情に変わっていた。

「きっと払いに来るんし」

と祖母は云った。そうしてまた子どもをおんぶひもで背負い、その上から茶色のどんぶくを羽織って、蓑を着ると、編笠をかぶり、外へ出ていった。

……英子は目が覚めて、身体を起こした。いつだか、赤ん坊だった伯母を背負って町の医者に見せに行ったときの話を、英子は祖母から直接聞いていた。帰ってから、ばっぱ……曾祖母のことである……に、なんという金の無駄遣いをしたのかとえらい剣幕で怒られた、という話を、祖母は笑い話のようにして話した。

「そんた身体の弱え童子さ、余計だことして、余計だ銭こ使って、なんとして払うつもりだ、って、なんとなんと、荒けるもんで。おれぁ知らねえふりしていたべ。ばっぱもだいぶ頑張って荒けたども、そのうち諦めたふうだっけ。なに、大した銭こかかったわけでもねえ。医者の先生ぁ、百姓だとって、まけてけたんだべえ」

祖母はそう云って笑った。そうして「とっぴんぱらりのぷう」とつけて、おとぎ話ふうにして話を終えた。英子は実際その話を、おとぎ話のひとつのようにして聞いたのだった。

伯母がかすかないびきを立てているのが聞こえた。英子はちらりとそちらを見やってから、起き出して、ハンガーラックにかかっていたどんぶくを羽織った。そうしてカーテンをめくって、外を見た。やっぱり雪が降っていた。暗闇の中に、落ちてくる雪の描く白い軌道が幾筋も幾筋も、無数に浮かび上がっていた。

時計を見ると、午前四時を回っていた。部屋の中は寒く、英子はどんぶくの前をぴったりと合わせ、際限なく降り続く雪をじっと見つめていた。今日は伯母と弟を連れて、また祖母のところへ行くはずであった。あの特養へ祖母を訪ねて行くはずだった。

伯母がぐっ、というつまったようないびきをかいて、身じろいだ。布団のこすれる音が、静まり返った部屋に意外なほど大きく響いた。英子は伯母のほうを振り返った。豆電球の暗い明かりが、布団のあいだから出ている伯母の寝顔を浮かび上がらせていた。寝顔はどこかあどけなかった。祖母に似て、伯母も肌がきれいで皺の少ないほうだった。ほとんど少女のように見えるなめらかな肌だった。この寝顔は、伯母が子どものころからちっとも変わっていないのではなかろうかと、英子はふと思った。

ふいに、祖母のどんぶくを見たい気持ちが湧いてきた。祖父母の部屋の奥には小さい物置があり、古いたんすや衣装ケースなどが置いてある。どんぶくがしまってあるとすればこの物置に違いなかった。英子は伯母を見やった。かなり飲んだのもあって、よく眠っているようだった。英子は音を立てないように気をつけて、そろそろと部屋を横切り、物置の引き戸を開けた。妙に秘密めいた行動に、子ども時代に感じたような興奮がわき起こってくるのを感じた。

戸を開けたとたん、樟脳の匂いが鼻を突いた。刺さるような強烈な匂いだが、英子は好きだった。これは祖母の匂いだった。祖母にかじりついていくと、いつもかすかにこれと湿布の混じった匂いがした。甘えるように頬をこすりつけると、匂いはますます強くなるのだった。

引き戸の横にあるスイッチを押して明かりをつけ、英子は中へ足を踏み入れた。物置の隅に黒塗りのたんすが置かれていて、祖母の古い着物が入っている。といっても残っているのは訪問着や結婚式に着ていくような上等のものだけで、普段着はとっくにみんなのどんぶくになったり、お手玉になったり、捨てられたりしてなくなってしまった。どんぶくがあるとしたら、このたんすの中のように思えた。

英子は一番上の引き出しに手をかけた。着物はなく、代わりに空き箱を利用した祖母の裁縫箱が入っていた。どんぶくを作るときの相棒だったもので、祖母は手が空くとこれを持ち出し、老眼鏡をかけて、大きな目をさらにお化けみたいに大きくして、どんぶくをこしらえたのである。

祖母は不器用ではなかったが、細かい調整など苦手なたちらしく、英子が横で見ているとしょっちゅう「あいや、間違った」、「なんだって、めんどくせえったら」といまいましそうにつぶやいていた。愛情のこもった仕事などとはとても云えず、舌打ちと悪態に満ちていた。普段悪態をつくようなひとではなかったから、英子は祖母の意外な一面を見るのがなんだか新鮮で、祖母が裁縫箱を持ち出すといつもそばにくっついていた。採寸のときに弟が面白がって逃げ回り、巻き尺を持って追い回す羽目になったりもして、祖母にとってどんぶく作りは苦労ばかり多くて、決して楽しい仕事ではなかったはずである。作っても着てもらえるかどうかわからず、喜びの乏しい仕事に違いなかったが、祖母はかなりの歳になるまで、そうやって家族や親戚の子どもやいろんなひとのために、どんぶくをこしらえたり直したりするのをやめなかった。それも自分の仕事だと思っていたのだろう。昔のひとらしく、自分がやりたいとかやりたくないとかでなく、やらなければならないことが自分のやるべきことだと信じることのできたひとだった。そしてそれに対して強い責任感を持つことのできたひとでもあった。

英子は裁縫箱を引き出しから出して、隣の衣装ケースの上に置いた。それから次々にたんすの引き出しを開けていった。昔はいろいろと入っていたに違いない引き出しは、ほとんど空であった。

……あった、と英子は思わず小さく声を出した。一番下の引き出しに、祖母の明るい茶色のどんぶくが入っていた。英子はそれを引っ張り出して広げた。樟脳の匂いがぷんとあたりに漂った。茶色い絣縞の地味な、いかにもおばあさんのものという感じのどんぶくで、結びひもも同じ生地で作られていたが、片方はとれてなくなってしまって、あとから黒いものをつけなおしてある。英子は冬場にこれを着た祖母を見ると、祖母がちゃんとそこにいるという感じがして、むやみに嬉しかった。

英子はしばらくそのどんぶくを眺めていた。祖母の身体に合うように作られたどんぶくは、広げて見ているだけで祖母の背格好をありありと思い起こさせた。生地の手触りは祖母にかじりついてゆくときのことを、そのときの子どもながらに感じていたいろいろな気持ちを思い起こさせた。祖母にまつわるたくさんの記憶が、自分の中に生き生きとよみがえってくるのを感じた。

英子は特養へ、裁縫箱とこのどんぶくを持っていくつもりになっていた。祖母が死んだときには、祖父のときと同じようにどんぶくを棺桶に入れて焼くべきだと思った。祖母だけでなく、父や母や伯母や弟やみんなそうすべきであるように思った。

裁縫箱とどんぶくを抱えて、英子は静かに物置から出た。伯母はまだ小さいいびきをかいて、ぐっすりと眠っていた。

未発表（2017・12）

■水澤世都子（みずさわ・せつこ）1984年秋田県生　2010年より「湧水」、2014年より「こみゅにてぃ」同人

解説

四年前の『脈動』につづく「同人誌作家作品選Ⅱ」である。私の二つの教室の同人雑誌『こみゅにてぃ』『私人』の人たちの近作が七篇集めてある。

まず年長の人たちのものを並べてみた。はじめの四篇は、作者の生年が作品順に一九四〇年、一九三九年、一九四〇年、一九四四年となり、四人とも昭和十年代の生まれである。その年代の人にしか書けない材料の作品が揃い、それがたいへん面白い。

三沢充男「二台引き」は、昭和三十年ごろの東京のはずれの田舎が舞台で、まだごく貧しかった戦後の現実がリアルに生かされている。自転車屋で働きながら夜間高校へかよう十五歳の左千夫少年の話である。代金を日賦払いにする「日掛け」というものがあり、左千夫は売れた自転車の代金をとりにいくのを毎日の仕事にしている。川沿いの土地にいわゆる赤線地帯があった。そこの女性佐和子が弟の高校入学祝いに自転車を買い、左千夫がそれを遠い八王子の彼女の実家へ届けることになる。

左千夫の性の目覚めを語る前半は、説明の文章が重なり重くなっているが、後半左千夫が自転車の「二台引き」で八王子へ向かうところからは一気に読ませる。左千夫は自転車を漕ぎながら、届けるほうの自転車を手で引いて運ぶのだが、そんな苦労をして届けた先で、自転車は受けとれないといわれる。佐和子は弟といったが、もしかして息子かもしれない。佐和子は息子を置き去りにしたのかもしれず、実家の空気はひどく冷たい。性に目覚めつつある左千夫も、大人の世界の複雑さをどう受けとめたらいいかわからないまま、また長い道を帰ってくるのである。

田原玲子「かっつぁん」は、昭和二十六年の岡山の田舎の話。小学校五年生の景子と村の五十男かっつぁんとの関わりが語られる。かっつぁんは子供のころ癲癇《てんかん》の発作で囲炉裏に落ちてひどい火傷を負い、顔と両手が醜く変形している。体も自由に動かない。作者は五十になって母と暮らすその不幸な人物をしっかり描き、また彼が生きる瀬戸内の村を克明に描写する。それは作者自身の少女期を彷彿させるものにもなってくる。

景子は熱血教師のクラスの優等生でありながら、かっつぁんと同様、身体的な引けめに悩まされている。景子の左目は、生誕時に産婆の指が目に入ったため、まぶたが半分垂れさがったままである。そんな景子と担任教師と級友の微妙な関係が語られていく。

かっつぁんの不幸も景子の悩みも、戦後の貧しい時代をよくあらわしている。事実景子は、時代が変わってから、新しい手術によってまぶたの異常がきれいになくなるのだが、かっつぁんのほうは、そんな時代が来る前に鉄道自殺をとげることになる。母親に支えられ何とか生きてきた彼は、母を亡くしたあと、生きるすべを失ってしまうのである。
まだ生活保護や医療の制度が整っていなかった時代。作者はその現実をあらためてとらえ直し、ごまかしなく地道に綴って立派に仕上げたあと倒れ、何とも無念なことにこれが遺作となった。

江平完司「ビッグ・サー」は、同時代ながら空気が一変、アメリカの話になる。日本の高校を中退してサンフランシスコへ渡った少年の体験が語られる。はじめの一年、彼は現地に適応できずにノイローゼ状態になる。が、建築を学ぶため、まず彫刻家のもとで技術を習得するうち立ち直っていく。彼が住み込むことになる彫刻家ヘンリー・サローの家は、サンフランシスコの南の景勝地ビッグ・サーにある。

巨大な金属彫刻をつくるヘンリーに怒鳴られる労働の日々。ヘンリーのひとり娘キャシーを交えた三人の暮らしが、荒削りな文章で描かれる。大きな自然のなかの精力的なアメリカ人の姿とその感触が生き生きと伝わる。日本とは異質の世界の生気があふれるようだ。

少年は彫刻のための労働のさなかに、ある日とつぜん思い立ち、建築の図面のスケッチを始める。彫刻家のための新しい作業所の図面である。やがてその図面をもとに、ヘンリーと二人で作業所を新築する運びとなる。「建物を造ることがこんなに自由で楽しいとは知らなかった」と思う少年は、立派に完成した作業所を見て、「人生は自力で切り開くものだ」というアメリカ人の信念をわがものとする気持になる。激しい単純労働のなかから建築の図面がふと生まれ出るという話が感動的で、これはいかにもアメリカだと思わされる。

山岸とみこ「わたしの場合」は、昭和二十年代の高崎の町から話が始まる。かつて「わたし」は不幸な「貰われっ子」だった。どこのだれがほんとうの親なのかわからない。のちに知らされたのは、「わたし」はもともと東京の生まれで、生誕直前に父が亡くなり、一年後三月十日の東京大空襲で母と兄姉を亡くしたこと、大空襲の前に高崎の叔父の家に貰われて来、その後また別の家に貰われて育ったのだということであった。

その六十年後に話は飛ぶ。「わたし」はようやく「東京空襲犠牲者名簿」に母と兄姉四名の名前を載せてもらい、「名簿登載式」というのに参加する。そのあと「春季慰霊大法要」に参列、都庁の記念行事にも出ることになる。

戦後ただひとり生き残った「わたし」は、なすべきことをやっと成しとげたという思いがある。が、母の顔も声も知らないままでは、手を合わせても空をつかむようである。七十歳を過ぎてなお、そんなむなしさに悩まされなければならない。

法要の参列者のあいだでは、大空襲の記憶が口々に語られている。移動のバスで一緒になった女性とは、母の顔も声も知らないという点が共通していた。が、その後の人生は当然違っていて、親しい話ができても、相手のことがわかるようでわからない。

生まれてすぐ戦禍に巻き込まれた世代の厳しい戦後の物語である。作者自身、それをようやくこんなかたちで語ることができたという思いが、切実に伝わる作品になっている。

以上四作は、古い時代の材料が十分に生かされ印象深いが、それに対し根場至「紅もゆる」以下の三作は、もっと現代的なテーマのものである。いまの日常を描く文章が、より細心緻密にならざるを得ない。

現代の夫婦の描き方はいまさまざまで、「紅もゆる」の場合も独特なものが感じられる。妻の友子は結婚前から母親とのあいだに葛藤をかかえていたが、夫の「私」はそのことを二十年近く知らずにいる。友子を可愛がった学者の父親は、母親に頭があがらない弱い性格の人であった。その父親が友子の結婚後十八年たって亡くなると、なぜか彼女の様子がおかしくなる。統合失調症のような症状を見せるようになるのである。

この小説は、性格の強い支配的な母親と、精神がおかしくなる妻と、その二人の女性の烈しさが中心におかれ、父親も夫も不思議に影が薄い。日ごろ夫は妻にやさしいが、あまり相手に立ち入らず、妻の実家のことにも無関心なように見える。おそらくその書き方に作者の工夫があるので、夫にとって妻が不可解な存在になるとともに、夫婦の関係があらためて不透明かつ不条理なものに見えてくる。作者はそのようないまの夫婦の眺めを描いている。その眺めのなかで、妻にとっての亡父の記憶が旧三高の寮歌「紅もゆる」に集約され、夫がそれを歌ってみせる場面が最後に描かれるのである。

根場作品が好短篇であるのに対し、春木静哉「犬猫親子野辺の道行き」は、家族の話をゆったりと広げる書き方である。本書中最も長い力作だが、文章が家族の日常をとらえるための十分な柔軟さ、精細さをもったものになっている。

家族は夫婦と二男一女と夫の母の六人で、柴犬を一匹家のなかで飼っている。長男の亮太は大学生だが自閉症気味で、やがて大学へかよわなくなる。近所に野良猫が多く、家へも入り込んできて、犬や猫の話が次第にふくらんでいく。猫好きの亮太が犬のいる家で猫も飼うことにするのだが、案の定うまく行かずに、猫は犬に噛まれて死んでしまう。その話をつうじて、家族の姿がよく見えてくる書き方である。

亮太の自閉症が厄介なので、家族は多かれ少なかれ亮太を中心に動くようなことになる。この小説の後半は、父親真一の仕事関係の女性靖子の会社で亮太がアルバイトをする話になるが、それに重ねて真一と靖子の中年同士の関係が語られる。そのあとまた猫の話になり、近所の猫好きの老人との関わりが生まれる。老人は野良猫に餌を与えるため毎日自転車をゆっくり漕いでまわっているが、真一はその姿に亮太の行く末を見る気持になっていることがある。

真一はすでに五十代なかば。父親の急死のあと自らの死を思い、自分の葬式の野辺送りの葬列を夢に見たりする。親子と犬や猫が並んで歩く「野辺の道行き」である。それは「ふだん何気なく思っているよりも、ずっと矮小で閉じた家族」のように見える。が、亮太の行く末を案じる思いの先に、亮太と二人その野辺を三途の川まで歩くのを楽しみにするような気持ちも起きる。そんなつかの間の幻想でうまく締めくくられる現代家族の物語である。

水澤世都子「どんぶく」は、まだ若い作者による秋田の田舎の話。祖母が特養の施設へ入り、祖父の一周忌もあって家族が集まる。主人公英子も東京から駆けつける。祖母は認知症のためすでに英子がだれだかわからない。父親は十年ものあいだ家で祖母の相手をして疲れはて、しばしば激怒することがあったが、祖母はいまやそんな父の顔も忘れている。

英子はその晩、祖母が家で使っていたベッドで眠る。そして祖母の背に負われた幼い自分を夢に見る。しんしんと降る雪のなか、祖母の半纏のなかは暑苦しい。その夢を見ながら英子は泣いている。目が覚めると、夢のなか同様、外は雪が降っている。英子は起きて、祖母手造りの重い半纏「どんぶく」を着込む。「どんぶく」にすっぽりくるまれ身を丸くすると、自分の呼気で顔全体が暖まってくる。いかにも田舎ふうの「おばあちゃんのどんぶく」を好んで着るのは、いまや家じゅうで英子ひとりになっているのである。

英子は帰省中、故郷の自然と家のなかに自分の根っこを探るような思いにならざるを得ない。その思いをとおして、祖父母と両親と伯母の姿が描き出される。なかでも祖母が赤ん坊の伯母を背負って必死で町の医者を訪ねる夢の場面がよく書けていて印象深い。

全体に描写がくわしく、やや書き込みすぎの感があるが、粘りに粘るこの語りの先に生まれるものに期待したいと思う。

尾高修也

本書編纂中の２０１７年12月６日、著者の一人である田原玲子（本名・原田澄江）氏が逝去されました。
心よりご冥福をお祈り申し上げます。

（監修者及び著者一同）

著者
三沢充男
田原玲子
江平完司
山岸とみこ
根場至
春木静哉
水澤世都子

水脈 同人誌作家作品選Ⅱ

二〇一八年 三月十二日 印刷
二〇一八年 三月十六日 発行

監修 尾高修也
発行者 大春健一
発行所 株式会社ファーストワン
東京都千代田区内神田一の一八の一一
東京ロイヤルプラザ 三一五号室
電話 〇三―三五一八―二八一一
郵便番号 一〇一―〇〇四七

印刷・製本 石塚印刷株式会社

定価はカバーに表示
乱丁・落丁本はお取り替えいたします。

ISBN978-4-9910093-0-3 C0093